A SELEÇÃO

FSC
www.fsc.org
MISTO
Papel produzido a partir de fontes responsáveis
FSC® C019498

A marca FSC® é a garantia de que a madeira utilizada na fabricação do papel deste livro provém de florestas que foram gerenciadas de maneira ambientalmente correta, socialmente justa e economicamente viável, além de outras fontes de origem controlada.

A SELEÇÃO

KIERA CASS

Tradução
CRISTIAN CLEMENTE

3ª reimpressão

SEGUINTE
O selo jovem da Companhia das Letras

O Selo Seguinte pertence à Editora Schwarcz S.A.

Grafia atualizada segundo o Acordo Ortográfico da Língua Portuguesa de 1990, que entrou em vigor no Brasil em 2009.

TÍTULO ORIGINAL The Selection

CAPA SARAH HOY
© 2012 by Gustavo Marx/ MergeLeft Reps, Inc.

PREPARAÇÃO Mariana Zanini

REVISÃO Larissa Lino Barbosa

Dados Internacionais de Catalogação na Publicação (CIP)
(Câmara Brasileira do Livro, SP, Brasil)

Cass, Kiera
A seleção / Kiera Cass ; tradução Cristian Clemente — 1ª ed. — São Paulo : Seguinte, 2014.

Título original: The Selection.
ISBN 978-85-65765-25-1

1. Literatura infantojuvenil I. Título.

13-11479 CDD-028.5

Índices para catálogo sistemático:
1. Literatura infantojuvenil 028.5
2. Literatura juvenil 028.5

[2015]
Todos os direitos desta edição reservados à
EDITORA SCHWARCZ S.A.
Rua Bandeira Paulista, 702, cj. 32
04532-002 — São Paulo — SP
Telefone (11) 3707-3500
Fax (11) 3707-3501
www.seguinte.com.br
www.facebook.com/editoraseguinte
contato@seguinte.com.br

Oi, pai!
aceno

1

Minha mãe entrou em êxtase quando pegamos a carta no correio. Ela já tinha decidido que todos os nossos problemas estavam solucionados, tinham desaparecido para sempre. O grande empecilho em seu plano brilhante era eu. Eu não me considerava uma filha muito desobediente, mas também não era uma santa.

Não queria ser da realeza. Não queria ser Um. Não queria nem *tentar*.

Escondi-me no meu quarto, o único lugar onde podia fugir do falatório da casa cheia. Procurava um argumento que dobrasse minha mãe, mas, até então, tudo o que tinha era uma coletânea de opiniões sinceras... Não me parecia que ela fosse dar ouvidos a nenhuma delas.

Eu não conseguiria escapar da minha mãe por muito tempo. Era quase hora do jantar, e eu, a filha mais velha que ainda morava em casa, tinha que ajudar na cozinha. Pulei da cama e caminhei para o ninho de cobras.

Minha mãe me recebeu com um olhar furioso, mas não disse nada.

Nós duas nos movíamos pela cozinha e pela sala de jantar sem falar — como em uma dança silenciosa — enquanto preparávamos frango, macarrão e torta de maçã, e púnhamos a mesa para cinco pessoas. Bastava eu desviar os olhos do que estava fazendo para ela me corrigir com um olhar severo, como se assim fosse me deixar constrangida o bastante para querer as mesmas coisas que ela. Minha mãe usava essa tática às vezes. Quando eu queria mudar de emprego porque achava que a família que nos hospedava era grosseira sem necessidade. Ou quando ela queria que eu fizesse uma faxina pesada porque não tínhamos dinheiro para pagar alguém do Seis para nos ajudar.

Algumas vezes dava certo. Outras, não. E esse era um ponto em que ninguém podia me dobrar.

Minha mãe não tinha o que fazer quando eu teimava. Puxei a ela, de modo que não podia ficar surpresa. Mas o problema não era só comigo. Ela andava tensa. O verão chegava ao fim e logo viriam os meses frios. E as preocupações.

Minha mãe botou a jarra de chá na mesa com raiva. Fiquei com a boca cheia d'água só de imaginar o chá gelado com limão. Mas eu tinha que esperar; seria um desperdício tomar meu copo agora e depois ter que beber água no jantar.

— Mas você vai morrer se preencher o formulário? — ela disse, sem se aguentar. — A Seleção pode ser uma oportunidade maravilhosa para você, para todos nós.

Suspirei alto, pensando que preencher aquele formulário seria como a morte para mim.

Não era segredo que os rebeldes — as colônias subterrâneas que odiavam Illéa, nosso vasto e relativamente jovem país — investiam em ataques cada vez mais frequentes e violentos ao palácio. Já tínhamos visto os rebeldes em ação em Carolina. A casa de um dos magistrados fora completamente incendiada, e os carros de pessoas da Dois foram destruídos. Houve até uma espetacular fuga da prisão: eles libertaram uma adolescente que engravidara e um Sete que era pai de nove filhos, de modo que até eu achei que eles estavam certos daquela vez.

Mas, além das ameaças, eu sentia que só pensar na Seleção já fazia meu coração doer. Não consegui esconder meu sorriso enquanto pensava em todas as razões para permanecer exatamente onde estava.

— Os últimos anos têm sido muito difíceis para seu pai — minha mãe estrilou. — Se você tiver um pouco de compaixão, vai pensar nele.

Meu pai. Sim. Eu queria ajudá-lo. E May e Gerad. E até minha mãe. Eu não tinha como sorrir diante da maneira como ela expôs a situação. Fazia tempo demais que as coisas não iam bem. Eu me perguntava se meu pai veria a Seleção como um meio de fazer com que tudo voltasse ao normal, se é que o dinheiro podia melhorar as coisas.

Não que nossa situação fosse tão precária a ponto de temermos por nossa sobrevivência ou algo assim. Não éramos miseráveis. Mas acho que não estávamos muito longe disso.

Nossa casta era a terceira antes do fundo do poço. Éramos artistas. E os artistas e músicos clássicos estavam só três degraus acima da sujeira. Literalmente. Nosso dinheiro era curto, vivíamos na corda bamba e nossa renda dependia muito da mudança de estações.

Lembro-me de ter visto num livro de história bem gasto que todas as datas especiais costumavam ser comemoradas nos meses de inverno. Halloween, Ação de Graças, Natal e Ano-Novo. Um depois do outro.

O Natal ainda era no mesmo dia. Não dá para mudar o aniversário de uma divindade. Mas quando Illéa firmou o grande acordo de paz com a China, o Ano-Novo passou para janeiro ou fevereiro, dependendo da lua. Todas as comemorações de Ação de Graças e do dia da independência da nossa metade do mundo foram reunidas na Festa da Gratidão, realizada no verão. Era tempo de celebrar a formação de Illéa, de nos alegrar por ainda existirmos.

Eu não sabia o que era Halloween. Simplesmente desapareceu.

Assim, pelo menos três vezes ao ano a família inteira tinha emprego em tempo integral. Meu pai e May faziam peças de artesanato que os clientes compravam para dar de presente. Minha mãe e eu nos apresentávamos em festas — eu cantava e ela tocava piano —, e aceitávamos todo trabalho possível. Quando eu era mais nova, tinha medo de me apresentar em público, mas agora tratava de entrar no clima da música de fundo. Assim éramos aos olhos de quem nos empregava: estávamos ali para ser ouvidos, não vistos.

Gerad ainda não tinha descoberto seu talento, mas ele só tinha sete anos. Ainda lhe restava um tempinho.

Em breve as folhas das árvores mudariam de cor e nosso mundinho ficaria balançado mais uma vez. Cinco bocas e apenas quatro trabalhadores. Sem emprego garantido até o Natal.

Quando eu via as coisas desse jeito, a Seleção parecia uma corda à qual eu podia me agarrar. Aquela carta idiota talvez me tirasse do fundo do poço, e então eu poderia puxar minha família comigo.

Eu observava minha mãe. Para uma Cinco, ela até que estava bem robusta, o que era estranho. Não era uma glutona, mas também não havia fartura em casa. Talvez fosse assim que o corpo ficava depois de cinco filhos. Os cabelos dela eram ruivos, como os meus, mas cheios de fios brancos, que tinham aparecido de repente e aos montes uns dois anos antes. Umas ruguinhas sulcavam o canto dos olhos, embora ainda fosse bastante jovem, e eu podia reparar que ela circulava pela cozinha com as costas curvadas, como se carregasse um peso invisível nos ombros.

Eu sabia que minha mãe sentia um grande peso nas costas. E sabia que foi por isso que ela passou a tentar me manipular sempre que podia. Já brigávamos bastante sem essa tensão extra, mas, à medida que o outono vazio se aproximava, ela ficava cada vez mais nervosa. E eu sabia que minha mãe me achava despeitada por não querer nem preencher um formulariozinho besta.

Mas havia coisas — coisas importantes — que eu amava. E aquela folha de papel se erguia como um muro entre mim e o que eu queria. Talvez eu quisesse coisas idiotas. Ou que não conseguiria alcançar. Mesmo assim, eram coisas minhas. Não estava a fim de sacrificar meus sonhos, independentemente do quanto minha família fosse importante para mim. Além do mais, já tinha feito bastante por eles.

Eu era a filha mais velha em casa depois que Kenna se casou e Kota foi embora. Assumi o novo papel o mais rápido que pude. Dei o meu melhor para ajudar. Estudava em casa nos horários que arranjava entre os ensaios, que tomavam a maior parte do dia, já que eu tentava dominar vários instrumentos musicais e aprender a cantar.

Mas, com a chegada da carta, todos os meus esforços perderam o sentido. Na cabeça da minha mãe, eu já era uma rainha.

Se fosse mais esperta, eu teria escondido aquele aviso antes que meu pai, May e Gerad chegassem. Mas minha mãe já o tinha escondido na roupa, e o sacou no meio de uma refeição.

— "Para a casa da família Singer" — disse cantando.

Tentei pegar o papel da mão dela, mas era rápida demais para mim. Mais cedo ou mais tarde, todos acabariam descobrindo mesmo. Só que, se minha mãe fizesse do jeito dela, todos ficariam a seu lado.

— Mãe, não! — implorei.

— Eu quero ouvir! — gritou May, o que não me surpreendeu.

Minha irmã mais nova era idêntica a mim, só que três anos mais nova. Se nossa aparência era praticamente igual, nossa personalidade estava bem longe disso. Ao contrário de mim, ela era extrovertida e otimista, e só conseguia pensar em meninos. May ia achar toda a história incrivelmente romântica.

Senti minhas bochechas corarem de vergonha. Meu pai ouvia com atenção, enquanto May quase pulava de alegria. O fofo do Gerad continuava comendo. Minha mãe limpou a garganta e prosseguiu.

— "Confirmamos no último censo que uma mulher solteira entre dezesseis e vinte anos reside atualmente em sua casa. Gostaríamos de informá-los sobre uma oportunidade próxima de honrar a grande nação de Illéa."

May soltou outro grito e agarrou meu braço:

— É você!

— Eu sei, sua macaquinha. Solte senão você vai quebrar meu braço.

Mas ela apertou minha mão e deu mais uns pulinhos.

— "Nosso amado príncipe, Maxon Schreave" — continuou minha mãe — "atinge a maioridade este mês. Para adentrar esta nova fase de sua vida, ele deseja ter uma companheira a seu lado, uma verdadeira filha de Illéa. Se sua filha, irmã ou protegida elegível estiver interessada na possibilidade de tornar-se a noiva do príncipe Maxon e a adorada princesa de Illéa, por favor, preencha o formulário anexo e entregue-o no Departamento de Serviços Provinciais da sua localidade. Uma jovem de cada província será escolhida aleatoriamente para encontrar-se com o príncipe. As participantes serão hospedadas no agradável palácio de Illéa, em Angeles, enquanto durar sua estada. A família de cada participante será *recompensada gene-*

rosamente" — minha mãe alongava as palavras para criar um efeito dramático — "por seu serviço à família real."

Enquanto ela falava, eu olhava para o teto. Era isso que acontecia com os príncipes. Já as princesas eram negociadas em casamento a fim de fortalecer as recentes relações com outros países. Eu entendia por que era assim — precisávamos de aliados —, mas não aprovava. Nunca precisei ver uma coisa dessas e esperava não ver nunca. Havia três gerações que não nascia uma princesa na família real. Os príncipes, por sua vez, casavam-se com plebeias para elevar o moral da nação, normalmente instável. Acho que a Seleção servia para unir todos os illeanos e fazê-los recordar que o país nasceu praticamente do nada.

Nenhuma das opções me parecia muito boa. E a ideia de entrar em um concurso que o país inteiro acompanharia só para ver um riquinho esnobe escolher a moça mais linda e sonsa do grupo para ser o rosto calado e bonito que apareceria ao lado dele na TV... era o bastante para me fazer gritar. Haveria humilhação maior?

Além disso, eu já tinha passado muito tempo em casas de pessoas da Dois e da Três para ter certeza de que não queria me envolver com eles. Muito menos com alguém da Um! Tirando as épocas de escassez, estava feliz em ser uma Cinco. Minha mãe era a alpinista social, não eu.

— E é claro que ele adoraria America! Ela é tão linda — derretia-se minha mãe.

— Mãe, por favor! Quando muito eu fico na média.

— Não fica! — disse May. — Eu pareço com você, e sou *linda*!

Ela deu um sorriso tão largo que não pude deixar de rir. E o argumento era válido. May era mesmo linda.

Mas ela era mais que um rostinho bonito, tinha mais que um sorriso vencedor e olhos brilhantes. May irradiava uma energia, um entusiasmo que fazia você querer estar onde ela estivesse. May era magnética, e eu, sinceramente, não era.

— Gerad, o que você acha? Você me acha bonita? — perguntei.

Todos os olhos caíram sobre o membro mais jovem da família.

— Não! As meninas são nojentas!

— Gerad, por favor — minha mãe soltou um suspiro irritado, mas não muito sincero. Era difícil perder a calma com ele. — America, você sabe que é uma menina muito bonita.

— Se sou tão atraente, por que os meninos não me convidam para sair?

— Ah, eles vêm convidar, mas eu espanto todos. Minhas filhas são bonitas demais para se casar com alguém da Cinco. Kenna conseguiu um Quatro, e tenho certeza de que você pode arranjar coisa melhor — ela disse antes de dar um gole no chá.

— O nome dele é James. Pare de chamar o marido de Kenna pelo número. E desde quando garotos vêm aqui? — eu ouvia minha própria voz ficar cada vez mais aguda. Nunca tinha visto um rapaz chegar perto do portão de casa.

— Faz um tempo já — meu pai disse, em seu primeiro comentário desde que a história começara. Sua voz tinha uma nota de tristeza, e ele olhava firmemente para o copo. Eu estava tentando descobrir o que tanto o perturbava. Os meninos atrás de mim? Mamãe e eu discutindo outra vez? Minha recusa em participar do concurso? A distância a que eu ficaria se fosse sorteada?

Meu pai e eu éramos próximos. Acho que quando nasci minha mãe já estava um pouco cansada, e ele teve que cuidar de mim na maior parte do tempo. Herdei o gênio dela, mas a compaixão dele.

Meu pai levantou os olhos por uma fração de segundo, e foi então que entendi. Ele não queria que eu fosse, mas também não podia negar os benefícios que teríamos se ficasse um dia no concurso — e mais ainda se conseguisse avançar.

— America, use a cabeça — disse minha mãe. — Somos provavelmente os únicos pais de Illéa que precisam convencer a filha a participar. Pense na oportunidade! Um dia você poderia ser rainha!

— Mãe, mesmo que eu quisesse ser rainha, e não quero com todas as minhas forças, milhares de outras meninas da província vão entrar nesse troço. Milhares. E, se por acaso eu fosse sorteada, ainda teria que competir com outras trinta e quatro, todas certamente mais sedutoras do que eu jamais conseguiria fingir ser.

Gerad apurou os ouvidos:

— O que é uma menina sedutora?

— Nada! — respondemos em coro.

— É ridículo imaginar que eu poderia ganhar — concluí.

Minha mãe afastou a cadeira da mesa, levantou-se e depois se inclinou sobre a mesa, na minha direção.

— Alguém vai ganhar, America. Suas chances são as mesmas que as de qualquer outra garota.

Então ela atirou o guardanapo na mesa e saiu.

— Gerad, quando você terminar, vá para o banho.

Ele respondeu com um gemido.

May comia em silêncio. Gerad pediu para repetir, mas a comida tinha acabado. Comecei a tirar a mesa assim que os dois se levantaram, enquanto meu pai permanecia lá, bebericando o chá. O cabelo dele estava sujo de tinta de novo, uma manchinha amarela que me fez sorrir. Ele se levantou, tirando as migalhas da camisa.

— Desculpe, pai — murmurei enquanto recolhia os pratos.

— Não seja boba, querida. Não estou bravo — ele deu um sorriso e passou o braço por mim.

— Eu só...

— Você não precisa explicar, querida. Eu sei — ele beijou minha testa. — Agora preciso voltar ao trabalho.

Fui para a cozinha começar a limpeza. Cobri meu prato com um guardanapo — não tinha comido quase nada — e o escondi na geladeira. No prato dos outros não havia nada além de migalhas.

Suspirando, fui para o meu quarto me preparar para dormir. Tudo aquilo tinha me deixado nervosa.

Por que minha mãe me pressionava tanto? Ela não era feliz? Não amava meu pai? Isso não era bom o bastante para ela?

Deitada no colchão deformado, eu passava e repassava a Seleção na cabeça. Acho que tinha suas vantagens. Seria legal comer bem, pelo menos por uns dias. E não havia razão para eu me preocupar: eu não me apaixonaria pelo príncipe Maxon. Pelo que vi no *Jornal Oficial de Illéa*, nem ia gostar do cara.

A meia-noite pareceu demorar uma eternidade para chegar. Havia um espelho na minha porta, e antes de sair dei uma olhada no cabelo para ver se estava tão bonito como de manhã. Também passei um pouco de brilho nos lábios, para garantir alguma cor no rosto. Minha mãe fazia uma economia bem rígida de maquiagem: era só para as apresentações ou para sair em público. Mas eu sempre conseguia surrupiar um pouco em noites como essa.

Esgueirei-me pela cozinha, fazendo o mínimo barulho possível. Embrulhei minhas sobras do jantar, um pedaço de pão que estava quase estragando e uma maçã. Era difícil voltar ao quarto a passos tão lentos, assim tão tarde. Mas se eu tivesse feito isso antes, ficaria ansiosa demais.

Abri a janela do quarto e contemplei nosso quadradinho de quintal. A lua quase não tinha luz, e meus olhos precisaram se adaptar para que eu pudesse seguir adiante. Do outro lado do gramado era possível ver a silhueta da casa da árvore, apagada pela noite. Quando éramos mais novos, Kota amarrava lençóis nos galhos para que a árvore parecesse um navio. Ele era o capitão, e eu era seu imediato. Meus encargos em geral se resumiam a varrer o convés e preparar a comida: um monte de terra e galhos socados em uma das panelas da minha mãe. Ele pegava uma colher e "comia" aquela terra, jogando-a por cima do ombro. Isso significava que eu ia ter que varrer mais uma vez o convés, mas eu não me importava. Ficava feliz só de estar no navio ao lado dele.

Olhei para os lados. As luzes das casas da vizinhança já estavam apagadas. Ninguém estava vendo. Saí pela janela, com cuidado. Eu costumava ficar com a barriga toda arranhada por causa da maneira como me arrastava para fora, mas agora sabia exatamente como sair sem me machucar, um talento cultivado ao longo de anos. E eu não queria estragar a comida.

Acelerei pelo gramado, usando meu melhor pijama. Eu podia ter ficado com a roupa que usara durante o dia, mas o pijama me caía melhor. Acho que as roupas não importavam, mas eu me sentia bonita de shortinho marrom e blusinha branca.

Qualquer um podia escalar com uma mão só e sem dificuldade as ripas pregadas na árvore. Eu também tinha aperfeiçoado essa técnica. Cada degrau era um alívio. Não era uma distância muito grande, mas ali eu tinha a sensação de deixar todos os problemas de casa quilômetros para trás. Ali eu não precisava ser a princesa de ninguém.

Eu entrei naquela pequena caixa sabendo que não estava sozinha. Alguém estava do outro lado, escondido sob a noite. Minha respiração acelerou, não pude evitar. Deixei a comida no chão e apertei os olhos para enxergar. A pessoa se mexeu e acendeu um toco de vela. A luz era fraca — ninguém poderia vê-la —, mas bastava. Finalmente o invasor falou, abrindo um sorriso malicioso.

— E aí, linda?

2

Arrastei-me mais para dentro da casa da árvore. Era um cubículo de um metro e meio por um metro e meio; nem mesmo Gerad podia ficar em pé lá dentro. Mas eu amava aquela casa. Tinha uma entrada pela qual só se passava agachado e uma janela minúscula na parede oposta. Havia uma banqueta velha em um dos cantos para servir de suporte para a vela, e um carpete tão gasto que era quase o mesmo que sentar diretamente na madeira. Não era muita coisa, mas era o meu paraíso. *Nosso* paraíso.

— Por favor, não me chame de linda. Primeiro minha mãe, depois May e agora você. Isso está me dando nos nervos.

Pelo jeito que Aspen me olhava, notei que minhas palavras não me deixavam mais feia. Ele sorriu.

— Não consigo evitar. Você é a coisa mais linda que já vi na vida. Não me condene por dizer isso quando posso.

Ele segurou meu rosto com as mãos, e eu olhei bem fundo em seus olhos.

Foi o suficiente. Seus lábios tocaram os meus, e eu não consegui pensar em mais nada. Não havia Seleção, família pobre ou Illéa. Havia apenas as mãos de Aspen nas minhas costas, puxando-me mais para perto; a respiração dele no meu rosto. Minhas mãos passaram por seus cabelos pretos, ainda úmidos do banho — ele sempre tomava banho à noite —, e se uniram em um nó perfeito. Aspen cheirava ao sabonete que a mãe dele fazia. Eu sonhava com aquele cheiro. Nós nos afastamos, e eu não consegui esconder um sorriso.

As pernas dele estavam bem abertas. Sentei-me no meio delas, como uma criança que pede colo.

— Desculpe, não estou de bom humor hoje. É que... nós recebemos aquele aviso idiota pelo correio.

— Ah, sim, a carta — suspirou Aspen. — A gente recebeu duas.

Claro. As gêmeas tinham acabado de fazer dezesseis anos.

Enquanto falava, ele observava cada detalhe do meu rosto. Aspen fazia isso quando estávamos juntos, como se quisesse fixar uma vez mais meu rosto em sua memória. Já fazia uma semana, e uns poucos dias sem nos encontrar bastavam para deixar os dois ansiosos.

Eu também o observava. Aspen era o garoto mais bonito da cidade, de todas as castas. Ele era moreno, tinha olhos verdes e um sorriso que fazia você pensar que ele estava escondendo alguma coisa. Era alto, mas não alto demais. Magro, mas não magro demais. A luz fraca revelava pequenas olheiras; com certeza ele tinha trabalhado até tarde a semana inteira. Sua camiseta preta estava gasta, assim como o jeans surrado que ele usava quase todos os dias.

Se eu pudesse pelo menos me sentar e costurar sua roupa... Era isso que eu queria. Não queria ser a princesa de Illéa. Queria ser a princesa de Aspen.

Doía ficar longe dele. Alguns dias eu ficava maluca tentando imaginar o que ele estaria fazendo. Quando não aguentava mais, praticava música. Eu devia agradecer Aspen por ser a musicista que era. Ele me levava à loucura.

E isso era ruim.

Aspen era um Seis. Eles trabalhavam como ajudantes e estavam apenas um degrau acima dos Sete, porque tinham uma educação melhor e aprendiam a trabalhar em ambientes fechados. Aspen era mais inteligente do que qualquer pessoa que eu conhecia e era muito bonito, mas dificilmente uma mulher se casava com alguém de uma casta mais baixa. Um homem de casta inferior podia até pedir sua mão, mas raramente recebia um "sim" como resposta. E, quando pessoas de castas diferentes se casavam, tinham que preencher um monte de papelada e esperar uns noventa dias para poder tomar as outras medidas legais necessárias. Já ouvi mais de uma pessoa dizer que essa burocracia pretendia dar ao casal a chance de mudar de ideia. Assim, essa intimidade bem depois do toque de recolher de Illéa poderia nos meter em um problema sério. Isso sem falar no quanto minha mãe me infernizaria se soubesse.

Mas eu amava Aspen. Fazia quase dois anos. E ele me amava. Com ele ali sentado, alisando meu cabelo, eu era incapaz até de pensar em participar da Seleção. Eu já estava apaixonada.

— E o que você acha disso? Quer dizer, da Seleção? — perguntei.

— Acho normal. O coitado precisa dar um jeito de arrumar uma namorada.

Senti o sarcasmo, mas queria saber sua opinião de verdade.

— Aspen...

— Tudo bem, tudo bem. Por um lado, acho meio triste. O príncipe não sai com ninguém? Quer dizer, será que ele não arruma *ninguém* de verdade? Se eles tentam casar as princesas com outros príncipes, por que não fazem o mesmo com ele? Deve ter alguma nobre por aí que sirva para ele. Não entendo. E é isso. Mas... — ele suspirou. — Por outro lado, acho uma boa ideia. É emocionante. Ele vai se apaixonar na frente de todo mundo. Gosto dessa história de felizes para sempre e tal. Qualquer uma pode ser a próxima rainha. Dá esperança. Me faz pensar que eu também posso ser feliz para sempre.

Ele passava os dedos em volta dos meus lábios. Aqueles olhos verdes penetravam fundo na minha alma, e eu sentia aquela química incrível que só tinha com ele. Eu também queria ser feliz para sempre.

— Então você está incentivando as gêmeas a entrar no concurso? — perguntei.

— Sim. Quer dizer, a gente já viu o príncipe algumas vezes. Ele parece ser um cara legal. Quer dizer, é um imbecil, com certeza, mas é simpático. E as meninas estão empolgadas; é engraçado de ver. Elas estavam dançando pela casa quando cheguei do trabalho hoje. E ninguém pode negar que seria bom para a família. Minha mãe está otimista, porque temos duas participantes em casa.

Era a primeira boa notícia que eu recebia sobre essa competição terrível. Não podia acreditar que tinha pensado tanto em mim que nem cheguei a me lembrar das irmãs de Aspen. Se uma delas passasse, se uma delas entrasse...

— Aspen, você tem noção do que isso significaria? Se Kamber ou Celia ganhassem?

Ele me abraçou mais forte, acariciando minha testa com os lábios. Uma de suas mãos subia e descia nas minhas costas.

— Só pensei nisso hoje — ele confessou. O tom rouco de sua voz não deixava espaço para nenhum outro pensamento. Eu só queria que ele me tocasse e me beijasse. E era exatamente isso que aconteceria naquela noite se seu estômago não tivesse roncado e me acordado para a realidade.

— Ei, trouxe um lanche para nós — eu disse com delicadeza.

— Ah, é? — pude notar que ele tentava não soar empolgado, mas um pouco de sua impaciência acabou transparecendo.

— Você vai amar esse frango. Eu que fiz.

Peguei o embrulho e entreguei a ele, que começou a beliscar a comida sem afobação. Deu uma mordida na maçã, insinuando que era *nossa*, mas abri mão da minha parte e deixei que comesse o resto.

Se a alimentação era uma preocupação na minha casa, na de Aspen era uma tragédia. Ele tinha um trabalho muito mais exigente que o nosso, mas ganhava um salário bem menor. Nunca havia comida suficiente. Ele era o mais velho de sete irmãos. Assim como comecei a ajudar em casa logo que pude, Aspen fez o mesmo. Ele passava o pouquinho de comida que lhe cabia para as irmãs e a mãe, sempre cansada de tanto trabalhar. O pai tinha morrido três anos antes, e a família dependia dele para quase tudo.

Vi com satisfação Aspen lamber o tempero do frango dos dedos e partir para cima do pão. Eu não fazia ideia de quando havia sido sua última refeição.

— Você cozinha tão bem. Um dia vai dar muitas alegrias e quilos a mais para alguém — comentou enquanto mastigava a maçã.

— Vou dar alegrias e quilos a mais para *você*. Sabe disso.

— Ah, engordar!

Rimos, e ele me contou as novidades desde a última vez que nos vimos. Aspen tinha trabalhado no escritório de uma fábrica e ia ficar mais uma semana nesse serviço. Sua mãe tinha finalmente conseguido um emprego fixo de faxineira na casa de alguns Dois da nossa região. As gêmeas estavam tristes porque a mãe as fizera largar o curso de teatro da escola para que pudessem trabalhar mais.

— Vou ver se arranjo um trabalho aos domingos para ganhar um pouquinho mais. Detesto ver as duas abandonarem uma coisa que adoram — ele disse, esperançoso, como se fosse mesmo conseguir.

— Aspen Leger, nem se atreva! Você já trabalha demais.

— Aaah, Meri — ele sussurrou ao meu ouvido. Arrepiei. — Você sabe como Kamber e Celia são. Elas precisam ver gente. Não aturam ficar limpando e escrevendo o tempo todo. Não é da natureza delas.

— Mas não é justo que esperem tudo de você, Aspen. Sei exatamente como se sente, mas você precisa se cuidar. Se ama suas irmãs de verdade, tem que se preocupar também com o responsável por elas.

— Fique tranquila, Meri. Acho que coisas boas vão surgir lá na frente. Não vou ficar fazendo isso para sempre.

Mas ele ia. Porque sua família sempre ia precisar de dinheiro.

— Aspen, sei que você aguenta. Mas há um limite. Você não pode achar que é capaz de dar tudo para todo mundo que ama. Não dá para você fazer tudo.

Ficamos em silêncio por uns instantes. Eu tinha esperança de que ele estivesse refletindo sobre minhas palavras, de que percebesse que, se não diminuísse o ritmo, podia se desgastar demais. Não era raro que pessoas da Seis, da Sete e da Oito morressem de exaustão. Eu não suportaria isso. Apertei-me ainda mais contra o peito dele, tentando apagar essa imagem da minha mente.

— America?

— Sim? — sussurrei.

— Você vai entrar na Seleção?

— Não! Claro que não! Não quero que as pessoas pensem que considero a hipótese de me casar com um estranho. É você que eu amo — disse bruscamente.

— Você quer ser uma Seis? Sempre faminta? Sempre preocupada? — ele perguntou.

Sua voz carregava muita dor e uma pergunta sincera: se

eu pudesse escolher entre dormir no palácio real rodeada de empregados e num apartamento de três cômodos rodeada pela família Leger, o que seria?

— Aspen, nós vamos conseguir. Somos inteligentes. Vamos ficar bem — eu disse, desejando que isso acontecesse de verdade.

— Você sabe que as coisas não vão ser assim, Meri. Eu ainda teria que sustentar minha família. Não sou do tipo que abandona os outros.

Estremeci nos braços de Aspen, que continuou:

— E se tivermos filhos...

— *Quando* tivermos filhos. E vamos tomar cuidado. Não precisamos ter mais de dois.

— Você sabe que isso é uma coisa que não podemos controlar!

Sentia a raiva tomando conta da voz dele. Não podia culpá-lo. Quem tinha dinheiro podia controlar o número de filhos. Mas os Quatro em diante tinham que se virar. Esse foi o assunto de muitas das nossas discussões nos seis meses anteriores, quando começamos a pensar seriamente num jeito de ficar juntos. Filhos eram uma incógnita. E quanto mais deles, mais trabalho. Já havia tantas bocas famintas...

De novo veio o silêncio. Nenhum dos dois sabia ao certo o que dizer. Aspen era passional; tendia a se exaltar nas discussões. Ele tinha aprendido a se conter antes de ficar irritado demais. Era o que estava fazendo agora.

Eu não queria deixá-lo preocupado ou nervoso. Acreditava mesmo que podíamos lidar com a situação. Se planejássemos, sobreviveríamos ao impossível. Talvez eu fosse esperançosa demais. Talvez estivesse apaixonada demais. O fato é que realmente acreditava que Aspen e eu alcançaríamos tudo o que quiséssemos de coração.

— Acho que você devia... — ele soltou de repente.

— Devia o quê?

— Participar da Seleção.

Olhei para ele furiosa:

— Você perdeu o juízo?

— Escute, Meri.

Sua boca estava bem perto do meu ouvido. Não era justo; ele sabia que isso ia me distrair. Sua voz veio devagar, aos sussurros, como se ele fosse dizer algo romântico, embora se tratasse do contrário.

— Se você tivesse a oportunidade de melhorar de vida e não a aproveitasse por minha causa, eu nunca ia me perdoar. Não ia aguentar uma coisa dessas.

Respondi bufando:

— Mas que ridículo. Pense nos milhares de garotas que vão participar. Não vou nem ser sorteada.

— Se não vai ser sorteada, por que se preocupar?

Ele esfregava meus braços com as mãos. Eu não conseguia resistir.

— Só quero que você participe, que tente. E, se for sorteada, vá para o castelo. Se não for, pelo menos não vou sofrer por ter impedido você.

— Mas, Aspen, eu não amo o príncipe. Não gosto dele. Nem o conheço.

— Ninguém o conhece. E esse é o ponto: talvez você goste dele.

— Chega! É *você* que eu amo.

— E é você que *eu* amo.

Ele me beijou para confirmar essas palavras.

— E se me ama, vai fazer isso, para que eu não fique louco de tanto pensar no que poderia ter acontecido.

Quando se pôs como vítima, ele ganhou: eu era incapaz de magoá-lo. Fazia de tudo para facilitar a vida dele. E estava certa: não havia nenhuma chance de ser escolhida. Assim, tudo o que precisava fazer era me submeter ao processo e agradar a todos. Depois, quando não fosse sorteada, o assunto seria esquecido.

— Por favor? — Aspen suspirou no meu ouvido, e eu pude sentir um arrepio por todo o corpo.

— Certo — sussurrei. — Vou me inscrever. Mas sei que não quero ser princesa. Tudo o que quero é ficar com você.

Ele passou a mão no meu cabelo.

— E você vai ficar.

Acho que foi a luz, ou a falta dela, mas juro que os olhos dele marejaram quando disse isso. Aspen tinha passado por muita coisa, mas só o vi chorar uma vez, quando chicotearam seu irmão no meio da praça. O pequeno Jeremy tinha roubado uma fruta de uma banca no mercado. Um adulto teria sido submetido a um julgamento rápido e seria jogado na prisão ou condenado à morte, dependendo do valor do item roubado. Jemmy tinha apenas nove anos e por isso foi espancado. A mãe deles não tinha dinheiro para levar o menino a um médico decente, por isso Jemmy ficou com cicatrizes de alto a baixo.

Naquela noite, esperei na janela para ver se Aspen subiria até a casa da árvore. Ele subiu, e saí escondida para encontrá-lo. Ele chorou em meus braços por uma hora, lamentando-se por não ter trabalhado mais, por não ter sido melhor, para que Jemmy não precisasse roubar. Chorava porque era injusto Jemmy ter sido punido por suas próprias falhas.

Foi uma agonia. Aquilo não era verdade. Mas eu não podia dizer isso a Aspen: ele não me daria ouvidos. Carregava nas costas as necessidades de todas as pessoas que amava. Como que por milagre, eu me tornei uma delas, e tentava pesar o mínimo possível.

— Você pode cantar para mim? Uma música bem bonita, para eu lembrar na hora de dormir?

Sorri. Adorava cantar para ele. Aconcheguei-me mais e comecei uma cantiga de ninar bem serena.

Aspen me deixou cantar por uns minutos antes de começar a descer os dedos distraidamente por minha orelha. Abaixou a gola da minha camiseta e me beijou do pescoço às orelhas. Em seguida, arregaçou minhas mangas e foi beijando meu braço de ponta a ponta. Comecei a perder o fôlego. Ele fazia isso quase todas as vezes em que eu cantava. Acho que gostava mais da minha respiração aguda do que das próprias músicas.

Em pouco tempo estávamos enlaçados sobre o tapete sujo e gasto. Aspen me puxava para cima dele, e eu acariciava seus cabelos bagunçados, hipnotizada por aquelas sensações. Ele me dava beijos ardentes e intensos. Eu sentia seus dedos apertarem minha cintura, meus quadris, minhas coxas. Sempre ficava surpresa que não deixasse marcas no meu corpo.

Tomávamos o cuidado de sempre parar antes de chegar ao que realmente queríamos. Desrespeitar o toque de recolher já era o bastante. Ainda assim, com todas as limitações, eu não conseguia imaginar que alguém em Illéa estivesse mais apaixonado que nós.

— Eu te amo, America Singer. Vou te amar enquanto viver.

A voz dele transmitia uma emoção profunda e me pegou desprevenida.

— Eu te amo, Aspen. Você sempre será meu príncipe.

E ele me beijou até a vela se consumir por inteiro.

Devia fazer horas que estávamos lá, e meus olhos começaram a pesar. Aspen nunca se importava com o próprio sono, mas não podia suportar o meu. Assim, desci a escada cansada, levando o prato e uma moeda.

Aspen se deliciava com minhas canções. Às vezes, quando tinha algum dinheiro no bolso, ele me dava uma moeda para pagar pela música. Eu queria que ele desse cada moeda que conseguisse juntar para a própria família: sem dúvida, eles precisavam até do último centavo. Mas aquelas moedas — que eu era incapaz de gastar — serviam como um lembrete de tudo o que Aspen queria fazer por mim e de tudo o que eu significava para ele.

De volta ao quarto, tirei o pote cheio de moedas do esconderijo e escutei o alegre tilintar da mais nova sobre as antigas. Esperei dez minutos na janela até ver a silhueta dele descer a escada e correr pela estrada.

Fiquei acordada mais um pouco, pensando em Aspen e no quanto eu o amava e me sentia amada por ele. Era uma sensação especial, insubstituível, que não tinha preço. Nenhuma rainha no trono poderia se sentir mais importante que eu.

Adormeci com esse pensamento gravado no fundo do coração.

3

Aspen vestia branco. Parecia um anjo. Ainda estávamos em Carolina, mas não havia ninguém por perto. Estávamos sozinhos, mas não sentíamos falta de ninguém. Aspen fez uma coroa de ramos para mim e ficamos juntos.

— America — irrompeu minha mãe, sacudindo-me até que eu acordasse.

Ela acendeu a luz, ofuscando minha visão, e tive que esfregar os olhos para me adaptar.

— Acorde, America. Tenho uma proposta para você.

Olhei para o despertador: eram sete e pouco da manhã. Cinco horas de sono.

— Dormir mais? — balbuciei.

— Não, querida. Sente-se. Temos um assunto sério para discutir.

Fiz um esforço enorme para me sentar. Minhas roupas estavam amassadas e meus cabelos se rebelavam para todos os lados. Minha mãe batia palmas, como se isso fosse acelerar o processo.

— Vamos, America. Preciso falar com você.

Eu me espreguicei duas vezes.

— O que é? — perguntei.

— Você precisa se inscrever na Seleção. Acho que daria uma princesa excelente.

Era cedo demais para aquilo.

— Mãe, sério, eu... — suspirei enquanto lembrava minha promessa a Aspen na noite anterior de que ia pelo menos tentar. Mas, agora, à luz do dia, não estava muito certa de que queria me submeter àquilo.

— Sei que você é contra, mas pensei em um acordo para você mudar de ideia.

Apurei os ouvidos. O que ela tinha a oferecer?

— Seu pai e eu conversamos ontem e decidimos que você já está madura o bastante para trabalhar sozinha. Você toca piano tão bem quanto eu, e com um pouco de esforço vai ficar perfeita no violino. E sua voz... bem, se você quer minha opinião, não há melhor na província.

Sorri, um pouco grogue de sono:

— Obrigada, mãe. De verdade.

Acontece que eu não dava tanta importância a trabalhar sozinha. Não entendia como isso seria um incentivo.

— Mas não é só isso. Você pode pegar seus próprios trabalhos, ir sozinha e... ficar com metade do que você ganhar — ela disse, meio que fazendo uma careta.

Arregalei os olhos.

— Mas *só* se você participar da Seleção.

Minha mãe sorriu. Ela sabia que assim me ganharia, embora eu achasse que ela esperava um pouco mais de resistência da minha parte. Mas como eu poderia resistir? Eu já ia me inscrever mesmo, e ela dava a chance de eu ganhar um pouco de dinheiro só para mim!

— Você sabe que o máximo que posso fazer é me inscrever, certo? Não tenho como garantir que eles me sorteiem.

— Eu sei, mas não custa tentar.

— Nossa, mãe... — balancei a cabeça, ainda chocada. — Tudo bem. Preencho hoje o formulário. É sério o negócio do dinheiro?

— Claro que é. Cedo ou tarde você ia trabalhar sozinha mesmo. E vai ser bom para você ser responsável por seu próprio dinheiro. Só não se esqueça da família. Ainda precisamos de você.

— Claro, mãe. Como esquecer todas as broncas?

Dei uma piscadinha e ela riu. O acordo estava feito.

No banho, tentei digerir tudo o que tinha acontecido em menos de vinte e quatro horas. Preencher aquele simples formulário me garantiria o apoio da família, faria Aspen feliz e me ajudaria a guardar dinheiro para casar com ele!

Eu não me preocupava tanto com o dinheiro, mas Aspen fazia questão de fazer uma poupança para o casamento. A parte burocrática custava caro, e queríamos fazer uma festinha para a família depois da cerimônia. Eu imaginava que não demoraríamos muito para juntar a quantia necessária assim que tomássemos a decisão, mas Aspen queria mais. Talvez ele acreditasse que não ficaríamos sempre apertados agora que eu ia trabalhar mais.

Depois do banho, penteei os cabelos e me maquiei o mínimo possível para comemorar. Então abri o armário e me vesti. Não havia muito o que escolher. Quase tudo era bege, marrom ou verde. Eu tinha uns vestidos melhorzinhos para as apresentações, mas já estavam bem fora de moda. Era assim; não tinha o que fazer. Os Seis e Sete quase sempre vestiam jeans ou outro tecido grosseiro. A maior parte dos Cinco usava roupas simples, já que os artistas as cobriam com um avental e as cantoras e bailarinas só precisavam estar bem-vestidas para as apresentações. As castas superiores usavam calça cáqui ou jeans de vez em quando para mudar o visual, mas sempre de um jeito que elevava o tecido a um novo patamar. Como se não bastasse ter tudo o que queriam, ainda transformavam nossas necessidades em artigos de luxo.

Vesti um short cáqui e uma blusinha verde — de longe as melhores roupas que tinha para usar durante o dia — e me olhei no espelho mais uma vez antes de descer para a sala. Eu me sentia linda. Talvez fosse só a empolgação influenciando meus olhos.

Minha mãe estava na mesa da cozinha com meu pai, cantarolando. Os dois me encararam algumas vezes, mas nem seus olhares foram capazes de me perturbar.

Fiquei um pouco surpresa ao pegar a carta. A qualidade do papel era impressionante. Eu nunca tinha posto as mãos em algo assim. Espesso e levemente texturizado. O peso do papel me deixou atônita por uns instantes; lembrava-me da grandeza daquilo que eu ia fazer. Duas palavras pipocaram na minha cabeça: "E se...?".

Mas eu espantei esse pensamento e pus a caneta no papel.

Era tudo bem simples. Preenchi nome, idade, casta e informações de contato. Também tinha que completar peso, altura e cor de cabelo, olho e pele. Fiquei muito satisfeita ao escrever que podia falar três idiomas. A maioria das pessoas falava pelo menos dois, mas minha mãe fez questão de que aprendêssemos francês e espanhol, já que essas línguas ainda eram usadas em algumas partes do país. Isso também ajudava na hora de cantar. Havia músicas lindas em francês. Era preciso informar também a escolaridade, o que variava muito, porque apenas os Seis e Sete estudavam em escolas públicas, onde se seguiam anos escolares oficiais. Eu já tinha quase completado os estudos. Na seção "habilidades especiais", incluí canto e todos os instrumentos que tocava.

— Você acha que a capacidade de dormir até tarde conta como habilidade especial? — perguntei a meu pai, fingindo estar indecisa.

— Sim, pode colocar aí. E não se esqueça de escrever que consegue comer um prato em cinco minutos — ele respondeu. Eu ri. Era verdade: eu praticamente engolia a comida.

— Ah, vocês dois! Por que não anota aí que você é completamente desalmada? — explodiu a voz da minha mãe na sala. Eu não podia acreditar que ela estivesse tão brava. Afinal, tinha conseguido exatamente o que queria.

Olhei para meu pai com um ar de interrogação.

— Ela só quer o melhor para você, é isso — ele se reclinou na cadeira, relaxando um pouco antes de começar a trabalhar em uma encomenda para o fim do mês.

— Você também, mas nunca fica assim nervoso — comentei.

— É, mas sua mãe e eu temos ideias diferentes sobre o que é melhor para você — ele disse, e um sorriso brilhou em seu rosto.

Puxei a boca do meu pai, tanto na aparência quanto na tendência a dizer coisas inocentes que depois me causavam problema. O temperamento era da minha mãe, mas ela era melhor na hora de segurar a língua quando o assunto era importante. Eu não. Como naquele momento...

— Pai, se eu quisesse casar com um Seis ou um Sete e o amasse muito, você ia deixar?

Meu pai apoiou a caneca na mesa e concentrou o olhar em mim. Tentei não entregar nada na minha expressão. Seus olhos pareciam pesados, cheios de dor.

— America, se você amasse um Oito, eu deixaria que se casasse com ele. Mas você precisa saber que o amor às vezes acaba com o peso da vida de casado. E ia ser ainda pior se você não pudesse sustentar seus filhos. O amor nem sempre sobrevive nessas circunstâncias.

Ele pegou minha mão, procurando meus olhos com os dele. Tentei esconder minha preocupação.

— Mas o que mais me importa é que você seja amada. Você merece isso. E eu espero que se case por amor, e não por número.

Ele não podia dizer o que eu queria ouvir — que eu *de fato* me casaria por amor e não por número —, mas me deu um pouco de esperança.

— Obrigada, pai.

— Tenha calma com sua mãe. Ela está tentando fazer a coisa certa.

Ele beijou minha mão e foi trabalhar.

Suspirei e voltei à ficha de inscrição. Tudo aquilo me dava a sensação de que nem passava pela cabeça da minha família que eu tinha vontade própria. Isso me chateava, mas eu sabia que não ia poder deixar isso claro no futuro. Vontade era um luxo que não podíamos ter. Éramos movidos à base de necessidades.

Peguei o formulário preenchido e fui levá-lo para minha mãe, no quintal. Ela estava sentada fazendo a barra de um vestido, enquanto May fazia a lição de casa. Aspen costumava reclamar da rigidez dos professores da escola pública, mas eu duvidava que eles superassem minha mãe. Ela estava de férias, meu Deus!

— Você fez mesmo? — May perguntou, agitando os joelhos.

— Com certeza.

— Por que mudou de ideia?

— Mamãe pode ser bem convincente quando quer — respondi, marcando bem as palavras. Mas minha mãe não sentia nenhuma vergonha de ter me subornado.

— Podemos ir ao Departamento de Serviços Provinciais assim que você estiver pronta, mãe.

Ela deu um sorrisinho:

— Essa é a minha garota! Pegue suas coisas que a gente já vai. Quero que sua carta seja uma das primeiras.

Fui pegar a bolsa, como minha mãe mandou, mas estaquei no quarto de Gerad. Ele estava olhando fixamente para uma tela de pintura vazia. Parecia frustrado. Fazíamos um rodízio de opções com ele, mas nunca dava certo. Bastava ver a bola de futebol gasta em um canto ou o microscópio usado que recebemos como pagamento em um Natal para ficar óbvio que ele não tinha jeito para a arte.

— Sem inspiração hoje, hein? — perguntei, entrando no quarto.

Ele me olhou e balançou a cabeça.

— Talvez devesse tentar a escultura, que nem Kota. Você tem mãos para isso. Aposto que se sairia bem.

— Não quero esculpir nada. Nem pintar, cantar ou tocar piano. Quero jogar bola! — ele exclamou, chutando o carpete velho do quarto.

— Eu sei. E você pode, por diversão. Só que precisa achar uma arte em que seja bom para ganhar dinheiro. Então vai poder fazer os dois.

— Mas por quê? — ele choramingou.

— Você sabe o motivo. É a lei.

— Mas não é justo!

Gerad jogou a tela no chão, o que levantou uma nuvem de poeira, que logo foi embora pela janela.

— Não é culpa nossa se nosso bisavô ou sei lá quem era pobre.

— Eu sei.

Parecia mesmo irracional limitar as opções de vida com base na ajuda que seus antepassados deram ao governo, mas as coisas eram assim. Talvez devêssemos apenas dar graças por estarmos seguros.

— Acho que era o único jeito de as coisas funcionarem naquele tempo — completei.

Ele ficou calado. Dei um suspiro, peguei a tela do chão e a coloquei de volta no lugar. A vida era assim, e ele não podia simplesmente chutá-la.

— Você não precisa deixar seus gostos de lado. Mas você quer ajudar mamãe e papai, crescer e casar, certo? — perguntei, cutucando a barriga dele.

Gerad botou a língua para fora, fingindo estar com nojo, e nós dois rimos.

— America! — minha mãe gritou lá de baixo. — Por que você está demorando tanto?

— Estou indo! — gritei de volta. — Sei que é difícil, querido, mas as coisas são assim, está bem? — prossegui, olhando para Gerad.

Eu sabia, porém, que aquilo não estava bem. Nem um pouco bem.

Minha mãe e eu andamos até o departamento local. Às vezes, a gente pegava um ônibus para ir a lugares muito distantes ou para trabalhar. Era chato chegar à casa de um Dois todo suado. Eles já nos olhavam de um jeito estranho sem isso. Mas o dia estava bonito, e a caminhada não era assim tão longa.

Obviamente, não éramos as únicas que queriam entregar a inscrição o mais rápido possível. Quando chegamos lá, a rua em frente ao Departamento de Carolina já estava lotada de mulheres.

Na fila, havia um monte de meninas do meu bairro, esperando para entrar. Cada uma delas tinha mais três a seu lado, e a fila já se estendia até a metade do quarteirão. Todas as garotas da província iam se inscrever. Eu não sabia se ficava assustada ou aliviada.

— Magda! — chamou alguém. Tanto eu como minha mãe nos viramos ao som do nome dela.

Celia e Kamber estavam caminhando até nós junto com a mãe. Ela devia ter tirado o dia de folga. Suas filhas usavam a melhor roupa que tinham e estavam bem-arrumadas. Não era muito, mas elas ficavam bonitas com qualquer roupa, como Aspen. Kamber e Celia tinham os mesmos cabelos escuros e o mesmo sorriso do irmão.

A mãe deles sorriu para mim, e eu sorri de volta. Eu a adorava. Só conseguia falar com ela de vez em quando, mas era sempre simpática comigo. E eu sabia que não era porque eu estava uma casta acima. Já tinha visto a mãe deles dar roupas que não serviam mais nos seus filhos a famílias que não tinham quase nada. Ela era uma pessoa generosa.

— Oi, Lena. E como vocês estão, meninas? — cumprimentou minha mãe.

— Bem! — elas responderam em uníssono.

— Vocês duas estão lindas — eu disse enquanto jogava um dos cachos de Celia para trás.

— Queríamos ficar bonitas para a foto — afirmou Kamber.

— Foto? — perguntei.

— Sim — disse a sra. Leger em voz baixa. — Eu estava limpando a casa de um juiz ontem. Parece que o sorteio não é bem um sorteio. É por isso que eles tiram fotos e pegam um monte de informações. Qual a importância de saber quantas línguas você fala se é tudo aleatório?

Achei estranho. Mesmo. Pensava que toda a informação ia ser usada depois do sorteio.

— Parece que a notícia vazou. Olhe para os lados: está cheio de garotas produzidas.

Passei os olhos pela fila. A sra. Leger tinha razão. E a diferença entre quem sabia e não sabia era bem clara. Logo atrás da gente havia uma moça, com certeza uma Sete, ainda com as roupas de trabalho. As botas cheias de lama provavelmente não iam sair na foto, mas não havia como esconder o pó no avental. Um pouco mais atrás estava outra Sete, ostentando seu cinto de ferramentas. O melhor que posso dizer sobre ela é que seu rosto estava limpo.

No extremo oposto, uma moça tinha feito um coque e deixara uns fios encaracolados caindo no rosto. A garota ao lado dela — claramente uma Dois, pelas roupas — tinha um decote do tamanho do mundo. Outras tinham tanta maquiagem que para mim mais pareciam palhaços. Mas pelo menos elas estavam tentando.

Minha aparência era razoável, mas eu não tinha me produzido como as outras garotas. Como as Sete, eu não sabia que tinha que me preocupar com isso. De repente, comecei a tremer de ansiedade.

Mas por quê? Parei e refleti sobre a situação.

Eu não queria aquilo. Então não estar bonita era bom. Eu

ficaria pelo menos um ponto abaixo das irmãs de Aspen. Elas tinham uma beleza natural e aquele pouquinho de maquiagem as deixava ainda mais adoráveis. Se Kamber ou Celia ganhasse, toda a família subiria na escala. E a minha com certeza não ia se opor se eu me casasse com alguém da Um, mesmo que não fosse o príncipe. Minha ignorância era na verdade uma dádiva.

— Acho que você tem razão — minha mãe disse. — Aquela menina está arrumada para uma festa de Natal — completou, rindo. Mas eu sabia que ela odiava estar em desvantagem.

— Não sei por que algumas garotas exageram tanto. Olhe para America. Ela está tão linda. Fico contente por você não ter ido nessa linha — disse a sra. Leger.

— Eu não tenho nada de especial. Quem me escolheria perto de Kamber ou Celia?

Pisquei para as duas, que sorriram. Minha mãe também deu um sorriso, mas forçado. Ela devia estar dividida entre ficar na fila ou me obrigar a correr para casa e trocar de roupa.

— Não seja boba! Toda vez que Aspen volta para casa depois de ter ajudado o irmão ele diz que a família Singer passou duas vezes na fila do talento e da beleza.

— Verdade? Que gentil! — murmurou minha mãe.

— É mesmo. Eu não podia querer um filho melhor. Ele é muito companheiro e trabalha duro.

— Vai fazer uma moça muito feliz algum dia — comentou minha mãe, sem dar muita atenção à conversa. Ela ainda estava analisando a concorrência.

A sra. Leger olhou ao redor.

— Cá entre nós, acho que ele já tem alguém em mente.

Gelei. Não sabia se fazia algum comentário ou não. Tinha medo de dar uma resposta que me entregasse.

— Como ela é? — minha mãe quis saber. Embora estivesse planejando meu casamento com um completo estranho, tinha tempo para fofoca.

— Não sei direito. Ele não me apresentou ninguém. Só acho que ele está de olho em alguém porque parece mais feliz ultimamente — ela respondeu, radiante.

Ultimamente?, pensei. *Faz quase dois anos que Aspen e eu nos encontramos. Por que só ultimamente?*

— Ele fica assoviando — foi a contribuição de Celia para o assunto.

— É, e também canta — concordou Kamber.

— Canta? — perguntei espantada.

— Pois é — confirmaram as duas em coro.

— Então ele está mesmo com alguém! — palpitou minha mãe. — Quem será?

— Aí você me pegou. Mas deve ser uma moça ótima. Ele tem trabalhado muito, mais do que o normal, e guardado dinheiro. Acho que está tentando economizar para o casamento.

Não consegui segurar um gritinho de empolgação. Para minha sorte, todas acharam que era só por causa das notícias.

— Nada me deixa mais feliz — prosseguiu a sra. Leger —, mesmo que ele ainda não esteja pronto para contar quem ela é. Aspen está sorrindo; dá para notar a alegria dele. As coisas ficaram tão difíceis para nós desde que perdemos Herrick, e ele assumiu muitas responsabilidades. Qualquer garota que o faça feliz já é uma filha para mim.

— É uma moça de sorte! Aspen é um garoto maravilhoso — observou minha mãe.

Eu não podia acreditar. A família estava sempre tentando fazer o dinheiro durar até o fim do mês, e Aspen guardava uma parte por minha causa! Não sabia se dava uma bronca ou um beijo nele. Eu... não tinha palavras.

Ele ia *mesmo* me pedir em casamento!

Era tudo em que eu conseguia pensar: *Aspen*, *Aspen*, *Aspen*. Fiquei na fila, cheguei ao guichê, assinei os papéis confirmando que as informações eram verdadeiras e tirei a foto. Antes de encarar o fotógrafo, sentei na cadeira e balancei os cabelos uma ou duas vezes para que ficassem com vida.

Acho que nenhuma outra garota de Illéa estava mais sorridente que eu.

4

Era sexta-feira. O *Jornal Oficial de Illéa* começava às oito. Ninguém era oficialmente obrigado a ver, mas era burrice não fazer isso. Até os Oito — os mendigos, os andarilhos — achavam uma loja ou igreja onde pudessem acompanhar o noticiário. E com a data da Seleção se aproximando, o *Jornal Oficial* era mais que uma obrigação. Todo mundo queria saber como caminhava o assunto.

— Você acha que eles vão anunciar as ganhadoras hoje? — indagou May, enfiando uma porção de purê na boca.

— Não, querida. Todas as selecionáveis têm nove dias para entregar o formulário. Provavelmente só vamos saber daqui a duas semanas — a voz da minha mãe estava calma como não ficava havia anos. Ela estava totalmente tranquila, satisfeita por ter conseguido algo que queria de verdade.

— Ah! Não aguento esperar! — reclamou May.

Ela não aguentava esperar? Era o *meu* nome na urna!

— Sua mãe me contou que vocês passaram um bom tempo na fila.

Fiquei surpresa por meu pai querer entrar na conversa.

— Pois é. Eu não esperava tantas meninas. Não sei por que vão dar mais nove dias. Juro que todo mundo na província estava lá.

Meu pai deu uma risadinha.

— Foi divertido analisar as concorrentes?

— Nem quis saber disso — respondi com sinceridade. — Deixei esse trabalho para mamãe.

Ela confirmou com a cabeça.

— Eu analisei mesmo. Não pude evitar. Mas acho que America estava bem. Ajeitada, natural. E, de verdade, querida: você é linda. Se eles forem mesmo olhar as fotos em vez de sortear uma moça, você vai ter mais chances ainda.

— Não sei — tentei tirar o corpo fora. — Tinha uma garota com tanto batom vermelho que parecia estar sangrando. Talvez ela faça o tipo do príncipe.

Todos riram. Minha mãe continuou comentando as roupas que chamaram a atenção dela. May bebia suas palavras, ao passo que Gerad dava uns sorrisos entre uma colherada e outra. Às vezes era fácil esquecer que a vida em casa ficara mais estressante quando Gerad começou a entender o mundo ao seu redor.

Às oito, todos nos juntamos na sala: meu pai em sua cadeira; May no sofá perto de mamãe, com Gerad no colo; e eu esparramada no chão. Ligamos a TV no canal da rede pública, o único pelo qual não era preciso pagar, de modo que até os Oito poderiam vê-lo, se tivessem TV.

O hino nacional tocou. Pode parecer meio bobo, mas sempre adorei o hino. Era uma das músicas que mais gostava de cantar.

O retrato da família real surgiu na tela. No alto do palanque, estava o rei Clarkson. Seus conselheiros sentavam-se ao lado, e a câmera os focalizou. Parecia que haveria uma porção de anúncios naquela noite. No lado esquerdo da tela, estavam a rainha e o príncipe Maxon, com roupas elegantes, sentados no trono, com um ar nobre e importante.

— É o seu namorado, America! — May anunciou. Todos riram.

Observei Maxon. Talvez ele fosse bonito, a seu modo. Mas não era nem um pouco parecido com Aspen. Seu cabelo tinha uma cor meio mel e seus olhos eram castanhos. Ele tinha uma cara de verão, o que muita gente deveria gostar. Seu cabelo batido estava em perfeita ordem, e a roupa se ajustava perfeitamente ao seu corpo.

Só que Maxon ficava travado demais naquela cadeira. Parecia tenso. Seus cabelos brilhantes eram perfeitos demais, seu terno sob medida estava engomado demais. Era mais uma pintura que uma pessoa. Cheguei a ter pena da garota que ficasse com ele. Aquela devia ser a vida mais chata que alguém poderia imaginar.

Concentrei a atenção na rainha. Ela parecia calma. Também estava sentada, mas não de um jeito frio. Então eu me dei conta de que ela — ao contrário do rei e do príncipe — não tinha sido criada no palácio. Era uma gloriosa filha de Illéa. Talvez antes tivesse sido alguém como eu.

O rei já estava falando, mas eu tinha que perguntar.

— Mãe? — sussurrei, para não distrair meu pai.

— Sim?

— A rainha... o que ela era? Quer dizer, de que casta?

Minha mãe viu meu interesse e abriu um sorriso.

— Quatro.

Uma Quatro. Ela tinha passado a infância trabalhando em uma fábrica ou em uma loja; talvez em uma fazenda. Eu imaginava como teria sido a vida dela. Será que tinha uma família grande? Provavelmente não tinha que se preocupar com comida. Será que suas amigas ficaram com inveja quando ela foi escolhida? Se eu tivesse amigos de verdade, será que eles ficariam com inveja de mim?

Que besteira. Eu não ia ser sorteada.

Comecei a prestar atenção nas palavras do rei.

— Esta manhã, outro ataque na Nova Ásia comprometeu nossas bases, deixando as tropas em um número pouco inferior ao do inimigo. No entanto, estamos confiantes de que os recrutas do mês que vem chegarão com o moral elevado e renovarão nossas forças.

Eu odiava a guerra. Infelizmente, nosso país era jovem e tinha que se defender de todo mundo. Talvez não sobrevivêssemos a outra invasão.

Após o rei nos informar do recente ataque a um campo rebelde, a equipe de economia anunciou a situação da dívida do país, e o chefe do Comitê de Infraestrutura informou que em dois anos começariam a trabalhar na reconstrução de inúmeras estradas. Algumas delas estavam abandonadas desde a Quarta Guerra Mundial. Por fim, a última pessoa — o mestre de cerimônias — subiu ao palanque.

— Boa noite, senhoras e senhores de Illéa. Como sabem, enviamos pelo correio os formulários para a Seleção. Acabo de receber o primeiro lote de inscrições e tenho o prazer de anunciar que milhares de lindas illeanas já deixaram seu nome nas urnas para a Seleção!

Ao fundo, em um dos cantos, o príncipe mudou de posição na cadeira. Será que estava suando?

— Em nome da família real, quero agradecer-lhes por seu entusiasmo e patriotismo. Com um pouco de sorte, comemoraremos no Ano-Novo o noivado de nosso amado príncipe Maxon com uma encantadora, talentosa e inteligente filha de Illéa!

Os conselheiros ali sentados aplaudiram. Maxon sorriu, mas não parecia à vontade. Quando as palmas cessaram, o mestre de cerimônias prosseguiu:

— É claro que teremos muitas horas de programação televisiva para conhecer as jovens da Seleção, incluindo especiais sobre a vida no palácio. Não podemos imaginar ninguém melhor que nosso Gavril Fadaye para nos guiar durante esses dias tão emocionantes!

Outra salva de palmas, mas bem menor. Ela partiu da minha mãe, do meu pai e de May. Gavril Fadaye era uma lenda. Fazia mais ou menos vinte anos que ele comentava os desfiles da Festa da Gratidão, os shows de Natal e qualquer outro evento realizado no palácio. Nunca vi uma entrevista com membros da família real ou com pessoas próximas a eles que não tivesse sido feita por Fadaye.

— America, talvez você conheça Gavril! — minha mãe cantarolou.

— Lá vem ele! — festejou May, agitando os braços delicados.

De fato, ali estava Gavril, entrando em cena com seu terno azul engomado. Ele devia ter quase cinquenta anos, mas continuava afiado. Conforme caminhava pelo palco, a luz refletia no broche da lapela, produzindo um brilho dourado semelhante ao das notas fortes nas minhas partituras de piano.

— Booooooa noiteeeee, Illéa! Quero dizer que é uma grande honra participar da Seleção. Que sorte a minha: vou conhecer trinta e cinco belas mulheres! Qualquer idiota gostaria de ter meu emprego! — disse, piscando para a câmera. — Mas antes de conhecer essas adoráveis damas, lembrando que uma delas será nossa nova princesa, tenho o prazer de conversar com o homem do momento, o príncipe Maxon.

Após essa deixa, Maxon caminhou pelo palco acarpetado até duas cadeiras preparadas para ele e Gavril. O príncipe esticou a gravata e ajeitou o terno, como se precisasse ficar ainda mais arrumado. Ele apertou a mão de Gavril, sentou-se na frente dele e pegou um microfone. A cadeira era alta o suficiente para Maxon poder apoiar os pés na barra entre suas pernas. Ele parecia muito mais informal assim.

— É um prazer revê-lo, Alteza.

— Obrigado, Gavril. O prazer é todo meu.

A voz de Maxon era tão empolada como o resto. Ele emitia ondas de formalismo. Eu torcia o nariz só de pensar em ficar na mesma sala que ele.

— Em menos de um mês, trinta e cinco mulheres vão se mudar para a sua casa. Como você se sente?

Maxon riu:

— Para ser honesto, é um pouco estressante. Imagino que haja muito mais barulho em casa com tantas convidadas. Mas, mesmo assim, estou ansioso para que esse dia chegue.

— O senhor perguntou a seu querido pai como ele conseguiu laçar uma esposa tão linda em sua época?

Tanto Maxon como Gavril olharam para o rei e a rainha. A câmera focalizou o casal de mãos dadas, trocando olhares e sorrisos. Parecia verdadeiro, mas não dava para ter certeza disso.

— Na verdade, não. Como você sabe, a situação na Nova Ásia é cada vez mais preocupante. Nosso trabalho juntos é mais militar. Não sobra tempo para falar de mulheres.

Minha mãe e May deram uma gargalhada. Talvez a situação fosse um tanto cômica.

— Nosso tempo está acabando. Gostaria de lhe fazer uma última pergunta. Como seria a mulher perfeita para você?

Maxon recuou um pouco na cadeira. Tive a impressão de que seu rosto ficou vermelho.

— Para ser franco, não sei. Acho que essa é a melhor parte da Seleção. Não haverá duas mulheres iguais no concurso, nem em beleza, nem em personalidade. Ao longo do processo, conhecendo todas e conversando com elas, espero descobrir o que quero — disse o príncipe, sorrindo.

— Obrigado, Alteza. Ótima resposta. Julgo falar por todos em Illéa ao lhe desejar a melhor das sortes.

Gavril estendeu a mão para outro cumprimento.

— Obrigado — agradeceu Maxon.

A câmera demorou um pouco para cortar a imagem. Vimos o príncipe olhar para seus pais como que perguntando se tinha dito a coisa certa. A tomada seguinte era um close no rosto de Gavril, de modo que não pude saber a resposta do casal real.

— Receio que tenhamos chegado ao fim da transmissão de hoje. Obrigado por assistir ao *Jornal Oficial de Illéa*. Até a semana que vem.

Era isso. Uma música começou a tocar e os créditos da equipe apareceram na tela.

— America e Maxon estão namoraaaaaando... — cantou May. Joguei uma almofada nela, mas não pude conter o riso. O príncipe era todo duro e caladão. Era difícil imaginar alguém feliz ao lado de um cara tão sem graça.

Passei o resto da noite tentando ignorar as provocações de May, até finalmente poder ficar a sós no quarto. Ficava inquieta só de pensar em estar perto de Maxon Schreave. As cutucadas da minha irmã ficaram em minha cabeça a noite inteira. Custei a pegar no sono.

Foi difícil identificar de onde vinha o barulho que me acordou, mas logo que abri os olhos inspecionei o quarto no mais absoluto silêncio, para o caso de alguém estar lá.

Toc, toc, toc.

Voltei lentamente a cabeça para a janela. Lá estava Aspen, sorrindo para mim. Saí da cama e fui até a porta na ponta dos pés para fechá-la e passar a chave. Voltei para a cama, destravei a janela e a abri com cuidado.

Um calor que nada tinha a ver com o verão subiu por meu corpo assim que vi Aspen pular a janela e cair na minha cama.

— O que você veio fazer aqui? — sussurrei, sorrindo na escuridão.

— Eu precisava ver você — ele disse com os lábios próximos do meu rosto, enquanto me envolvia em seus braços e me fazia deitar ao seu lado na cama.

— Tenho tanta coisa para dizer, Aspen.

— Shhhhhhh, não diga nada. Se alguém ouvir, estamos perdidos. Quero só olhar para você.

Obedeci. Fiquei lá, quieta, imóvel, enquanto Aspen me olhava nos olhos. Uma vez satisfeito, ele começou a roçar o nariz no meu pescoço e nos meus cabelos. Suas mãos subiam e desciam pelas curvas da minha cintura. Senti sua respiração cada vez mais ofegante, e algo nisso me atraía.

Seus lábios, próximos do meu pescoço, começaram a me beijar. Minha respiração acelerou. Não pude evitar. Subiram pelo meu queixo até a minha boca, o único jeito de silenciar meus suspiros. Enrosquei-me no corpo dele, e a umidade da noite e nossos abraços apressados nos cobriram de suor.

Um momento roubado.

Por fim, os lábios de Aspen diminuíram o ritmo, embora eu não tivesse a mínima vontade de parar. Mas tínhamos de ser espertos. Se aquilo fosse mais longe — e deixasse para trás qualquer prova —, acabaríamos na cadeia.

Era outra razão por que todos se casavam jovens: era uma tortura esperar.

— Tenho que ir — ele sussurrou.

— Mas eu quero que você fique.

Meus lábios estavam na orelha de Aspen, e eu pude mais uma vez sentir o cheiro de seu sabonete.

— America Singer, um dia você vai dormir nos meus braços todas as noites. E acordar todas as manhãs com meus beijos. E algo mais.

Mordi os lábios só de pensar.

— Mas agora preciso ir. Estamos abusando da sorte.

Suspirei e afrouxei os braços. Ele tinha razão.

— Eu te amo, America.

— Eu te amo, Aspen.

Esses momentos secretos bastavam para me dar forças para enfrentar tudo o que estava por vir: a decepção da minha mãe por eu não ter sido escolhida, o esforço para ajudar Aspen a juntar dinheiro, a confusão que explodiria quando ele pedisse minha mão ao meu pai, e todas as outras batalhas que enfrentaríamos depois de casados. Nada disso importava, desde que eu tivesse Aspen.

5

Uma semana depois, convenci Aspen a aparecer na casa da árvore.

Deu um pouco de trabalho levar tudo o que eu queria lá para cima em silêncio, mas consegui. Enquanto organizava os pratos, ouvi alguém subindo na árvore.

— Bu!

Essa foi a primeira palavra de Aspen, logo seguida por uma gargalhada. Acendi a vela nova que tinha comprado só para nós. Ele foi até o canto onde eu estava para me dar um beijo. Comecei a falar de tudo o que tinha acontecido naquela semana.

— Nem consegui contar sobre o dia da inscrição — eu disse, empolgada.

— Como foi? Minha mãe disse que estava lotado.

— É uma loucura, Aspen. Você tinha que ver as roupas das meninas! E tenho certeza de que sabe que a escolha não é feita por sorteio, como dizem. Então, estou tranquila. Há garotas muito mais interessantes em Carolina que eu. Isso não vai dar em nada.

— Mesmo assim, obrigado por se inscrever. Significa muito para mim.

Os olhos dele ainda estavam focados em mim. Ele nem olhou para o resto da casa da árvore. Parecia me puxar para dentro de si, como sempre.

— Bom, a melhor parte é que minha mãe não fazia ideia da promessa que fiz a você, então me subornou para que eu me inscrevesse.

Não pude esconder o sorriso. Algumas famílias estavam dando festas para as filhas, com a certeza de que seriam escolhidas. Cantei em nada menos do que sete comemorações, duas na mesma noite, só porque sabia que o pagamento iria direto para mim. E minha mãe foi fiel à palavra dada. Era libertador ter meu próprio dinheiro.

— Suborno? Como? — seu rosto se iluminou de entusiasmo.

— Dinheiro, claro. Veja o banquete que preparei para você!

Afastei-me dele e comecei a pegar os pratos. Cozinhei mais do que o normal no jantar com a intenção de guardar um pouco para Aspen. Além disso, passei dias assando bolos e tortas. May e eu sempre fomos viciadas em doce, e minha irmã ficou radiante por eu ter escolhido gastar meu dinheiro assim.

— O que é tudo isso?

— Comida. Eu mesma fiz.

Eu estava toda orgulhosa de mim mesma. Naquela noite, Aspen finalmente ficaria de barriga cheia. Mas o sorriso dele diminuía à medida que reparava em cada um dos pratos.

— Aspen, está tudo bem?

— Isso não é certo.

Ele balançou a cabeça e afastou o olhar das guloseimas.

— O que você quer dizer?

— America, *eu* é que tenho que cuidar de você. É humilhante vir aqui e ver que fez tudo isso para mim.

— Mas eu dou comida o tempo todo para você.

— O pouquinho que sobra. Você acha que não sei a diferença? Não me sinto mal de comer algo que você não quer. Mas você cuidando de mim... *Eu* é que tenho que...

— Aspen, você sempre me dá coisas. Você cuida de mim. Guardo todas as minhas moe...

— Moedas? Você acha que tocar nesse assunto *agora* é uma boa ideia? Sério, America, você não sabe como odeio isso? Adoro ouvir você cantar, mas detesto que todo mundo tenha dinheiro para te pagar, menos eu.

— Você nem precisa pagar! É um presente. Eu te dou qualquer coisa que me pedir!

Sabia que tínhamos que falar em voz baixa, mas não estava ligando para isso naquele momento.

— Não sou um mendigo, America. Sou um homem. É minha função cuidar de você.

Aspen passou as mãos pelo cabelo. Dava para notar que

sua respiração estava acelerada. Ele estava pensando no que ia dizer. Mas havia algo muito diferente em seu olhar. Em vez de sua expressão ficar mais centrada, a confusão aos poucos ganhava espaço. Minha raiva passou quando o vi naquele estado, parecendo perdido. Eu me senti culpada. Minha intenção era paparicá-lo, não humilhá-lo.

— Eu te amo — sussurrei.

Ele balançou a cabeça.

— Eu também te amo, America — disse ainda sem olhar para mim.

Peguei um dos pães que tinha feito e pus na mão dele. Aspen estava faminto demais para não dar uma mordida.

— Não quis magoar você. Pensei que isso fosse te alegrar.

— Ah, Meri, eu adorei. Não consigo acreditar que fez tudo isso por mim. É só que... você não sabe como me incomoda não poder fazer o mesmo. Você merece coisa melhor.

Pelo menos ele continuava comendo enquanto falava.

— Você precisa parar de achar que eu sou assim. Quando estamos juntos, não sou uma Cinco nem você é um Seis. Somos apenas Aspen e America. E não quero nada no mundo a não ser você.

— Mas eu não consigo parar de pensar assim. — Ele olhou para mim e prosseguiu: — Fui criado desse jeito. Desde pequeno sempre ouvi que os Seis "nascem para servir" e "não devem ser notados". A vida inteira me ensinaram a ser invisível.

Aspen agarrou minha mão o mais forte que pôde.

— Se ficarmos juntos, Meri, você também vai ser invisível. E não quero isso para você.

— Aspen, já conversamos sobre isso. Sei que as coisas vão ser diferentes. Estou preparada. Não sei como deixar isso mais claro para você.

Pus a mão sobre o coração dele.

— Quando você estiver pronto para pedir, estarei pronta para dizer que sim.

Era assustador me expor daquele jeito, deixar absolutamente clara a profundidade da minha paixão. Ele sabia o peso das minhas palavras. Mas, se minha vulnerabilidade o deixava mais forte, valia a pena. Seus olhos procuraram os meus. Se Aspen procurava dúvida, estava perdendo tempo. Ele era a única certeza na minha vida.

— Não.

— O quê?

— Não.

Aquela palavra foi uma bofetada na cara.

— Aspen?

— Não sei como fui capaz de me iludir pensando que isso ia dar certo.

Ele passou as mãos nos cabelos de novo, como se tentasse tirar todos os pensamentos que já tivera sobre mim da cabeça.

— Mas você acabou de dizer que me ama.

— E eu amo, Meri. Essa é a questão. Não quero que seja igual a mim. Não consigo suportar a ideia de ver você com fome, frio ou medo. Não quero que você seja uma Seis.

Senti as lágrimas chegando. Ele não estava falando sério. Não podia estar. Mas antes que eu pudesse pedir que ele retirasse o que havia dito, Aspen já rastejava para sair da casa da árvore.

— Aonde... aonde você vai?

— Embora. Para casa. Desculpe por ter feito você passar por isso, America. Acabou.

— Quê?

— Acabou. Não vamos mais no ver. Não assim.

Comecei a chorar:

— Aspen, por favor. Vamos conversar. Você só está irritado.

— Mais irritado do que você imagina, mas não com você. Não posso fazer isso, Meri. Não posso.

— Aspen, por favor...

Ele me abraçou forte e me beijou — me beijou de verdade — pela última vez antes de desaparecer na noite. E porque esse país é do jeito que é, por causa de todas as regras que nos faziam viver escondidos, nem pude gritar seu nome. Não pude dizer mais uma vez que o amava.

Com o passar dos dias, ficou óbvio que minha família sabia que alguma coisa estava errada. Deviam achar que eu estava ansiosa por causa da Seleção. Mil vezes quis chorar, mas me segurei. Arrastei-me até sexta-feira, na expectativa de que tudo voltasse ao normal depois de o *Jornal Oficial* divulgar os nomes.

Já tinha fantasiado tudo na minha cabeça. Eles iam anunciar Celia ou Kamber. Minha mãe ficaria desapontada, mas menos do que se fosse uma estranha. Meu pai e May iam ficar contentes por elas, porque nossas famílias eram próximas. Eu teria certeza de que Aspen pensava em mim como eu pensava nele. Aposto que iria até a minha casa antes de o programa acabar, com suas desculpas e um pedido de casamento. Talvez fosse cedo demais — já que a escolhida ainda não teria nada garantido —, mas podíamos aproveitar a alegria generalizada do dia, que dissolveria muitos obstáculos.

Na minha cabeça, era perfeito. Ali, todos estavam felizes...

Faltavam dez minutos para o *Jornal Oficial* começar e já estávamos a postos. Era impossível que só minha família não quisesse perder nem um segundo do anúncio.

Minha mãe fez pipoca, como se fôssemos ver um filme:

— Eu me lembro de quando a rainha Amberly foi escolhida. Ah, eu sabia desde o início que seria ela.

— Você participou do sorteio, mamãe? — perguntou Gerad.

— Não, meu docinho, mamãe era jovem demais para poder entrar. Tive sorte, porque assim pude ficar com seu pai — ela disse, dando um sorriso e piscando.

Uau. Ela devia estar de muito bom humor. Eu não conseguia me lembrar da última vez em que a tinha visto ser carinhosa com meu pai.

— A rainha Amberly é a melhor de todos os tempos. Ela é linda e inteligente. Toda vez que a vejo na TV, fico com vontade de ser igual — disse May entre suspiros.

— Ela é uma boa rainha — acrescentei com calma.

Finalmente o relógio deu oito horas. O brasão de Illéa surgiu na tela, acompanhado da versão instrumental do hino. Eu estava mesmo tremendo? Tinha me preparado para o fim daquela história.

O rei apareceu e falou brevemente sobre a guerra. As outras mensagens também foram curtas. Parecia que todos estavam de bom humor. Talvez a Seleção fosse empolgante para eles também.

Finalmente o mestre de cerimônias entrou e apresentou Gavril, que foi na direção da família real.

— Boa noite, Majestade — ele disse ao rei.

— Gavril, é sempre um prazer vê-lo.

O rei parecia realmente animado.

— Ansioso por causa do anúncio, Majestade?

— Ah, sim. Ontem estive no salão onde o sorteio foi realizado e vi algumas das escolhidas. São todas adoráveis.

— Então Vossa Majestade já sabe quem são? — perguntou Gavril.

— Só algumas, só algumas.

— Por acaso ele compartilhou essas informações com Vossa Alteza? — Gavril se dirigiu a Maxon.

— Não, de jeito nenhum. Vou conhecê-las ao mesmo tempo que as pessoas em casa — o príncipe respondeu. Dava para notar que ele tentava esconder o nervosismo.

Percebi o suor na palma de minhas mãos.

— Majestade — Gavril voltou-se para a rainha —, algum conselho para as Selecionadas?

Ela deu um sorriso sereno. Não sei como eram as outras garotas que competiram com a rainha, mas duvidava que alguma delas fosse mais graciosa ou adorável que ela.

— Aproveitem a última noite como uma garota normal. Amanhã, independentemente do que virá, a vida de vocês mudará para sempre. E um conselho antigo, mas valioso: sejam vocês mesmas.

— Sábias palavras, minha rainha, sábias palavras. E agora vamos revelar as trinta e cinco jovens escolhidas para a Seleção. Senhoras e senhores, unam-se às minhas felicitações para as seguintes filhas de Illéa!

O brasão nacional voltou à tela. O rosto de Maxon aparecia em um quadradinho no canto superior direito. A ideia era mostrar as reações dele diante das fotos que iam surgindo no monitor. Acreditava-se que ele já demonstraria alguma opinião sobre elas, como nós também faríamos em casa.

Gavril tinha uma série de fichas na mão, e estava pronto para ler o nome das garotas que, segundo a rainha, estavam para ter sua vida mudada para sempre. A Seleção começava naquele exato momento.

— Senhorita Elayna Stoles, de Hansport, Três.

A foto de uma menina delicada com pele de porcelana apareceu. Parecia uma dama. Maxon pareceu animado.

— Senhorita Tuesday Keeper, de Waverly, Quatro.

Veio a foto de uma garota sardenta. Ela parecia mais velha, mais madura. Maxon cochichou algo com o rei.

— Senhorita Fiona Castley, de Paloma, Três.

Era uma morena de olhos flamejantes. Talvez tivesse a minha idade, mas parecia mais... vivida.

Virei para minha mãe no sofá:

— Ela não parece um pouco...

— Senhorita America Singer, de Carolina, Cinco.

Voltei os olhos para a TV, no susto. Lá estava minha foto, tirada logo depois de ter descoberto que Aspen estava juntando dinheiro para se casar comigo. Eu parecia radiante, esperançosa, linda. Dava para notar que eu estava apaixonada. E algum imbecil achou que era pelo príncipe Maxon.

Minha mãe gritou na minha orelha. May deu um pulo, espalhando pipoca para todo lado. Gerad também se empolgou e começou a dançar. Meu pai... é difícil dizer, mas acho que ele escondia um sorriso por trás do livro.

Perdi a expressão no rosto de Maxon.

O telefone tocou.

E não parou mais de tocar por dias.

6

Na semana seguinte, inúmeros funcionários do governo invadiram nossa casa para me preparar para a Seleção. Havia uma mulher intragável que parecia pensar que metade do meu formulário era mentira. Depois chegou um dos próprios guardas do palácio, para repassar as medidas de segurança com os soldados locais e inspecionar minha casa. Aparentemente, eu tinha que me preocupar com possíveis ataques rebeldes ainda que estivesse em casa. Ótimo.

Recebemos duas ligações de uma mulher chamada Silvia, que tinha uma voz alegre e formal ao mesmo tempo, querendo saber se precisávamos de algo. Minha visita favorita foi a de um homem esbelto, de cavanhaque, que queria tirar as medidas para minhas roupas novas. Eu não sabia direito se ia gostar de usar roupas tão pomposas como as da rainha o tempo todo, mas estava ansiosa pela mudança.

O último visitante chegou na quarta-feira à tarde, dois dias antes de eu partir. Sua função era repassar todas as regras oficiais comigo. Ele era de uma magreza impressionante; tinha um cabelo preto e seboso penteado para trás e suava o tempo todo. Assim que entrou em casa, perguntou se havia um lugar em que poderíamos conversar em particular. Foi a primeira pista de que alguma coisa estava acontecendo.

— Podemos ir para a cozinha se você não se importar — sugeriu minha mãe.

Ele enxugou o rosto com um lenço e olhou para May.

— Na verdade, qualquer lugar está bom. Só acho que seria melhor pedir à sua filha mais nova que saia da sala.

O que ele ia dizer que May não poderia escutar?

— Mãe? — ela chamou, triste com a possibilidade de perder aquele momento.

— May, querida, você não quer retomar a pintura? O trabalho ficou um pouco de lado esta semana.

— Mas...

— Eu acompanho você até a porta, May — propus quando as lágrimas começaram a encher os olhos da minha irmã.

Quando chegamos ao corredor, onde ninguém podia nos escutar, dei-lhe um abraço apertado.

— Não se preocupe — cochichei. — Conto tudo para você hoje à noite. Eu prometo.

Por sorte, May não entregou nossa conversa pulando pela casa, como de costume: séria, ela apenas acenou com a cabeça e foi para seu cantinho no estúdio do meu pai.

Minha mãe preparou um chá para o magrelo e nos sentamos à mesa da cozinha para conversar. Ele carregava uma pilha de papéis e uma caneta, que pôs ao lado de uma pasta com meu nome. Depois de deixar o material na mais perfeita ordem, começou a falar.

— Desculpem a discrição, mas preciso tratar de assuntos que não se prestam a ouvidos jovens.

Minha mãe e eu trocamos um rápido olhar.

— Senhorita Singer, isso pode parecer grosseiro, mas desde sexta-feira passada a senhorita é considerada propriedade de Illéa. Portanto, deve tomar certos cuidados com seu corpo. Tenho diversos formulários que a senhorita deverá assinar enquanto lhe passo as informações necessárias. É meu dever informá-la de que qualquer falha de sua parte em cumprir nossas exigências implica sua exclusão imediata da Seleção. A senhorita compreende?

— Sim — respondi um pouco insegura.

— Muito bem. Comecemos com a parte fácil. Aqui temos algumas vitaminas. Visto que a senhorita é uma Cinco, parto do pressuposto de que nem sempre teve acesso a uma dieta adequada. A senhorita precisa tomar uma pílula dessas diariamente. Por enquanto, fará isso sozinha, mas no palácio haverá alguém para lhe ajudar.

Ele deslizou um frasco grande pela mesa junto com um comprovante que eu tinha de assinar dizendo que recebera as pílulas. Tive que me segurar para não rir. Quem precisa de ajuda para tomar uma pílula?

— Tenho comigo o resultado dos exames que peguei com seu médico. Nada com que se preocupar. A senhorita parece estar em perfeito estado de saúde, embora ele me tenha dito que não tem dormido bem.

— Humm... Fica difícil dormir de tanta emoção.

Era quase verdade. Aqueles dias eram um redemoinho de preparativos para a ida ao palácio, mas à noite, sozinha, eu pensava em Aspen. Não conseguia parar de pensar nele. Ele entrava na minha cabeça e parecia não querer sair.

— Entendo. Bem, posso pedir para lhe entregarem alguns calmantes hoje à noite, caso a senhorita precise. Queremos que esteja bem descansada.

— Não, não é preciso...

— Sim — interrompeu minha mãe. — Desculpe, meu bem, mas você parece exausta. Por favor, peça os calmantes.

— Sim, senhora.

O magrelo fez algumas anotações na papelada.

— Vamos prosseguir. Sei que se trata de um tema muito pessoal, mas tive que tratar do assunto com todas as participantes. Por favor, não fique tímida.

Ele fez uma pausa e continuou.

— Preciso que a senhorita me confirme se é virgem.

Os olhos de minha mãe quase saltaram para fora. Então foi por isso que May teve que sair.

— O senhor está falando sério?

Eu não podia acreditar que eles tinham mandado alguém para perguntar isso. Pelo menos podiam ter enviado uma mulher...

— Receio que sim. Se a senhorita não é, precisamos saber imediatamente.

Essa não... E na frente da minha mãe.

— Eu conheço a lei, senhor. Não sou tonta. Claro que sou virgem.

— Por favor, tenha em mente que se descobrirem que a senhorita está mentindo...

— O que é isso?! America nunca namorou! — minha mãe exclamou.

— É verdade — completei, aproveitando a deixa na esperança de encerrar o assunto.

— Muito bem. Só preciso que a senhorita assine este formulário para confirmar a declaração.

Obedeci, bufando. Eu era feliz por Illéa existir. O país tinha escapado por pouco de virar um monte de escombros. Só que essas regras começavam a me sufocar, como correntes invisíveis que me prendiam ao chão. Leis sobre quem você podia amar, formulários sobre sua virgindade... Era detestável!

— Preciso repassar as regras com a senhorita. São bem claras e não terá dificuldade em cumpri-las. Caso tenha alguma dúvida, basta dizer.

O magrelo levantou a cabeça da pilha de papéis e olhou para mim.

— Certo — resmunguei.

— A senhorita não poderá sair do palácio por vontade própria. Só o príncipe pode dispensá-la. Nem mesmo o rei e a rainha têm esse direito. Eles podem dizer ao príncipe que não a aprovam, mas é dele que parte qualquer decisão sobre quem fica e quem sai. Não há um cronograma predeterminado para a Seleção. Pode durar dias ou anos.

— Anos? — perguntei horrorizada. A ideia de ficar tanto tempo fora me inquietava.

— Não se preocupe. É improvável que o príncipe demore tanto. Ele precisa transmitir segurança diante do povo, e deixar a Seleção correr por muito tempo não é bom sinal. Mas se ele decidir fazer as coisas desse modo, a senhorita terá que permanecer no castelo enquanto o príncipe julgar necessário para tomar sua decisão.

Acho que deixei meu medo transparecer, porque minha mãe segurou minha mão. O magrelo, porém, permaneceu inabalado.

— A senhorita não determina seus horários com o príncipe. Quando julgar necessário, ele a procurará para um encontro a sós. Os grandes eventos sociais são outra história. Mas a senhorita não pode se aproximar dele sem ser convidada a tanto.

Ele prosseguiu, sem interrupção.

— Embora ninguém espere que seja amiga das outras trinta e quatro candidatas, são proibidas as brigas e as sabotagens. Caso a senhorita seja flagrada agredindo outra candidata, subtraindo-lhe algo ou fazendo qualquer coisa que possa prejudicar sua relação com o príncipe, ele próprio decidirá se a senhorita permanecerá ou será dispensada no ato. Todos os seus pensamentos românticos devem ser dirigidos a ele. Se a senhorita for pega escrevendo cartas de amor no palácio ou iniciar um relacionamento amoroso com outra pessoa ali, será considerada culpada de traição e pode ser punida com a pena de morte.

Minha mãe fez uma cara de tédio, embora essa fosse a única regra que me preocupava.

— Caso a senhorita quebre qualquer uma das leis de Illéa, será punida de acordo. Sua condição de Selecionada não a põe acima da lei. A senhorita não poderá usar roupas ou consumir alimentos que não lhe tenham sido oferecidos diretamente pelo pessoal do palácio. Trata-se de uma medida de segurança que será rigorosamente aplicada.

As regras pareciam não terminar.

— Todas as sextas-feiras a senhorita estará presente ao longo da transmissão do *Jornal Oficial*. Haverá momentos, sempre previamente informados, em que cinegrafistas e fotógrafos irão ao palácio. A senhorita deverá ser gentil com eles e permitir que filmem seu dia a dia com o príncipe. Sua família será recompensada por cada semana que passar no palácio. Deixarei o primeiro cheque antes de sair. Se a senhorita for dispensada, no entanto, haverá assistentes para lhe ajudar a se adaptar à vida após a Seleção. Sua assistente pessoal vai auxiliá-la com os preparativos de sua saída, bem como a conseguir uma nova moradia e um novo emprego. Caso a senhorita fique entre as dez melhores candidatas, será considerada da Elite. Só após atingir esse status lhe informaremos os deveres e as funções de uma princesa. A senhorita não tem autorização para perguntar os detalhes antes da hora. De agora em diante, a senhorita é uma Três.

— Uma Três? — minha mãe e eu exclamamos.

— Sim. Após a Seleção, muitas garotas têm dificuldade

para voltar à vida antiga. Garotas das castas Dois e Três saem-se bem, mas as Quatro e inferiores costumam sofrer. A senhorita agora é uma Três, mas seus familiares permanecem Cinco. Caso vença, todos serão Um, membros da família real.

— Um — a palavra saiu devagar dos lábios da minha mãe.

— Por último, caso permaneça até o final da Seleção, a senhorita vai se casar com o príncipe Maxon e ser coroada princesa de Illéa, assumindo todos os direitos e responsabilidades desse título. Compreende?

— Sim — apesar da pompa, era a parte mais fácil de suportar.

— Muito bem. A senhorita poderia assinar este comprovante de que ouviu todas as regras oficiais? E poderia assinar o recibo do cheque, por favor, senhora Singer?

Não consegui ver a quantia, mas foi o bastante para encher os olhos de minha mãe de alegria. Eu detestava a ideia de partir, mas tinha certeza de que, ainda que voltasse já no dia seguinte, aquele cheque sozinho me garantiria um ano bem confortável. E então todos iam querer que eu cantasse para eles. Haveria muito mais trabalho. Mas será que uma Três tinha autorização para cantar? Se eu tivesse que escolher uma carreira dessa casta, acho que seria professora. Talvez assim pudesse ao menos ensinar música.

O magrelo juntou a papelada e se levantou para sair, agradecendo a atenção e o chá. Eu precisava conversar só com mais um funcionário do governo antes de partir: minha assistente, a pessoa que ia me buscar em casa e levar ao aeroporto. Depois... ficaria sozinha.

O magrelo perguntou se eu podia acompanhá-lo até a porta. Minha mãe consentiu, pois queria começar a preparar o jantar. Não me agradava a ideia de ficar a sós com ele, mas era um trecho curto.

— Mais uma coisa — ele lembrou, com uma das mãos na porta. — Não é exatamente uma regra, mas seria imprudente não seguir. Quando o príncipe Maxon convidá-la para fazer alguma coisa, a senhorita não deve recusar. Não importa o quê: jantar, sair, beijar, mais que beijar, qualquer coisa. Não o dispense.

— Como?

Por acaso o mesmo homem que tinha acabado de me fazer assinar uma declaração de pureza estava dizendo que eu tinha que entregar tudo a Maxon se ele quisesse?

— Sei que soa um pouco... inadequado. Mas não convém rejeitar o príncipe em nenhuma circunstância. Boa noite, senhorita Singer.

Senti nojo, revolta. A lei, a lei illeana, era esperar até o casamento. Era um jeito eficaz de conter doenças e ajudava a manter intacto o sistema de castas. Filhos ilegítimos eram jogados na rua e pertenciam à casta Oito. A pena para quem fosse descoberto — por gravidez ou por uma denúncia — era a cadeia. Bastava uma suspeita para alguém passar umas noites na prisão. A lei me impedira de ter intimidades com a única pessoa que amei, e isso me incomodava. Mas agora que Aspen e eu tínhamos terminado, ficava feliz de ter sido obrigada a me segurar.

Eu estava furiosa. Não tinha acabado de assinar um documento dizendo que seria punida se desrespeitasse as leis do país? Ele tinha dito que eu não estava acima das leis. Mas aparentemente o príncipe estava. Senti-me suja, abaixo de um Oito.

— America, querida, é para você — cantarolou minha mãe.

Eu tinha escutado a campainha, mas não estava com pressa de atender. Não aguentaria outra pessoa pedindo autógrafo.

Atravessei o corredor e fui em direção à porta. Lá estava Aspen, com um punhado de flores do campo na mão.

— Oi, America — sua voz era grave, quase profissional.

— Oi, Aspen — a minha era fraca.

— Essas flores são de Kamber e Celia. Elas queriam desejar boa sorte.

Ele se aproximou e entregou as flores. Das irmãs, não dele.

— Mas é gentileza demais! — exclamou minha mãe. Eu tinha quase me esquecido de que ela estava na sala.

— Aspen, que bom que você veio — tentei soar o mais distante possível. — Fiz uma bagunça enquanto arrumava as malas. Você pode me ajudar com a limpeza?

Como minha mãe estava lá, ele tinha que aceitar. Pela regra, os Seis não recusavam trabalho. O mesmo valia para nós.

Ele expirou e assentiu com a cabeça.

Aspen me seguiu de longe até o quarto. Pensei em quantas vezes isso pareceu ser tudo o que queria: Aspen entrando pela porta de casa e indo até meu quarto. Será que as circunstâncias poderiam ser piores?

Abri a porta do quarto e fiquei no corredor. Aspen soltou uma gargalhada.

— Foi o cachorro que fez suas malas?

— Cale a boca! Tive um probleminha para encontrar o que procurava.

Apesar de tudo, sorri.

Aspen começou a trabalhar, ajeitando os objetos e dobrando as roupas. Eu o ajudava, claro.

— Você não vai levar nenhuma dessas roupas? — ele sussurrou.

— Não. A partir de amanhã, eles é que vão me vestir.

— Nossa.

— Suas irmãs ficaram decepcionadas?

— Não, nem um pouco — ele disse, balançando a cabeça em desdém. — Assim que viram sua foto, a casa inteira explodiu de alegria. Elas sempre adoraram você. Especialmente minha mãe.

— Adoro sua mãe. Ela sempre foi ótima comigo.

Passamos alguns minutos em silêncio, enquanto meu quarto voltava ao normal.

— Você... — ele começou — estava muito bonita na foto.

Doía ouvi-lo dizer que eu estava bonita. Não era justo. Não depois de tudo o que ele tinha feito.

— Era para você — sussurrei.

— Quê?

— É que... eu pensei que você ia me pedir em casamento logo...

Minha voz estava embargada. Aspen ficou quieto por alguns instantes, escolhendo as palavras.

— Eu estava pensando nisso, mas já não importa.

— Importa, sim. Por que você não fez o pedido?

Ele coçava o pescoço enquanto decidia o que dizer.

— Estava esperando.

— Esperando o quê?

O que valia tanto a pena esperar?

— O recrutamento.

Aí estava um problema de verdade. Em Illéa, todos os rapazes de dezenove anos eram elegíveis para a guarda, e era difícil para alguém decidir se queria ser escolhido para ela ou não. Os soldados eram recrutados aleatoriamente duas vezes por ano, a fim de cobrir seis meses antes e seis meses depois do aniversário de cada candidato. Os soldados serviam dos dezenove aos vinte e três anos. E a data do próximo recrutamento estava próxima.

Tínhamos conversado sobre isso, mas sem ser muito realistas. Acho que pensamos que se ignorássemos o recrutamento, o recrutamento também nos ignoraria.

O lado bom era que quem fosse pego se tornava um Dois automaticamente. O governo dava treinamento e pensão para o resto da vida. A desvantagem era que o recruta nunca sabia onde ia ficar. O certo é que não seria em sua província. Eles partiam do pressuposto de que o recruta tenderia a ser mais tolerante com pessoas conhecidas, então ele podia acabar no palácio ou na polícia local de outra província. Mas ele também podia acabar no exército e ser mandado para a guerra. Poucos homens que iam para o campo de batalha conseguiam voltar para casa.

Os que não se casavam antes do recrutamento muito provavelmente esperariam até voltar. Do contrário, no melhor dos casos, ficariam quatro anos sem ver a mulher — e, no pior, a recém-casada poderia acabar viúva.

— Eu só... quis te poupar disso — Aspen sussurrou.

— Entendo.

Ele se endireitou e tentou mudar de assunto:

— Então, o que você vai levar?

— Uma muda de roupas para vestir quando eles me mandarem embora. Fotos e discos... Disseram que não vou precisar dos instrumentos. Tudo o que eu quisesse já estaria lá. Então só vou levar aquela malinha.

O quarto estava em ordem agora, e por algum motivo minha mala parecia enorme. As flores que Aspen me deu pareciam muito vivas na minha escrivaninha, ao lado de meus pertences sem graça. Ou talvez tudo estivesse um pouco sem cor... agora que estava acabado.

— Não é muito — ele comentou.

— Nunca precisei de muito para ser feliz. Pensei que você soubesse disso.

Ele fechou os olhos:

— Chega, America. Eu fiz a coisa certa.

— A coisa certa? Aspen, você me fez acreditar que a gente ia conseguir. Você me fez te amar. E depois me convenceu a entrar nessa droga de concurso. Você sabe que eles estão me mandando para o castelo para ser um brinquedinho do príncipe?

Ele se virou para mim:

— Como?

— Eu não posso recusar nada que ele queira.

Aspen pareceu ficar nervoso, bravo. Seus punhos se cerraram.

— Mesmo... mesmo... que ele não queira se casar com você... ele pode...?

— Sim.

— Desculpe, eu não sabia.

Aspen respirou fundo algumas vezes:

— Mas se ele escolher você... vai ser bom. Você merece ser feliz.

Era o bastante. Dei um tapa na cara dele.

— Seu idiota! — eu sussurrei, com força. — Odeio o príncipe! Eu amava *você*! Eu queria *você*! Tudo o que sempre quis foi *você*!

Os olhos dele marejaram, mas eu não me importava. Aspen já tinha me magoado muito. Agora era a minha vez.

— Preciso ir — ele disse, dirigindo-se à porta.

— Espere. Eu ainda não paguei.

— America, você não precisa me pagar — ele disse, saindo.

— Aspen Leger, nem ouse se mexer.

Minha voz estava feroz. Ele parou e, finalmente, prestou atenção em mim.

— Está praticando para quando for Um?

Se não fosse por seus olhos, eu pensaria que era uma piada, e não uma ofensa.

Só balancei a cabeça e fui até a escrivaninha. Peguei todo o dinheiro que ganhei sozinha, até o último centavo, e botei na mão dele.

— America, não vou aceitar.

— Vai aceitar, sim! Eu não preciso disso, e você precisa. Se algum dia me amou, pegue esse dinheiro. Será que seu orgulho já não fez demais por nós dois?

Senti que uma parte de Aspen se rendeu. Ele parou de argumentar.

— Certo.

— E tem mais.

Enfiei o braço atrás da cama e tirei um jarrinho com as moedas. Despejei todas na mão dele. Uma moedinha rebelde que devia ter um pouco de cola ficou grudada no fundo do jarro.

— Use essas moedas. Elas sempre foram suas.

Agora eu já não tinha mais nada dele. E assim que gastasse aqueles centavos movido pelo desespero, Aspen não teria mais nada meu. Veio a mágoa. Meus olhos se encheram de água, e respirei fundo para segurar os soluços.

— Sinto muito, Meri. Boa sorte.

Ele meteu as moedas e o dinheiro no bolso e saiu correndo.

Não pensei que fosse chorar daquela maneira. Esperava soluços enormes e estridentes, não lágrimas lentas e pequenas.

Ia botar o jarro em uma prateleira, mas notei a moedinha de novo. Enfiei o dedo no jarro e consegui soltá-la. Ela balançou sozinha no vidro. Era um som seco, que ecoava em meu peito. Sabia, para o bem e para o mal, que não estava livre de Aspen. Não ainda. Talvez nunca estivesse. Abri a mala, pus o jarro dentro e fechei.

May se esgueirou pelo quarto. Tomei um daqueles calmantes idiotas e dormi abraçada a ela, finalmente anestesiada.

7

Na manhã seguinte, vesti o uniforme das Selecionadas: calça preta, camisa branca e a flor da minha província — um lírio — no cabelo. Os sapatos eram escolha minha. Calcei sapatilhas vermelhas e gastas. Pensei que seria bom deixar claro desde o princípio que não tinha nascido para princesa.

Em breve partiríamos para a praça. Cada uma das Selecionadas teria uma despedida em sua província, e eu não estava muito ansiosa pela minha. Toda aquela gente me olhando enquanto eu não fazia nada além de ficar em pé. Essa história já começava a parecer ridícula, até porque iam me levar de carro até o local apesar de a distância ser de apenas dois quilômetros, por razões de segurança.

O dia não começou muito bem. Kenna veio se despedir de mim junto com James, uma gentileza da parte dela, que estava grávida e cansada. Kota também veio, embora sua presença tenha provocado mais tensão que descontração. Ele queria aparecer para todos os fotógrafos e fãs ao longo do trecho que separava minha casa do carro do governo. Meu pai meneou a cabeça e todos entraram quietos no carro.

May era meu único consolo. Ela segurava minha mão e tentava me injetar um pouco de seu entusiasmo. Ainda estávamos de mãos dadas quando demos o primeiro passo na praça abarrotada de gente. Parecia que toda a população da província de Carolina tinha vindo se despedir de mim. Ou conferir o motivo de tanta euforia. Do alto do palanque, eu podia ver aquela massa humana me encarando.

De pé na plataforma, podia ver as fronteiras entre as castas. Margareta Stines era uma Três e, assim como seus pais, me fuzilava com os olhos. Tenile Digger era uma Sete e me mandava beijos. As castas superiores me olhavam como se eu lhes tivesse roubado. Dos Quatro para baixo, todos torciam por mim — a menina comum que fora elevada. Tomei consciência do meu significado para todos ali. Era como se representasse algo para eles.

Eu tentava focar naqueles rostos, mantendo a cabeça erguida. Estava determinada a ir bem. Seria a melhor entre nós, a superior dos inferiores. Isso conferia um sentido de missão à situação. America Singer, a campeã das castas inferiores.

O prefeito discursava com gestos grandiosos.

— E Carolina estará torcendo pela bela filha de Magda e Shalom Singer, a jovem senhorita America!

A multidão aplaudia e nos incentivava. Alguns jogavam flores.

Deixei aquele som me invadir por alguns momentos. Eu sorria e acenava para todos. Depois, voltei a observar a multidão, mas dessa vez com um objetivo diferente.

Queria ver o rosto dele mais uma vez, se possível. Não sabia se ele viria. No dia anterior ele tinha me dito que eu estava linda, mas sua atitude fora ainda mais distante e reservada do que na casa da árvore. Eu sabia que tinha acabado. Mas ninguém ama uma pessoa por dois anos e a esquece do dia para a noite.

Depois de varrer a multidão algumas vezes, eu o encontrei. Quem dera não tivesse encontrado. Aspen estava lá, atrás de Brenna Butler, passando os braços por sua cintura e sorrindo para ela.

Talvez algumas pessoas esquecessem outras do dia para a noite.

Brenna era uma Seis com mais ou menos a mesma idade que eu. Era bonita, mas não tinha nada a ver comigo. Imaginei que ela teria o casamento e a vida que Aspen tinha reservado para mim. E parecia que o recrutamento já não o incomodava tanto assim. Ela sorriu para ele e voltou para junto de sua família.

Será que Aspen sempre tinha gostado dela? Será que ela era a garota que ele via todos os dias, enquanto eu era aquela que o alimentava e o cobria de beijos uma vez por semana? A ideia de que durante nossas conversas roubadas ele omitia mais do que apenas longas e tediosas horas de trabalho me veio.

Fiquei com raiva demais para chorar. Além do mais, eu tinha admiradores que queriam minha atenção. Aspen nem imaginava que eu o tinha visto, então tratei logo de me interessar de novo por aqueles rostos carinhosos. Pus de volta um sorriso na cara, o sorriso mais aberto da minha vida, e comecei a acenar. Aspen nunca mais teria o prazer de partir meu coração. Eu estava ali por causa dele, e agora ia tirar proveito disso.

— Senhoras e senhores, queiram unir-se a mim na despedida a America Singer, nossa filha de Illéa predileta! — convocou o prefeito. Atrás de mim, uma banda tocava o hino nacional.

Mais aplausos, mais flores. De repente, a voz do prefeito começou a sussurrar algo para mim:

— Você gostaria de dizer umas palavras, minha querida?

Eu não sabia como negar sem ser rude.

— Obrigada, mas estou tão maravilhada que acho que não conseguiria.

Ele pôs minha mão entre as suas e respondeu:

— Claro, minha jovem. Não se preocupe. Vou cuidar de tudo. Eles vão prepará-la para esse tipo de situação no palácio. Você vai precisar disso.

O prefeito então falou de minhas qualidades à multidão reunida na praça, deixando passar que eu era muito bonita e inteligente para uma Cinco. Ele não parecia ser má pessoa, mas às vezes até os membros mais simpáticos das classes superiores eram esnobes.

Vi mais uma vez o rosto de Aspen na multidão enquanto corria os olhos pela praça. Ele estava com uma expressão aflita, o extremo oposto daquela que mostrara a Brenna uns minutos antes. Outro jogo? Desviei o olhar.

O prefeito terminou de falar. Eu sorri e todos aplaudiram, como se ele tivesse acabado de pronunciar o discurso mais inspirador da história da humanidade.

E de repente já era hora de dizer adeus. Mitsy, minha assistente, pediu que eu me despedisse de maneira rápida e discreta. Logo em seguida, ela me acompanharia até o carro que me levaria ao aeroporto.

Kota me deu um abraço e disse que estava orgulhoso de

mim. Então, sem muita sutileza, pediu que eu falasse de sua arte para o príncipe Maxon. Eu me livrei daquele abraço da maneira mais educada possível.

Kenna chorava.

— Mal vejo você normalmente. O que vou fazer quando for embora? — perguntou entre lágrimas.

— Não se preocupe. Logo estarei em casa.

— Sim, com certeza. Você é a moça mais linda de Illéa. Ele vai te amar!

Por que todo mundo pensava que a Seleção se reduzia à beleza? Talvez fosse verdade. Talvez o príncipe Maxon não precisasse de uma esposa com quem conversar, mas apenas de uma mulher que fizesse boa figura. Literalmente tremi ao pensar que meu futuro poderia ser esse. Mas havia garotas muito mais bonitas entre as Selecionadas.

Foi difícil abraçar Kenna com sua barriga de grávida, mas demos um jeito. James, que eu nem conhecia muito bem, também me abraçou. Então foi a vez de Gerad.

— Seja um bom menino, certo? Experimente o piano. Aposto que você é ótimo nisso. Quero ouvir você tocando quando voltar.

Gerad apenas concordou com a cabeça e fez uma cara triste. Ele jogou seus bracinhos no meu pescoço e disse:

— Eu te amo, America.

— Também te amo. Não fique triste. Logo voltarei para casa.

Gerad concordou com a cabeça de novo, mas cruzou os braços. Eu não fazia ideia de que encararia minha partida desse jeito. May era o exato oposto. Ela dava pulinhos de alegria.

— Ai, America, você vai ser a princesa! Eu sei que vai!

— Ah, fique quieta! Preferia ser uma Oito e permanecer com vocês. Seja boa, por mim. E trabalhe duro.

Ela concordou e deu mais pulinhos. Então chegou a vez do meu pai, que estava prestes a chorar.

— Não chore, pai! — pedi, caindo em seus braços.

— Escute aqui, querida. Perdendo ou ganhando, você sempre será uma princesa para mim.

— Ah, papai...

Finalmente comecei a chorar. Aquilo foi suficiente para abrir as portas para o medo, a tristeza, a preocupação e o nervosismo. Uma frase que dizia que nada daquilo era importante.

Se eu voltasse de lá usada e rejeitada, ele ainda teria orgulho de mim.

Era um peso grande demais, todo aquele amor por mim. Logo eu estaria cercada por fileiras de guardas no palácio, mas não podia imaginar um lugar mais seguro que os braços de meu pai. Afastei-me e fui abraçar minha mãe.

— Faça o que mandarem. Pare de fazer cara feia e seja feliz. Comporte-se. Sorria. Escreva para nós. Eu sempre soube que você um dia ia fazer algo especial.

Sua intenção era boa, mas não era isso que eu precisava ouvir. Queria que ela me dissesse que eu já era especial para ela, como meu pai. Talvez minha mãe nunca parasse de querer mais e mais para mim. Talvez todas as mães fossem assim.

— Senhorita America, está pronta? — Mitsy perguntou. A multidão não podia ver meu rosto, e eu rapidamente enxuguei as lágrimas.

— Sim. Tudo pronto.

Minha mala já me esperava dentro do carro branco e brilhante. Era isso. Dirigi-me às escadas no canto do palanque.

— Meri!

Eu me virei. Reconheceria aquela voz em qualquer lugar.

— America!

Logo vi Aspen no meio da multidão, agitando desesperadamente os braços. Ele avançava aos empurrões por entre as pessoas, que reclamavam de seus modos pouco educados.

Nossos olhos se encontraram.

Ele parou e me olhou fixamente. Eu não conseguia entender o que seu rosto queria transmitir. Preocupação? Arrependimento? De qualquer modo, era tarde demais. Dei de ombros. Estava cansada dos joguinhos dele.

— Por aqui, senhorita America — Mitsy indicou o lugar ao pé da escada. Parei por um breve segundo para absorver tudo aquilo.

— Adeus, meu bem! — minha mãe gritou.

E me levaram embora.

8

Fui a primeira a chegar ao aeroporto e fiquei extremamente assustada. A alegria superficial da multidão desaparecera. Agora eu enfrentaria a terrível experiência de voar. Eu ia viajar ao lado de outras três Selecionadas. Procurei controlar meu nervosismo: não queria de forma nenhuma ter um ataque de pânico na frente delas.

Já tinha decorado os nomes, os rostos e as castas de todas as Selecionadas. Primeiro como um exercício terapêutico, um meio de me acalmar. Eu já fazia isso antes, mas com escalas musicais e cultura inútil. Na verdade, o que procurava na lista de Selecionadas eram rostos amigáveis, meninas com quem pudesse conversar enquanto estivesse no palácio. Nunca tive uma amiga de verdade. Tinha passado a maior parte da infância brincando com Kenna e Kota. Minha mãe tinha me ensinado tudo, e eu só tinha trabalhado com a minha família. Quando meus irmãos mais velhos saíram de casa, passei a me dedicar a May e Gerad. E a Aspen...

Só que nós dois nunca fomos apenas amigos. Desde o primeiro momento em que o vi, eu o amei.

Agora ele estava por aí, segurando a mão de outra garota.

Ainda bem que eu estava sozinha. Nunca teria conseguido segurar as lágrimas na frente das outras meninas. Doía. *Tudo* doía. E não havia nada que eu pudesse fazer.

Mas como é que eu tinha ido parar ali? Um mês antes, eu tinha uma porção de certezas na minha vida. Agora, o pouco que conhecia tinha ficado para trás. Casa nova, casta nova, vida nova. Tudo por conta de um pedaço de papel idiota e de uma foto. Quis sentar e chorar, lamentar todas as coisas que perdi.

Eu me perguntava se alguma das outras garotas também estava triste. Achava que todas, exceto eu, deveriam estar comemorando. E eu precisava pelo menos fingir que comemorava também, pois o país inteiro estaria me vendo.

Tomei coragem para enfrentar o que estava por vir. Eu me fiz de forte. Enfrentaria o que surgisse. Quanto ao que tinha ficado para trás, decidi que era melhor assim: deixar para trás. O palácio seria meu refúgio. Jamais pensaria nele ou diria seu nome outra vez. Ele não tinha autorização para me acompanhar até lá. Era minha regra para essa pequena aventura.

Acabou.

Adeus, Aspen.

Meia hora depois, duas meninas de camisa branca e calça preta entraram pela porta. Suas malas eram puxadas pelas assistentes. Ambas sorriam, confirmando assim minha teoria de que eu era a única Selecionada deprimida.

Era hora de levar a sério minha promessa. Reuni forças e me levantei para cumprimentá-las.

— Oi! — disse, radiante. — Meu nome é America.

— Eu sei! — disparou a garota da esquerda, uma loira de olhos castanhos. Notei imediatamente que se tratava de Marlee Tames, de Kent. Uma Quatro. Ela nem ligou para minha mão estendida; partiu logo para um abraço.

— Opa! — deixei escapar. Não esperava aquilo. Embora Marlee fosse uma das garotas com um rosto sincero e amigo, minha mãe passara a semana anterior me dizendo para ver todas as garotas como inimigas, e um pouco desse jeito ofensivo de pensar entrou na minha cabeça. Eu esperava quando muito um desejo cordial de boas-vindas por parte daquelas meninas que estavam prontas para lutar até a morte por um homem que eu não queria. Em vez disso, ganhei um abraço.

— Meu nome é Marlee, e o dela é Ashley.

Sim, Ashley Brouillette, de Allens, uma Três. Seu cabelo também era loiro, mas muito mais claro que o de Marlee. Seus olhos muito azuis davam ao rosto um ar pacífico e delicado. Ela parecia frágil ao lado de Marlee.

Ambas eram do norte; talvez por isso estivessem juntas. Ashley fez um aceno simpático e sorriu. Só. Não sei se era tímida ou se queria descobrir qual era a minha primeiro. Ela era uma Três de nascimento, então talvez só fosse mais comportada.

— Amei seu cabelo! — irrompeu Marlee. — Queria ter nascido ruiva. Você fica tão bem assim. Ouvi dizer que as ruivas têm um gênio difícil. É verdade?

Apesar do dia péssimo, o jeito de Marlee era tão animado que eu não pude deixar de sorrir.

— Acho que não. Quer dizer, posso ser difícil, mas minha irmã também é ruiva e é um doce.

Depois disso, começamos uma conversa agradável sobre as coisas que nos irritavam e as que melhoravam nosso humor. Marlee gostava de filmes, e eu também, embora raras vezes pudesse ver algum. Falamos dos atores que achávamos irresistíveis, o que foi estranho. Afinal, estávamos ali para nos juntar ao bando de namoradas de Maxon. Ashley soltava uma risadinha de vez em quando e nada mais. Se alguém lhe perguntava algo, ela dava uma resposta rápida e voltava a exibir seu sorriso reservado.

Marlee e eu nos demos bem logo de cara, o que me deu esperanças de talvez sair de tudo aquilo com uma amiga. Embora tenhamos conversado por quase meia hora, o tempo voou. Não teríamos parado senão pelo som marcado dos saltos altos pontilhando o chão. Viramos a cabeça ao mesmo tempo, e pude ouvir a boca de Marlee se abrir com um estalo.

Uma morena de óculos escuros caminhava em nossa direção. Usava uma margarida no cabelo, só que tingida de vermelho para combinar com seu batom. Seus lábios balançavam a cada passo, e sua pisada reforçava uma marcha confiante. Ao contrário de Marlee e Ashley, ela não sorriu.

Não é que estivesse infeliz. Ela tinha foco. Sua entrada foi pensada para intimidar. E funcionou com Ashley, de quem escutei um suspiro de “Ah, não” à medida que a recém-chegada se aproximava.

Celeste Newsome, de Clermont, uma Dois, não me incomodava. Ela pensava que estávamos lutando pela mesma coisa. Só que não se pode provocar alguém que não quer competir.

Celeste finalmente chegou até nós. Marlee soltou um “olá” esganiçado, tentando fazer amizade em meio a toda aquela intimidação. Celeste apenas a olhou de alto a baixo e deu um suspiro.

— Quando partimos? — perguntou.

— Não sabemos — respondi, sem um pingo de medo. — Você estava demorando para aparecer.

Celeste pareceu não gostar nem um pouco, e começou a me medir, mas fez questão de sugerir que não tinha se abalado.

— Desculpem, mas muita gente queria se despedir de mim. Não pude evitar — e deu um sorriso largo, como se fosse óbvio que era cultuada.

E eu estava a ponto de me ver cercada por garotas assim. Ótimo.

Um homem entrou pela porta logo em seguida, como se quisesse aproveitar a deixa.

— Fui informado de que nossas quatro Selecionadas já chegaram.

— É isso mesmo — Celeste disse com doçura.

Deu para ver nos olhos do homem que ele tinha amolecido um pouco. *Ah, então esse era o jogo dela...* Ele ficou calado por um instante, e então pareceu despertar.

— Pois bem, senhoritas, tenham a bondade de me acompanhar. Vamos levar vocês até o avião, que vai partir para sua nova casa.

O voo, que só foi assustador durante a decolagem e o pouso, durou poucas horas. Havia filmes e comida, mas eu só queria olhar pela janela. Observava o país de cima, impressionada com seu tamanho.

Celeste preferiu dormir durante o voo, o que foi um favor. Ashley baixou uma das mesas dobráveis do avião e começou a escrever cartas sobre sua aventura. Foi inteligente da parte dela trazer folhas de papel na bagagem. Aposto que May adoraria saber dessa parte da jornada, ainda que o príncipe estivesse ausente dela.

— Ela é tão elegante — Marlee cochichou no meu ouvido enquanto apontava com o queixo na direção de Ashley.

Estávamos sentadas uma de frente para a outra em assentos estofados logo na entrada do pequeno avião.

— Ela tem sido superlegal, desde que a conheci. Vai ser uma forte concorrente — Marlee prosseguiu.

— Você não pode pensar assim — respondi. — Sim, claro

que você quer chegar até o fim, mas não porque venceu alguém. Só precisa ser você mesma. Quem sabe? Talvez Maxon prefira uma pessoa menos formal.

Marlee pensou um pouco:

— Acho que é um bom argumento. É difícil não gostar de Ashley. Ela é muito gentil. E é linda.

Concordei com a cabeça. Depois, a voz de Marlee virou um sussurro.

— Celeste, por outro lado...

Arregalei os olhos e balancei a cabeça.

— Eu sei. Só faz uma hora que a conhecemos e eu já estou torcendo para ela voltar para casa.

Marlee pôs a mão na boca para esconder a risada.

— Não quero falar mal de ninguém, mas ela é tão agressiva! E Maxon nem está perto. Fico meio tensa por causa dela.

— Não fique — confortei-a. — Esse tipo de garota cai fora da competição naturalmente.

Marlee deu um suspiro:

— Espero que sim. Às vezes eu gostaria...

— Do quê?

— Bem, às vezes eu gostaria que os Dois tivessem alguma ideia de como é ser tratado como nós.

Concordei. Nunca tinha pensado que estava no mesmo nível de uma Quatro, mas acho que ocupávamos posições semelhantes. Além dos Dois e Três, havia apenas graus distintos de vida ruim.

— Obrigada por conversar comigo — ela disse. — Estava preocupada pensando que ia ser cada uma por si, mas você e Ashley têm sido muito legais. Talvez seja divertido — ela concluiu, erguendo a voz com esperança.

Eu não tinha muita certeza disso, mas sorri de volta. Não tinha razões para me afastar de Marlee ou ser grossa com Ashley. As outras garotas podiam não ser tão tranquilas.

Quando aterrissamos, encontramos uma atmosfera silenciosa ao longo do caminho — cercado de guardas — entre o avião e o terminal. Mas assim que as portas se abriram vieram os gritos ensurdecedores.

O terminal estava cheio de gente pulando e torcendo. Um

tapete dourado indicava o caminho aberto por cordões de isolamento. Por esse trecho circulavam a intervalos regulares guardas que olhavam de maneira inquieta para os lados, prontos para atacar ao primeiro sinal de perigo. Será que não tinham nada mais importante para fazer?

Por sorte, Celeste ia à frente e começou a acenar. Percebi no ato que essa era a reação certa, e não ficar encolhida como eu planejava. Como as câmeras estavam lá para captar cada movimento nosso, fiquei feliz por não conduzir o grupo.

A multidão estava louca de alegria. Aquelas pessoas viviam perto dali e estavam ansiosas para vislumbrar em primeira mão a chegada das meninas à cidade. Um dia, uma de nós seria a rainha.

Virei a cabeça inúmeras vezes em questão de segundos à medida que as pessoas espremidas no terminal gritavam meu nome. Havia também cartazes com meu nome. Eu estava maravilhada. Já havia gente — que não era da minha casta nem da minha província — que queria que eu fosse a escolhida. Senti um nó de culpa no estômago por desapontá-las.

Baixei a cabeça por um instante e vi uma menininha esmagada contra o parapeito. Ela não devia ter mais de doze anos. Nas mãos, levava um cartaz com a frase AS RUIVAS DOMINAM!, uma pequena coroa desenhada em um canto e estrelinhas para todos os lados. Eu sabia que era a única ruiva da competição, e percebi que meus cabelos e os dela tinham praticamente o mesmo tom.

A menina queria um autógrafo. O rapaz ao lado dela queria uma foto, assim como a pessoa ao lado dele, e outra ainda queria apertar minha mão. No fim, acabei percorrendo todo o tapete umas duas ou três vezes para falar com gente dos dois lados do trecho.

Fui a última a sair. As outras garotas devem ter me esperado por pelo menos uns vinte minutos. Para ser bem franca, eu só sairia dali depressa se o próximo avião de Selecionadas estivesse para pousar. Seria falta de educação usar o tempo delas.

Quando entrei no carro, Celeste bufou, mas não liguei. Ainda estava em êxtase diante da minha adaptação tão rápida a uma situação que me assustara momentos antes. Tinha superado as despedidas, o encontro com as primeiras garotas, meu primeiro voo e a interação com a massa de fãs. Tudo isso sem cometer nenhuma gafe.

Pensei nas câmeras que me seguiam no terminal e imaginei minha família assistindo tudo pela TV. Eu queria que estivessem orgulhosos de mim.

9

Mesmo depois da considerável festa de boas-vindas no aeroporto, as estradas rumo ao palácio estavam cercadas de multidões torcendo por nós. A parte triste é que não podíamos abaixar a janela do carro para agradecer. O guarda no banco da frente disse que deveríamos nos considerar uma extensão da família real. Muitos nos adoravam, mas havia pessoas lá fora que não se importariam em nos ferir para ferir o príncipe. Ou a própria monarquia.

Eu estava presa ao lado de Celeste no carro. Era um modelo especial com dois bancos de passageiros na parte de trás, um voltado para o outro, e vidros escuros. Ashley e Marlee iam sentadas à nossa frente. Marlee olhava radiante pela janela. O motivo era óbvio: seu nome estava escrito em diversos cartazes. Seria impossível contar quantos admiradores ela tinha.

O nome de Ashley também aparecia aqui e ali, quase tanto quanto o de Celeste e bem mais que o meu. Ashley, sempre uma dama, não se deixou levar pelo pensamento de ser uma das favoritas no concurso. Celeste, eu podia notar, estava irritada.

— O que você acha que ela fez? — cochichou no meu ouvido enquanto Marlee e Ashley conversavam sobre suas casas.

— Como assim? — cochichei de volta.

— Para ser tão popular. Você acha que ela subornou alguém?

Seus olhos frios se fixaram em Marlee, como se estivesse aferindo o valor dela mentalmente.

— Ela era uma Quatro — afirmei, com ar cético. — Não teria dinheiro para subornar alguém.

Celeste estalou a língua.

— Por favor... Uma mulher possui outros meios de conseguir o que quer — ela disse, virando para olhar a janela.

Levei um tempo para compreender o que quis dizer e não gostei nada daquilo. Não porque era óbvio que uma pessoa tão inocente como Marlee seria incapaz de pensar em dormir com alguém — ou seja, quebrar uma lei — para se dar bem, mas porque ficava claro que a vida no palácio ia ser pior do que eu tinha imaginado.

Eu não tive uma boa visão do local na chegada, mas reparei nas paredes: tinham um tom amarelo-claro e eram muito, muito altas. Havia guardas no alto de cada um dos lados do amplo portão, que se abria para dentro conforme nos aproximávamos. O carro entrou e seguiu uma pista de cascalho que contornava uma fonte e conduzia à porta principal, onde alguns oficiais esperavam para nos dar as boas-vindas.

Com pouco mais que um "oi", duas mulheres me agarraram pelo braço e me arrastaram para dentro.

— Perdoe-nos pela pressa, senhorita, mas seu grupo está atrasado — uma delas disse.

— Ah, acho que foi culpa minha. Falei demais no aeroporto.

— Você estava conversando com a multidão? — a outra perguntou com ar de surpresa.

Elas trocaram um olhar que não compreendi antes de começarem a indicar para onde devíamos ir.

A sala de jantar ficava à direita, contaram, e o Grande Salão à esquerda. Vi um pedacinho florescente de jardim do outro lado das portas de vidro. Queria ter parado. Antes de conseguir processar para onde íamos, as duas me empurraram para um salão gigantesco com pessoas que passavam de um lado para o outro.

Abriu-se uma brecha naquele formigueiro humano. Pude ver fileiras de profissionais cortando o cabelo e fazendo as unhas das garotas. Roupas pendiam de cabides, e as pessoas gritavam coisas como "Encontrei o tom!" e "Assim ela parece gorda".

— Aqui estão elas!

Vi uma mulher caminhando na nossa direção. Com certeza era a responsável.

— Meu nome é Silvia. Conversamos pelo telefone — ela se

apresentou e imediatamente se pôs a trabalhar. — Uma coisa de cada vez. Primeiro, as fotos do "antes". Venham aqui — ela ordenou, apontando uma cadeira em frente a um biombo no canto do salão. — Não se preocupem com as câmeras, senhoritas. Faremos um especial sobre a transformação de vocês. Todas as meninas de Illéa vão querer ficar parecidas com vocês quando tivermos terminado.

De fato, várias pessoas com câmeras perambulavam pelo salão, filmando de perto os sapatos das garotas e fazendo entrevistas. Após as fotos, Silvia começou a disparar ordens diferentes.

— Levem a senhorita Celeste para a estação quatro, a senhorita Ashley para a cinco... e parece que acabaram de liberar a estação dez. Leve a senhorita Marlee para lá. A senhorita America vai para a seis.

— Então, é o seguinte — disse um moreno baixo, conduzindo-me para o assento número seis. — Precisamos conversar sobre sua imagem.

Ele ia direto ao assunto.

— Minha imagem?

Já não estava boa? Não foi ela que me levou até ali?

— Que impressão você quer dar? Com esses cabelos ruivos, podemos te deixar bem sedutora. Mas se essa não for sua jogada, pensamos em outra coisa — ele disse sem rodeios.

— Não vou mudar tudo em mim para arranjar um cara que nem conheço — eu disse, enquanto em minha cabeça completava a frase com um "e de quem não gosto".

— Nossa, temos alguém especial aqui? — ele disse, como se fosse uma criança.

— E não somos todos especiais?

O homem deu um sorriso.

— Tudo bem, então. Não vamos mudar sua imagem; vamos apenas melhorá-la. Preciso dar uma polida em você, mas sua aversão a tudo que é falso pode até ser uma grande vantagem aqui. Continue assim, querida.

Ele me deu um tapinha nas costas e saiu, não sem antes chamar um grupo de mulheres que se moveu em bloco na minha direção.

Não sabia que a "polida" de que ele tinha falado era literalmente uma polida. Uma mulher começou a esfregar meu corpo, o que aparentemente eu era incapaz de fazer direito sozinha. Em seguida, cada pedacinho de pele descoberta foi untado com loções e óleos que me deixaram com cheiro de baunilha. Segundo a moça que os passava em mim, era o aroma favorito do príncipe.

Assim que terminaram de me deixar macia e suave, as atenções se voltaram para as minhas unhas. Apararam, lixaram e — milagrosamente — conseguiram até tirar os pedaços mais duros de cutícula. Eu disse que preferia não pintar as unhas, mas as moças ficaram tão chateadas que deixei que fizessem meu pé. Uma das moças escolheu um tom mais neutro, então o resultado não ficou tão ruim.

O grupo que trabalhou em minhas unhas saiu para dar lugar a outra moça, enquanto eu permanecia quieta na cadeira à espera da próxima rodada de embelezamento. Uma equipe de filmagem passou por mim e focalizou minhas mãos.

— Não se mexa — ordenou uma mulher, olhando torto para minhas unhas. — Mas você não vai passar nada nelas?

— Não.

Ela deu um suspiro, sem me convencer, e foi embora.

Percebi alguma coisa tremendo à minha esquerda. Vi então uma menina de olhos perdidos balançando as pernas sob uma grande capa que alguém tinha jogado por cima dela.

— Está tudo bem? — perguntei.

Minha voz a tirou do transe. Ela suspirou.

— Querem tingir meu cabelo de loiro. Disseram que ia combinar mais com meu tom de pele. Acho que só estou nervosa.

Ela abriu um sorriso tenso, que retribuí.

— Seu nome é Sosie, certo?

— Isso — ela sorriu, ainda ansiosa. — E o seu é America?

Concordei com a cabeça.

— Disseram que você veio com aquela Celeste. Ela é terrível!

Respirei fundo. O salão inteiro escutava os gritos de Celeste com as pobres assistentes, ordenando que lhe levassem algo ou simplesmente saíssem da frente.

— Você não faz ideia — murmurei, e demos uma risadinha. — Olha, eu acho seu cabelo lindo.

E era mesmo. Nem escuro demais, nem claro demais, e bem cheio.

— Obrigada.

— Se não quiser mudar a cor dele, não mude.

Sosie sorriu, mas dava para notar que ela não sabia ao certo se eu estava tentando ser sua amiga ou prejudicá-la. Antes de ela dizer qualquer coisa, mais equipes chegaram, gritando suas instruções tão alto que não houve como terminar a conversa.

Meu cabelo foi lavado, condicionado, hidratado e amaciado. Antes, era bem comprido e tinha corte reto. Minha mãe o cortava, e era o melhor que ela podia fazer. Quando terminaram, ele estava vários dedos mais curto e tinha camadas. Gostei delas; faziam meu cabelo brilhar em diferentes contrastes. Algumas garotas fizeram luzes. Outras, como Sosie, mudaram completamente a cor do cabelo. Nesse quesito, tanto eu como minhas assistentes concordamos que não era necessário fazer nada.

Uma moça muito linda fez minha maquiagem. Pedi que não carregasse muito, e o resultado ficou bom. Um monte de meninas ficou parecendo um pouco mais velha ou mais jovem. Eu ainda parecia comigo mesma. E, claro, Celeste também, uma vez que já estava com o rosto inteiro rebocado quando chegou.

Usei um roupão durante a maior parte do processo. Quando terminaram de me ajeitar, levaram-me para as araras. Meu nome estava marcado em uma barra de onde pendiam vestidos para uma semana. Parecia que as candidatas a princesa não usavam calça.

Acabei escolhendo um vestido creme. Tinha bom caimento nos ombros, batia nos joelhos e ficava confortável na cintura. A moça que me ajudava disse que era um vestido para o dia, e garantiu que os vestidos de noite já estavam no meu quarto, para onde as outras araras logo seriam levadas. Em seguida, ela pôs um broche prateado perto da alça do vestido. Meu nome estava escrito nele em letras brilhantes. Por fim, ela me deu uns sapatos de salto médio que chamava de “saltos de gatinha”, e me mandou de volta para o canto, onde iam tirar minha foto do “depois”. De lá, mandaram-me para uma das quatro estações menores alinhadas contra a parede. Cada uma delas tinha uma cadeira, um biombo e uma câmera bem na frente.

Sentei e esperei, como me pediram. Uma mulher se sentou na minha frente com uma prancheta cheia de informações. Ela me pediu um pouco de paciência enquanto encontrava minha papelada.

— Pra que isso? — perguntei.

— É para o especial sobre a transformação. Vamos transmitir um programa sobre a chegada de vocês hoje à noite e, na quarta-feira, um sobre a transformação. Na sexta-feira, vocês vão participar do *Jornal Oficial*. As pessoas viram as fotos de vocês e sabem um pouco do que está nos formulários de inscrição — ela contou enquanto colocava minha recém-encontrada papelada no alto da pilha na prancheta.

A mulher cruzou os dedos e continuou.

— Mas queremos que o povo realmente torça por vocês. E isso não vai acontecer se eles não conhecerem bem cada uma. Então faremos uma rápida entrevista aqui, e você vai fazer o seu melhor no *Jornal Oficial*. Não fique tímida quando nos vir circulando pelo palácio. Não estaremos aqui todos os dias, mas vamos aparecer bastante.

— Tudo bem — concordei, obediente.

Eu não queria mesmo ter que falar com equipes de filmagem. Era muito invasivo.

— Então, America Singer, está pronta? — ela perguntou segundos antes de uma luz vermelha na câmera acender.

— Sim — respondi tentando não parecer nervosa.

— Para ser sincera, não percebo muitas mudanças no seu visual. Você poderia nos dizer como foi sua transformação hoje?

Pensei um pouco.

— Cortaram meu cabelo em camadas e coisas assim.

Passei as mãos por minhas madeixas vermelhas e senti como meu cabelo estava mais suave depois dos cuidados profissionais.

— Também passaram loção de baunilha no meu corpo. Fiquei com cheiro de sobremesa — continuei, cheirando os braços.

Ela riu.

— Que linda. E esse vestido cai muito bem em você.

— Obrigada — eu disse, olhando minhas roupas novas. — Não sou muito de usar vestido, então vou demorar um pouquinho para me acostumar.

— Está certo — disse a entrevistadora. — Você é uma das três Cinco na Seleção. Como a experiência tem sido até agora?

Procurei na minha cabeça uma palavra para descrever como tinha sido o dia, desde minha decepção na praça até a sensação de voar e a simpatia de Marlee.

— Surpreendente.

— Acho que dias ainda mais surpreendentes virão — comentou a entrevistadora.

— Espero que sejam um pouco mais tranquilos do que hoje — repliquei entre suspiros.

— O que você achou da concorrência até agora?

Engoli em seco.

— As outras garotas são muito simpáticas — eu disse, completando na minha cabeça: "Com uma notável exceção".

— Ahã...

Ela percebeu que minha resposta escondia algo.

— E o que você acha do resultado da transformação? Tem medo de que outra menina tenha ficado melhor?

Ponderei minha resposta. Dizer não seria esnobe, e dizer sim seria dar uma de coitada.

— Acho que conseguiram realçar a beleza individual de cada garota.

Ela sorriu.

— Muito bem. É o suficiente.

— Já?

— A gente tem que encaixar trinta e cinco entrevistas em uma hora e meia. O que fizemos está de bom tamanho.

— Certo.

Até que não foi ruim.

— Obrigada. Você pode se sentar naquele sofá ali que alguém logo virá cuidar de você.

Levantei-me e fui para o grande sofá circular no canto. Duas meninas que eu ainda não conhecia estavam sentadas ali, conversando calmamente. Olhei para os lados e vi alguém dizer que o último lote acabara de chegar. Mais correria nas estações. Prestei tanta atenção no tumulto que quase não notei quando Marlee se sentou ao meu lado.

— Marlee! Seu cabelo!

— Eu sei. Puseram um aplique. Você acha que o príncipe vai gostar? — ela parecia realmente preocupada.

— Claro! Quem não gostaria de uma loira estonteante?

— America, você é tão simpática. Aquelas pessoas no aeroporto amaram você.

— Ah, eu só estava sendo legal com elas. Você também cumprimentou bastante gente — repliquei.

— Sim, mas bem menos que você.

Baixei a cabeça, um pouco envergonhada de receber um elogio por uma coisa tão óbvia. Quando a levantei de novo, olhei para as duas garotas sentadas conosco: Emmica Brass e Samantha Lowell. Ainda não tínhamos sido apresentadas, mas eu sabia quem elas eram. Fiquei com a pulga atrás da orelha. As duas me olhavam de um jeito esquisito. Antes de eu ter tempo para pensar no motivo disso, Silvia aproximou-se.

— Muito bem, garotas, estão prontas?

Ela conferiu a hora e nos olhou, esperando uma reação. Depois, continuou.

— Vou fazer um passeio rápido com vocês pelo palácio e depois mostrar seus quartos.

Marlee bateu palmas, e nós quatro nos levantamos para sair. Silvia contou que aquele lugar onde nos maquiaram e paparicaram era o Salão das Mulheres. Geralmente a rainha, suas damas de companhia e outras mulheres da realeza se divertiam ali.

— Acostumem-se àquele salão. Vocês passarão boa parte do tempo lá. Agora, quando vocês entraram, viram o Grande Salão, que geralmente é usado para festas e banquetes. Se houvesse muitas mais de vocês por aqui, seria lá que faríamos as refeições. Mas a sala de jantar normal é grande o suficiente para suas necessidades. Vamos dar uma passada por lá.

Silvia mostrou onde a família real fazia suas refeições, em uma mesa à parte. As Selecionadas ficariam em mesas compridas dispostas como um "U" bem estreito. Nossos lugares já estavam marcados com plaquinhas muito elegantes. Eu ia me sentar entre Ashley e Tiny Lee, que tinha visto de passagem no Salão das Mulheres, e à frente de Kriss Ambers.

Deixamos a sala de jantar e descemos as escadas até a sala de onde transmitiam o *Jornal Oficial de Illéa*. De volta ao andar de cima, nossa guia apontou a sala onde o rei e o príncipe trabalhavam na maior parte do tempo. A área estava além dos nossos limites.

— Outra coisa fora dos limites: o terceiro andar. Lá ficam os cômodos reservados à família real, então nenhuma intrusão será tolerada. Os quartos de vocês estão localizados no segundo andar. Vocês ocuparam boa parte dos quartos de visitas, mas não se preocupem: ainda temos espaço para quem chegar.

— Estas portas aqui dão para o jardim dos fundos. Olá, Hector. Olá, Markson.

Os dois guardas à porta cumprimentaram com a cabeça. Demorou um pouco para eu reconhecer que a grande arcada à nossa direita era a porta lateral para o Grande Salão, o que significava que o Salão das Mulheres ficava no próximo corredor à direita. Fiquei orgulhosa de mim mesma por ter percebido isso. O palácio era uma espécie de labirinto opulento.

— Vocês não podem sair do palácio em nenhuma circunstância — prosseguiu Silvia. — Às vezes, durante o dia, poderão ir até o jardim, mas nunca sem permissão. Isso é exclusivamente para manter vocês seguras. Apesar de nossos esforços, os rebeldes entraram no palácio uma vez.

Um calafrio percorreu minha espinha.

Entramos em um corredor e subimos as enormes escadas que davam para o segundo andar. Eu sentia tapetes tão espessos sob meus pés que tinha a impressão de afundar um centímetro a cada passo. A luz atravessava janelas no alto; tudo cheirava a flores e raios de sol. As paredes estavam repletas de pinturas grandes que retratavam os reis do passado e alguns líderes americanos e canadenses. Pelo menos era isso que eu achava, já que nenhum deles usava coroa.

— As coisas de vocês já estão nos quartos. Se não gostarem da decoração, basta avisar as criadas. Cada uma de vocês tem três, e elas também já estão nos quartos. Vão ajudar vocês a desfazer as malas e a se preparar para o jantar. Antes do jantar de hoje, vocês se reunirão no Salão das Mulheres para uma projeção especial do *Jornal Oficial de Illéa*. Semana que vem, estarão ao vivo no programa! Esta noite vocês verão algumas das imagens feitas desde quando saíram de suas casas até a chegada aqui. Será bem especial. Saibam que o príncipe Maxon ainda não viu nada. Ele verá o mesmo que Illéa esta noite. Amanhã vocês o conhecerão oficialmente. Vocês jantarão em grupo, para que possam se conhecer melhor, e amanhã os jogos começam!

Engoli em seco. Regras demais, estrutura demais, gente demais. Eu só queria ficar sozinha com um violino.

Começamos a percorrer o segundo andar; e cada menina ia ficando em seu quarto. O meu era depois de uma curva no corredor, em um pequeno saguão onde também estavam os quartos de Bariel, Tiny e Jenna. Fiquei feliz de não ser bem no meio do tumulto, como o de Marlee. Talvez assim eu tivesse um pouco mais de privacidade.

Assim que nossa guia saiu, abri a porta do meu quarto, para o susto de três mulheres. Uma estava costurando em um dos cantos, as outras limpavam um quarto já perfeito. Elas largaram apressadamente o que faziam para se apresentar: Lucy, Anne e Mary. Esqueci quem era quem quase imediatamente. Custou bastante convencê-las a me deixar sozinha. Não queria ser grossa, já que estavam ansiosas por ajudar, mas eu precisava de um tempo sozinha.

— Eu só preciso tirar uma soneca. Tenho certeza de que o dia de vocês também foi longo. O melhor que podem fazer por mim é me deixar descansar e dar uma relaxada também. Mas, por favor, me acordem quando for hora de descer.

Depois de uma nova enxurrada de agradecimentos e reverências, que tentei interromper, eu estava a sós. Não ajudou. Tentei me esticar na cama, mas cada milímetro do meu corpo estava tenso, como se não quisesse que eu me sentisse confortável em um lugar que obviamente não era para mim.

Havia um violino no canto, e também um violão e um piano maravilhoso, mas não consegui me empolgar com eles. Minha mala estava bem fechada, esperando ao pé da cama, mas me pareceu trabalho demais. Sabia que eles tinham guardado algumas coisas especiais para mim no armário e nas gavetas, mas também não tive vontade de explorar.

Só fiquei lá deitada, quieta. Sabia que deviam ter passado horas, mas elas pareceram uns poucos minutos quando minhas criadas bateram levemente à porta. Deixei-as entrar e, apesar de parecer estranho, me vestir. Elas estavam tão felizes em ser úteis que eu não podia pedir que saíssem outra vez.

As criadas puxaram partes do meu cabelo para trás e prenderam com presilhas delicadas, além de retocar minha maquiagem. O vestido — que, como o resto do guarda-roupa, fora criado pelas mãos delas — era verde-escuro e sua barra tocava o chão. Sem aqueles saltos médios, eu tropeçaria nele. Silvia bateu à minha porta pontualmente às seis para me levar para o salão, junto com minhas três vizinhas. Esperamos as demais no vestíbulo ao pé da escada e então marchamos até o Salão das Mulheres. Marlee me viu e caminhamos juntas.

O som de trinta e cinco pares de salto alto contra o mármore da escada era como a música de uma manada elegante. Escutavam-se alguns cochichos, mas a maior parte das moças permanecia em silêncio. Notei que as portas da sala de jantar estavam fechadas quando passamos. Será que a família real estava lá, fazendo sua última refeição a três?

Era estranho sermos convidadas e, no entanto, ainda não termos conhecido nenhum deles.

O Salão das Mulheres tinha mudado na nossa ausência. Os espelhos e cabides já não estavam lá. Em seu lugar, havia mesas e cadeiras preenchendo o salão, além de uns sofás que pareciam bem confortáveis. Marlee olhou para mim e apontou com a cabeça para um deles. Nós nos sentamos juntas.

Quando todas estávamos acomodadas, ligaram a TV e assistimos ao *Jornal Oficial*. As mesmas notícias de sempre — novidades sobre o orçamento dos projetos, a situação das guerras e outro ataque rebelde no leste — para depois dedicarem os trinta minutos finais aos comentários de Gavril sobre as imagens do nosso dia.

— Aqui vemos a senhorita Celeste Newsome se despedir de seus muitos admiradores de Clermont. Essa adorável garota precisou de mais de uma hora para dizer adeus aos fãs.

Celeste sorriu convencida ao se ver na TV. Ela estava ao lado de Bariel Pratt, com seus cabelos alisados até o talo e de um loiro tão claro que pareciam brancos. E não havia como dizer de um jeito mais educado: ela tinha seios enormes. Eles se insinuavam no seu vestido tomara que caia, desafiando todos a tentar ignorá-los.

Bariel era linda, mas de um jeito comum. Tinha um estilo parecido com o de Celeste. Ao ver as duas juntas pensei na expressão "Mantenha seus inimigos por perto". Acho que uma viu na outra a concorrente mais forte logo de cara.

— E as outras garotas do meio-leste também são muito populares. A atitude calma e refinada de Ashley Brouillette a define imediatamente como uma dama. Sua expressão humilde ao caminhar em meio à multidão não é muito diferente da expressão da própria rainha. E Marlee Tames, de Kent, estava toda eufórica em sua partida hoje, tendo até mesmo cantado o hino com a banda enviada ao local.

Fotos de Marlee sorrindo e abraçando a multidão da sua província natal apareceram na tela.

— Ela é uma das favoritas de muitas pessoas que entrevistamos hoje.

Marlee estendeu o braço e apertou minha mão. Estava feito: eu ia torcer por ela.

— Quem também viajou com a senhorita Tames foi America Singer, uma das três Cinco a chegar à Seleção.

Eles me fizeram parecer melhor do que eu realmente estava naquele momento. Tudo de que eu me lembrava era da minha triste busca por alguém na multidão. Mas o trecho que escolheram me fez parecer madura e responsável. A imagem do abraço com meu pai era linda e comovente.

Ainda assim, não foi nada comparado às minhas imagens no aeroporto.

— Sabemos que castas nada significam na Seleção, e parece que não devemos desprezar a senhorita America. Assim que aterrissou em Angeles, tornou-se a queridinha da multidão, parando para tirar fotos, distribuir autógrafos e conversar com quem estava por lá. Ela não tem medo de sujar as mãos, uma qualidade que muitos creem ser necessária à nossa próxima princesa.

Quase todas olharam para mim. Pude ver em seus olhos o mesmo olhar que recebi de Emmica e Samantha. De repente, aquelas encaradas fizeram sentido. Minhas intenções não importavam. As outras garotas não sabiam que eu não queria ganhar. Na visão delas, eu era uma ameaça. E dava para notar que me queriam fora.

10

Mantive a cabeça baixa durante o jantar. No Salão das Mulheres, fui corajosa porque Marlee estava ao meu lado, e ela me achava legal. Mas ali, espremida entre duas pessoas que emitiam ondas de ódio na minha direção, não passava de uma covarde. E Ashley, com todo o seu jeito de dama, fazia bico e não falava comigo. Eu só queria fugir para o quarto.

Não entendia por que aquilo era tão importante. As pessoas gostavam de mim, e daí? Elas não tinham poder no palácio. Seus cartazes e incentivos não importavam.

Depois de tudo o que foi dito e feito, eu não sabia se me sentia honrada ou incomodada.

Concentrei minhas forças no jantar. A última vez em que vira um bife tinha sido no Natal, alguns anos antes. Minha mãe tinha feito o melhor que podia, mas não tinha chegado nem perto daquele bife. Era suculento, tenro e saboroso. Queria perguntar a alguém se também era o melhor bife que tinha comido na vida. Se Marlee estivesse por perto, perguntaria a ela. Tentei ver minha amiga pelo canto dos olhos em algum lugar da sala. Ela conversava tranquilamente com as pessoas a seu redor.

Como fazia isso? Por acaso a mesma gravação não a tinha apontado como uma das favoritas? Por que as pessoas ainda falavam com ela?

A sobremesa consistia em frutas variadas e sorvete de baunilha. Nunca tinha comido coisa igual. Se isso era comida, o que era aquilo que eu tinha posto na boca até então? Pensei em May e em como gostava de doces tanto quanto eu. Ela teria adorado a sobremesa. Podia apostar que se daria muito bem ali.

Ninguém tinha autorização para deixar a mesa até que todas tivessem terminado. Depois disso, recebemos ordens estritas para ir direto para a cama.

— Afinal, vocês vão conhecer o príncipe Maxon pela manhã e vão querer estar bem-dispostas e apresentáveis — explicou Silvia. — Ele é o futuro marido de alguém nesta sala, afinal.

Algumas garotas suspiraram diante dessa perspectiva.

O toc-toc dos sapatos subindo as escadarias era mais baixo dessa vez. Eu mal podia esperar para tirar os meus. E o vestido também. Tinha uma muda de roupas na mala e estava pensando se as usaria apenas para sentir que era eu mesma por uns instantes.

O grupo se dispersou no alto da escada e cada menina foi para seu quarto. Marlee me puxou de lado.

— Você está bem? — ela perguntou.

— Estou. É que umas garotas ficaram me olhando torto durante o jantar — respondi, tentando não parecer reclamona.

— Elas só estão nervosas porque todo mundo gostou tanto de você — Marlee garantiu, não dando muita importância ao comportamento das outras.

— Mas as pessoas também gostaram de você. Eu vi os cartazes. Por que as meninas não foram umas chatas com você também?

— Você nunca passou muito tempo com um grupo de garotas, passou? — ela tinha um sorriso malicioso nos lábios, como se soubesse o que estava acontecendo.

— Não. Quase sempre fico só com minhas irmãs — confessei.

— Você foi educada em casa?

— Sim.

— Bem, eu estudo com um monte de outras garotas da casta Quatro na minha província. Cada uma delas tem seu jeito de pisar no calo das outras. Elas querem conhecer a pessoa, descobrir o que mais a irrita. Várias meninas me fazem elogios falsos ou comentários atravessados, coisas assim. Eu sei que pareço eufórica, mas no fundo sou tímida, e elas acham que podem me atingir com palavras.

Cocei a cabeça. Então elas faziam de propósito?

— E ainda mais você, uma pessoa quieta e misteriosa...

— Não sou misteriosa — cortei.

— É um pouco. E às vezes as pessoas não sabem se interpretam o silêncio como confiança ou medo. Elas olham como se você fosse um inseto para que você talvez se sinta como se fosse.

— Hum...

Fazia sentido. Comecei a pensar se meus modos de certa forma não cutucavam a insegurança das outras.

— O que você faz? Quero dizer, como você tira o melhor delas? — perguntei a Marlee.

Ela sorriu.

— Ignoro. Conheço uma garota na minha cidade que fica muito irritada quando não consegue me incomodar e acaba de cara fechada. Então, não se preocupe — ela continuou. — Tudo o que você precisa fazer é não deixar que percebam que estão atingindo você.

— Elas não estão.

— Estou quase acreditando — disse Marlee dando uma risadinha, um som cálido que evaporou naquele corredor quieto. — E você acredita que vamos conhecer o príncipe amanhã? — ela perguntou, passando para o assunto que considerava mais importante.

— Na verdade, não.

Maxon parecia um fantasma assombrando o palácio. Fazia parte dele, mas não estava lá de fato.

— Bem, boa sorte — ela desejou, e eu sabia que era de coração.

— Mais sorte ainda para você, Marlee. Tenho certeza de que o príncipe vai ficar mais do que encantado ao conhecer você.

Apertei as mãos dela. Marlee sorriu de um jeito emocionado e tímido ao mesmo tempo, depois foi para o quarto.

Quando me dirigia ao meu escutei Bariel resmungar alguma coisa com a dama de companhia. Ela me viu e bateu a porta na minha cara.

Muito educada.

Minhas criadas estavam no quarto, claro, esperando para me despir e me lavar. Minha camisola, uma coisinha verde e frágil, já tinha sido estendida na cama. Elas tiveram a delicadeza de não tocar na minha mala.

As criadas eram eficientes e cuidadosas. Era óbvio que sabiam de cor essa rotina do fim do dia, mas não a faziam às pressas. Acho que a intenção delas era oferecer conforto, mas eu queria mesmo era despachá-las. Não podia apressá-las enquanto lavavam minhas mãos, desamarravam meu vestido e punham o broche prateado com meu nome na camisola. Enquanto faziam essas coisas, elas ainda lançavam perguntas que me deixavam incrivelmente constrangida. Eu tentava responder sem ser grossa. Sim, eu tinha visto as outras meninas; não, elas não falavam muito; sim, tinha sido um jantar fantástico; não, eu só ia conhecer o príncipe no dia seguinte; sim, eu estava muito cansada.

— E ia me ajudar muito a espairecer se pudesse passar um tempo sozinha — acrescentei ao final da última resposta, na esperança de que entendessem a deixa.

Na verdade, elas ficaram com um ar decepcionado. Tentei consertar.

— Vocês todas são muito prestativas. É que estou acostumada a ficar um pouco sozinha. E fiquei rodeada de gente o dia todo.

— Mas senhorita Singer, é nosso dever ajudá-la. É nosso trabalho — replicou Anne, que parecia ser a chefe delas. Ela estava à frente de tudo, Mary era a mais sossegada e Lucy parecia bem tímida.

— Gosto muito do trabalho de vocês, e com certeza vou precisar de ajuda para começar o dia amanhã. Mas esta noite só preciso relaxar. Se quiserem ajudar, um tempo sozinha seria bom para mim. E se vocês estiverem bem descansadas pela manhã, estou certa de que poderão fazer tudo da melhor maneira, não acham?

Elas trocaram olhares.

— Bem, imagino que sim — concordou Anne.

— Uma de nós deve ficar aqui enquanto a senhorita dorme. Caso precise de algo — disse Lucy, aparentando nervosismo, como se temesse a decisão que eu tomaria. Ela parecia dar uma leve tremida de vez em quando. Acho que era a timidez vindo à tona.

— Se eu precisar de algo, toco a campainha. Vai ficar tudo bem. Além disso, eu não ia conseguir dormir sabendo que alguém está me vigiando.

Elas trocaram olhares de novo, ainda um pouco céticas. Eu sabia um jeito de pôr fim nisso, mas detestava ter que usá-lo.

— Vocês devem obedecer todas as minhas ordens, certo?

Elas concordaram com a cabeça, esperançosas.

— Então eu ordeno que vão para a cama e me ajudem amanhã de manhã. Por favor.

Anne sorriu. Acho que ela estava começando a me entender.

— Sim, senhorita Singer. Nós a veremos pela manhã.

As três fizeram uma reverência e saíram do quarto. Anne me lançou um último olhar. Acho que eu não era exatamente o que ela esperava, mas não parecia estar muito irritada com isso.

Assim que elas saíram, descalcei minhas luxuosas pantufas e estiquei os dedos dos pés no chão. Ficar descalça dava uma sensação boa, natural. Comecei a desfazer minha mala, o que foi rápido. Mantive minha muda de roupa enfiada na mala e a guardei no armário gigantesco. Dei uma olhada nos vestidos. Eram poucos, o suficiente para mais ou menos uma semana. Acho que as outras tinham o mesmo número de vestidos. Por que fazer dúzias para uma garota que talvez saísse no dia seguinte?

Peguei as poucas fotos que tinha da minha família e prendi na moldura do espelho. Era tão alto e largo que podia ver as fotos sem tapar a visão do meu corpo. Eu tinha uma caixinha com bijuterias e laços que eu adorava. Provavelmente seriam considerados simples demais ali, mas eram tão pessoais que eu tive que levá-los comigo. Os poucos livros que carregara encontraram um lugar na útil prateleira próxima da porta que levava para a sacada.

Enfiei a cabeça pela porta e vi o jardim. Havia um labirinto de alamedas com bancos e fontes. As flores brotavam de toda parte, e cada uma delas estava perfeitamente podada. Para além desse pedaço de terra claramente produzido ficava um campo aberto, e mais adiante havia uma floresta imensa. Estiquei-me ao máximo, mas não consegui ver se toda ela ficava dentro dos muros do palácio. Pensei por alguns minutos por que motivo ela existia, e então deparei com o último item de casa que segurava nas mãos.

Meu pequeno jarro com a moedinha dançante. Rolei-o nas mãos algumas vezes, escutando-a deslizar pelos cantos do vidro. Por que eu tinha levado aquilo? Para me lembrar de algo que não podia ter?

Esse simples pensamento — de que o amor que tinha construído por anos em um lugar quieto e secreto estava fora de alcance — fez meus olhos se encherem de lágrimas. Eu não conseguia aguentar mais essa depois de toda a emoção daquele dia. Não sabia onde o jarro ficaria, mas deixei-o no meu criado-mudo.

Baixei as luzes, arrastei-me sobre aqueles cobertores luxuosos e olhei para o jarro. Deixei-me levar pela tristeza. Deixei meu pensamento ir até *ele*.

Como eu podia ter perdido tanto em tão pouco tempo? Pensava que deixar minha família, viver em um lugar estranho e ser separada da pessoa amada eram acontecimentos que demoravam anos para ocorrer, não apenas um dia.

Eu me perguntava o que exatamente ele queria me dizer antes de eu partir. A única coisa que pude deduzir era que não se sentia à vontade para falar em voz alta. Seria sobre *ela*?

Olhei fixamente o jarro.

Será que ele queria pedir desculpas? Eu tinha lhe dito poucas e boas na noite anterior. Talvez fosse isso.

Será que ele queria dizer que tinha me superado? Bem, eu tinha visto claramente que sim, não havia por que dizer.

Será que ele queria dizer que *não* tinha me superado? Que ainda me amava?

Afastei o pensamento. Não podia deixar aquela esperança crescer dentro de mim. Eu precisava odiá-lo. Esse ódio me faria avançar. Ficar o mais distante dele pelo maior tempo possível era grande parte do motivo de estar ali.

Mas a esperança doía. E com ela vieram as saudades de casa. A vontade de que May fosse escondida até minha cama, como fazia às vezes. E o medo de que as outras meninas me quisessem fora e continuassem me diminuindo. Depois o nervosismo de aparecer na TV para o país inteiro. E o terror de que alguém tentasse me matar como forma de protesto político. Tudo veio rápido demais para que minha cabeça confusa desse conta de processar num dia tão longo.

Minha vista ficou embaçada. Nem reparei quando comecei a chorar. Não conseguia respirar. Estava tremendo. Pulei da cama e corri até a sacada. O pânico era tanto que demorei um pouco para abrir a trava, mas consegui. Pensei que o ar fresco me faria bem, mas não fez. Minha respiração continuava curta e fria.

Não existia liberdade ali. As barras da sacada me mantinham presa. E eu podia ver os muros ao redor do palácio: altos, com guardas em pontos estratégicos. Precisava sair do palácio e ninguém ia permitir que isso acontecesse. O desespero me deixou ainda mais fraca. Olhei para a floresta. Poderia apostar que nem de lá conseguiria ver nada além do verde.

Voltei para dentro e travei a porta da sacada. Estava um pouco insegura com aquelas lágrimas nos olhos, mas consegui sair do quarto. Corri pelo único corredor que conhecia sem ver a arte, a tapeçaria ou os batentes dourados. Quase não percebi os guardas. Eu não conhecia muito bem o castelo, mas sabia que se descesse as escadas e virasse à direita ia encontrar as enormes portas de vidro que davam para o jardim. Eu só queria chegar até essas portas.

Corri pela imponente escadaria. Meus pés descalços soavam como tapinhas no chão de mármore. Havia mais um punhado de guardas, mas nenhum deles me parou. Quer dizer, não até eu chegar ao lugar que buscava.

Como antes, dois homens montavam guarda ao lado das portas, e quando tentei correr até elas, um dos homens se pôs à minha frente, e o bastão em forma de lança impediu minha saída.

— Perdoe-me, mas a senhorita deve voltar para o quarto — ele ordenou, com autoridade. Ainda que não falasse alto, sua voz trovejava em meio ao silêncio do elegante corredor.

— Não... não... Eu preciso... sair — as palavras se misturavam; eu não conseguia respirar direito.

— Senhorita, vá para seu quarto agora.

O segundo guarda caminhava na minha direção.

— Por favor — comecei a arfar. Pensei que ia desmaiar.

— Sinto muito... senhorita America, certo? — ele achou meu broche. — A senhorita deve voltar para o quarto.

— Eu... não consigo respirar — gaguejei e caí nos braços do guarda que se aproximava para me empurrar.

O bastão dele caiu no chão. Agarrei-me a ele já sem forças. O esforço me deixou tonta.

— Deixem-na sair!

Era uma voz jovem, mas cheia de autoridade. Minha cabeça se voltou em sua direção, um pouco de propósito e um pouco sem querer. Ali estava o príncipe Maxon. Ele parecia um tanto estranho graças ao ângulo em que minha cabeça pendia, mas reconheci o cabelo e o jeito travado.

— Ela desmaiou, Alteza. Queria sair.

O primeiro guarda parecia nervoso ao tentar explicar. Ele se meteria em uma encrenca terrível se me machucasse. Eu era propriedade de Illéa.

— Abram as portas.

— Mas... Alteza...

— Abram as portas e deixem-na sair. Agora!

— Imediatamente, Alteza.

O primeiro guarda tratou de obedecer, sacando uma chave. Minha cabeça continuava numa posição estranha enquanto eu ouvia o tilintar das chaves e o ruído que uma delas produziu ao encaixar na fechadura. O príncipe me olhava com atenção enquanto eu tentava ficar em pé. Foi quando o cheiro doce do ar fresco tomou conta de mim e me deu toda a motivação de que precisava. Soltei-me dos braços do guarda e corri como uma bêbada para o jardim.

Eu ainda tropeçava um pouco, mas não me importava de parecer menos graciosa. Só precisava ficar lá fora. Deixei meu corpo sentir o ar morno na pele, a grama sob os pés. De algum modo, até a natureza parecia extravagante ali. Eu queria percorrer todo o caminho até as árvores, mas minhas pernas só podiam me carregar até aquele ponto. Cambaleei diante de um pequeno banco e ali fiquei: com a camisola verde e fina sobre a terra e a cabeça apoiada no braço sobre o assento.

Meu corpo não tinha forças para soluçar, então as lágrimas desceram em silêncio. Ainda assim, tiraram toda a minha concentração. Como tinha chegado até ali? Como eu tinha deixado isso acontecer? O que seria de mim? Algum dia eu conseguiria pelo menos um pedaço da vida que tinha antes disso de volta? Eu simplesmente não sabia. E não havia nada que pudesse fazer quanto a isso.

Estava tão perdida em meus pensamentos que só percebi que tinha companhia quando o príncipe Maxon começou a falar comigo.

— Está tudo bem, querida? — ele perguntou.

— Eu não sou sua querida.

Levantei a cabeça para encará-lo. Era impossível não notar o nojo no meu tom de voz e nos meus olhos.

— O que eu fiz para ofender a senhorita? Por acaso não lhe dei exatamente o que queria?

Ele ficou confuso com a minha resposta. Acho que esperava que o adorássemos e agradecêssemos aos astros por sua existência.

Encarei-o novamente, sem medo, embora não tivesse dúvida de que o efeito fora diluído pelas lágrimas nas minhas bochechas.

— Com licença, querida, mas você vai continuar chorando? — ele perguntou, parecendo muito incomodado com minhas lágrimas.

— Não me chame assim! Não sou mais querida para você do que as outras trinta e quatro estranhas que você mantém aqui nessa jaula.

Ele se aproximou, sem parecer minimamente ofendido por minhas palavras vis. Só parecia... pensativo. Havia uma expressão interessante em seu rosto.

O príncipe tinha um andar gracioso para um rapaz, e parecia incrivelmente confortável dando voltas ao meu redor. Minha coragem se desmanchou um pouco diante da estranheza da situação. Ele estava completamente vestido, com seu terno ajustado, e eu estava encolhida e seminua. Se sua posição na hierarquia já não me assustava muito, sua atitude ainda assustava. Ele devia ter vasta experiência em lidar com pessoas infelizes; suas respostas eram excepcionalmente calmas.

— Sua afirmação é falsa. Todas vocês são queridas por mim. Trata-se simplesmente de descobrir quem há de ser a mais querida.

— Você disse mesmo “há de ser”?

Ele segurou uma risada.

— Receio que sim. Perdoe-me. É fruto da minha educação.

— Educação — resmunguei. — Ridículo.

— Perdão?

— É ridículo! — gritei, recuperando um pouco de coragem.

— O que é ridículo?

— O concurso! Tudo! Você nunca amou ninguém na vida? É assim que quer escolher sua mulher? Você é baixo a esse ponto?

Ajeitei-me um pouco no chão. Para facilitar minha vida, ele se sentou no banco, de modo que eu não precisava mais me torcer. Eu estava muito brava para agradecer.

— Entendo que possa dar essa impressão, que tudo possa ser visto como entretenimento barato. Mas meu mundo é muito fechado. Não conheço tantas mulheres. As poucas que conheço são filhas de diplomatas, e geralmente temos pouquíssimos assuntos em comum. Isso quando falamos a mesma língua.

Maxon achava aquilo engraçado e deu uma risadinha. Não fiquei impressionada. Ele limpou a garganta.

— Sendo essas as circunstâncias, nunca tive a oportunidade de me apaixonar. E você?

— Tive — respondi na lata.

Logo que as palavras saíram de minha boca, quis pegá-las de volta. Era um assunto particular, não era da conta dele.

— Então você teve muita sorte — havia um pouco de ciúme em sua voz.

Imagine só! A única coisa que eu podia atirar na cara do príncipe de Illéa era exatamente aquilo que eu queria esquecer.

— Minha mãe e meu pai se casaram assim e são muito felizes. Tenho esperança de alcançar a felicidade, de encontrar uma mulher que toda a Illéa possa amar, alguém que possa ser minha companheira e me ajude a receber os líderes de outras nações. Alguém que seja amiga dos meus amigos e minha confidente. Estou pronto para encontrar minha esposa.

Algo em sua voz me abalou. Não havia nenhum traço de sarcasmo. Aquilo que parecia pouco mais que um programa de TV para mim era a única chance que o príncipe tinha de ser feliz. Ele não podia pedir um segundo lote de mulheres. Bom, talvez pudesse, mas seria vergonhoso. Estava tão desesperado, tão esperançoso... Senti minha raiva por ele diminuir. Um pouco.

— Você realmente acha que aqui é uma jaula? — os olhos dele estavam cheios de compaixão.

— Sim, eu acho — minha voz saiu calma. Rapidamente acrescentei: — Majestade.

Ele riu.

— Eu mesmo já pensei nisso mais de uma vez. Mas você deve admitir que é uma jaula muito bonita.

— Para você. Encha sua jaula com mulheres brigando pela mesma coisa e veja que legal é.

Ele levantou as sobrancelhas.

— Mas já ocorreram discussões por minha causa? Será que vocês não percebem que sou eu que faço a escolha? — ele disse, rindo.

— Na verdade, não é bem assim. Elas brigam por duas coisas. Algumas por você, outras pela coroa. E todas pensam já saber o que falar e fazer para que sua escolha seja óbvia.

— Ah, sim. O homem ou a coroa. Receio que algumas não saibam ver a diferença — afirmou, balançando a cabeça.

— Boa sorte com isso — comentei, seca.

Tudo ficou calmo depois dessa demonstração de sarcasmo. Olhei para ele com o canto dos olhos, desejando que dissesse algo. O príncipe fitava a grama com o rosto cheio de preocupação. Parecia que essa ideia o estava infernizando já havia algum tempo. Ele respirou fundo e se voltou para mim.

— E você, pelo que luta?

— Na verdade, estou aqui por engano.

— Engano?

— É, mais ou menos. Bem, é uma longa história... Estou aqui. E não estou lutando. Meu plano é aproveitar a comida até você me chutar.

Ele riu tanto que se inclinou para trás e deu um tapa no joelho. Uma mistura bizarra de rigidez e calma.

— O que você é?

— Como?

— Dois? Três?

Será que ele não prestava atenção?

— Sou Cinco.

— Ah, sim. Então a comida deve ser um bom motivo para ficar.

Ele riu de novo e continuou:

— Sinto muito, não consigo ler seu broche no escuro.

— Meu nome é America.

— Muito bem, perfeito.

Os olhos de Maxon se perderam na noite e ele sorriu sem motivo aparente. Algo nisso tudo o impressionava.

— America, minha querida, espero muito que encontre algo nesta jaula por que valha a pena lutar. Depois de tudo isso, não posso deixar de imaginar como seriam as coisas se você realmente se esforçasse.

Ele desceu do banco e se agachou ao meu lado. Estava perto demais. Eu não conseguia pensar direito. Talvez estivesse um pouco ofuscada pela fama dele. Ou ainda um pouco abalada pelo choro. Em todo caso, estava chocada demais para reclamar quando pegou minha mão.

— Se isso a deixar feliz, posso informar aos funcionários que você prefere ficar no jardim. Assim, você pode vir aqui à noite sem ser incomodada pelos guardas. No entanto, acho que seria bom se houvesse sempre um deles por perto.

Eu queria. Qualquer tipo de liberdade me parecia uma bênção, mas eu precisava ter certeza absoluta de meus sentimentos.

— Não... não sei se quero algo que venha de você — eu disse, puxando meus dedos daquela mão que me segurava de leve.

Ele ficou um pouco surpreso e magoado.

— Como quiser.

Senti mais arrependimento. Não gostar daquele cara não significava que eu podia magoá-lo.

— Você vai voltar para dentro daqui a pouco? — ele perguntou.

— Sim — respondi com um suspiro, olhando para o chão.

— Então vou deixá-la com seus pensamentos. Haverá um guarda perto da porta esperando.

— Obrigada, errr... Alteza.

Balancei a cabeça. Quantas vezes eu o tinha tratado indevidamente na conversa?

— Querida America, você poderia me fazer um favor? — ele pegou minha mão novamente. Parecia muito persistente.

Olhei-o com o canto dos olhos, sem saber direito o que dizer.

— Talvez — repliquei.

Seu sorriso voltou.

— Não conte isso às outras. Tecnicamente, não devo conhecê-las até amanhã. Não quero irritar ninguém. Embora não possa dizer que seus gritos tenham qualquer semelhança com um encontro romântico, não acha?

Foi minha vez de sorrir:

— Nem de longe! — respirei fundo e acrescentei: — Não contarei.

— Obrigado.

Ele encostou os lábios na minha mão. Antes de se afastar, pousou-a delicadamente sobre minhas pernas.

— Boa noite — concluiu.

Olhei para o local do beijo na minha mão, atônita por uns segundos. Então voltei o rosto para ver Maxon sair e me dar a privacidade que eu passara o dia querendo.

11

Na manhã seguinte, não despertei com o som da entrada das criadas — elas já estavam lá — ou com o barulho da água sendo preparada para o meu banho — que já estava pronto. Despertei, na verdade, com a luz que atravessava aos poucos minha janela à medida que Anne puxava delicadamente as cortinas ricas e pesadas. Ela murmurava uma canção, absolutamente feliz com sua tarefa.

Já eu não estava pronta para me mover. Meu corpo custou a esfriar depois de tanta agitação e ainda mais a relaxar depois que compreendi o que aquela conversa no jardim acarretaria. Se eu tinha uma chance, precisava pedir desculpas. Seria um milagre se o príncipe permitisse isso.

— Senhorita? Está acordada?

— Nããããão — grunhi do travesseiro.

Tinha dormido bem menos que o necessário e minha cama era confortável demais. Mas Anne, Mary e Lucy riram do meu grunhido, o que bastou para me fazer sorrir e decidir me mexer.

Aquelas três garotas provavelmente seriam as mais fáceis de lidar durante minha temporada no palácio. Eu me perguntava se elas se tornariam minhas confidentes, ou se o treinamento e a etiqueta as impediria de compartilhar até uma xícara de chá comigo. Embora tivesse nascido na casta Cinco, eu me passava por uma Três agora. E o fato de serem criadas significava que elas eram Seis. Mas eu não tinha problemas com isso. Gostava da companhia dos Seis.

Dirigi-me lentamente para aquele banheiro gigantesco, e cada passo ecoava na vastidão de azulejos e vidros. Pelo espelho dava para ver que Lucy observava as manchas de terra na minha camisola. E os olhos cuidadosos de Anne também as detectaram. Por último, foi a vez de Mary notar. Ainda bem que nenhuma delas fez perguntas. Pensei que elas tentavam se intrometer na minha vida com suas indagações do dia anterior, mas eu estava errada. Era óbvio que estavam extremamente preocupadas com meu conforto. Perguntas sobre o que eu fazia fora do quarto — quanto mais do palácio — seriam bem esquisitas.

Elas apenas tiraram minha camisola com cuidado e me acompanharam até a banheira.

Eu não estava acostumada a ficar nua com outras pessoas por perto — nem mesmo minha mãe ou May —, mas aparentemente não havia como fugir disso ali. As três iam me vestir enquanto eu permanecesse no palácio, de modo que teria que aguentar até partir. Ficava imaginando o que aconteceria a elas quando eu saísse. Seriam destinadas a outras garotas que precisassem de mais atenção conforme a competição afunilava? Será que elas tinham outras funções no palácio e haviam sido temporariamente dispensadas delas? Não seria educado perguntar o que faziam antes ou sugerir que em breve eu sairia, então fiquei calada.

Depois do banho, Anne secou meu cabelo, prendendo metade dele no alto da cabeça com as fitas que eu trouxera de casa. Sua cor azul acentuou as estampas floridas de um dos vestidos que haviam criado para mim. Então escolhi usá-lo. Mary fez minha maquiagem, leve como a do dia anterior, e Lucy passou loção nos meus braços e nas minhas pernas.

Havia uma série de joias à minha escolha, mas resolvi pedir minha própria caixinha. Eu tinha um pequeno colar com um passarinho que era presente de meu pai. O pingente era prateado e combinava com meu broche. Acabei escolhendo um par de brincos do inventário real, mas provavelmente peguei os menores da coleção.

Anne, Mary e Lucy sorriram diante do resultado. Tomei isso como um sinal de que estava decente o bastante para descer para o café. Com reverências e sorrisos, as três me desejaram sorte antes de eu sair. As mãos de Lucy ainda tremiam.

Fui para o vestíbulo no alto da escadaria onde todas havíamos nos encontrado. Fui a primeira a chegar, então me sentei em um pequeno sofá para esperar as outras. Aos poucos, elas começaram a dar as caras. Logo percebi a tendência: todo mundo estava fenomenal. Elas tinham tirado o cabelo do rosto, fazendo tranças e cachos intrincados. A maquiagem fora feita com esmero, e os vestidos tinham sido passados com perfeição.

Eu provavelmente tinha escolhido meu vestido mais simples para o primeiro dia. As demais, por outro lado, procuravam chamar a atenção. Vi duas meninas chegarem ao vestíbulo e perceberem que estavam com vestidos muito parecidos. Ambas deram meia-volta e foram trocar de roupa. Todo mundo queria se destacar e ia conseguir, à sua maneira. Até eu.

Todas pareciam ser Um. Eu parecia uma Cinco com um vestido bonito.

Pensei ter demorado muito tempo para me arrumar, mas as outras garotas demoraram muito, mas muito mais. Quando Silvia chegou para nos acompanhar à sala de jantar, ainda tivemos que esperar Celeste e Tiny, que, fazendo jus à fama, quiseram ajustar os vestidos de manhã.

Uma vez reunidas, começamos a caminhar na direção das escadas. Havia um espelho dourado na parede e demos uma última olhada no visual antes de descer. Vi meu reflexo ao lado de Marlee e Tiny. Eu estava mesmo bem simples.

Pelo menos me sentia eu mesma, o que era um pequeno consolo.

Descemos as escadas na expectativa de ser levadas até a sala de jantar, onde faríamos as refeições, segundo tinham dito. Em vez disso, fomos guiadas direto para o Grande Salão, que estava preenchido com fileiras de mesas individuais, cada uma com pratos, copos e talheres. Mas não havia comida. Nem mesmo um cheirinho esperançoso. No canto da frente, encaixado na parede, notei um pequeno jogo de sofás. Um punhado de cinegrafistas espalhados pelo salão filmava nossa chamada.

Entramos em fila e sentamos onde queríamos, já que não havia lugares marcados. Marlee estava na fileira em frente à minha, e Ashley se sentou ao meu lado. Por mim, tudo bem. Parecia que várias meninas tinham feito pelo menos uma aliada, e eu via uma em Marlee. Ashley escolheu o assento ao meu lado dando a entender que queria minha companhia. Ainda assim, não abriu a boca. Talvez ainda estivesse chateada por causa do noticiário do dia anterior. Mas de novo permaneceu em silêncio quando nos encontramos. Talvez esse fosse apenas o jeito dela. Percebi que o pior que podia fazer era não responder quando eu falava, então resolvi pelo menos cumprimentá-la.

— Ashley, você está ótima.

— Ah, obrigada — ela agradeceu calmamente.

Ambas nos certificamos de que as equipes de filmagem estavam longe. Não que nossa conversa fosse particular, mas quem queria que eles estivessem em cima o tempo todo?

— Não é divertido usar todas essas joias? Onde estão as suas? — ela perguntou.

— Humm, eram pesadas demais para o meu gosto. Decidi vir mais leve.

— Elas são pesadas mesmo! Sinto como se tivesse um peso de dez quilos na cabeça. Ainda assim, não ia perder a chance. Quem sabe por quanto tempo vamos ficar aqui?

Era estranho. Ashley parecia tranquila e confiante desde o começo. Sua aparência e seu modo de ser demonstravam que fora talhada para ser uma princesa de primeira. Era esquisito que duvidasse de si própria.

— Mas você não acha que vai ganhar? — perguntei.

— Acho — ela suspirou —, mas é falta de educação dizer isso!

Ashley deu uma piscadela, e eu ri. Isso chamou a atenção de Silvia, que tinha acabado de entrar.

— Tsc, tsc. Uma dama nunca ergue a voz além de um leve suspiro.

Todo e qualquer murmúrio cessou. Fiquei imaginando se as câmeras tinham captado meu erro. Minhas bochechas esquentaram.

— Olá mais uma vez, senhoritas. Espero que tenham tido uma noite de muito descanso após o primeiro dia no palácio, porque é agora que nosso trabalho começa. Hoje, começarei a ensinar a vocês etiqueta e comportamento. Será um processo que durará todo o tempo que as senhoritas ficarem aqui. Por favor, saibam que qualquer mau comportamento de sua parte será relatado imediatamente à família real. Sei que parece cruel, mas este não é um joguinho qualquer. Alguém desta sala será a próxima princesa de Illéa. Não é uma tarefa fácil. As senhoritas devem procurar se elevar, não importa sua condição prévia. Serão damas de alto a baixo. E, nesta manhã mesmo, receberão sua primeira aula. É muito importante ter modos à mesa, e antes de fazer uma refeição na presença da família real, as senhoritas devem conhecer a etiqueta. Quanto mais rápido terminarmos a aula, mais rápido as senhoritas tomarão seu café da manhã. Assim sendo, levantem o rosto, por favor.

Silvia começou a explicar que seríamos servidas pela direita, qual copo deveríamos usar para cada bebida e que nunca, jamais, deveríamos pegar um pedaço de bolo com as mãos. Deveríamos sempre usar o pegador. As mãos deveriam permanecer no colo quando não eram usadas, sobre o guardanapo. Não deveríamos falar a não ser que alguém falasse conosco. Claro, poderíamos conversar em tom baixo com as pessoas ao lado, mas sempre a uma altura adequada ao palácio. Ela me encarou com seriedade ao passar essa última instrução.

Silvia continuava a falar com seu tom de voz elegante, atiçando meu estômago. Eu estava acostumada a fazer três refeições em casa, ainda que a comida fosse pouca. Precisava de comida. Já estava ficando um pouco emburrada quando escutei alguém bater à porta. Dois guardas abriram caminho, e então o príncipe Maxon entrou.

— Bom dia, senhoritas — ele disse.

O alvoroço no salão foi evidente: umas endireitaram as costas, outras tiraram o cabelo do rosto e algumas ainda ajeitaram o vestido. Não olhei para Maxon, mas para Ashley, cujo peito se movia em ritmo acelerado. Ela o observava de tal maneira que fiquei envergonhada de ter notado.

— Majestade — disse Silvia, com uma breve reverência.

— Olá, Silvia. Se não se importa, gostaria de me apresentar a essas jovens.

— Absolutamente — ela respondeu, inclinando-se mais uma vez.

O príncipe Maxon correu os olhos pelo salão e deparou comigo. Nossos olhares se encontraram por um instante e ele sorriu. Eu não esperava isso. Imaginava que já teria mudado de opinião sobre o modo que me tratara na noite anterior e que me daria uma bronca na frente de todas por causa do meu comportamento. Mas talvez ele não tivesse ficado nem um pouco irritado. Talvez tivesse me achado divertida. Com certeza ele ficava extremamente entediado ali. Não importava: aquele breve sorriso me fez acreditar que a experiência pudesse não ser tão ruim no fim das contas. Apeguei-me à decisão que tinha tomado na noite anterior e em minhas esperanças de que o príncipe ouvisse minhas desculpas.

— Senhoritas, se não lhes incomodar, chamarei cada uma de vocês para me conhecer individualmente. Estou certo de que estão com fome, assim como eu, de modo que não tomarei muito do seu tempo. Por favor, perdoem-me se demorar para gravar seus nomes. É que há muitas de vocês.

Houve uma explosão de risadas. Rapidamente, ele se dirigiu à garota na ponta direita da primeira fileira e a acompanhou até os sofás. Os dois conversaram por alguns minutos e se levantaram. Ele se inclinou diante dela, que devolveu a reverência. Ela voltou para sua mesa e falou com a garota ao lado, então o processo se repetiu. As conversas duravam poucos minutos e as vozes saíam abafadas. Ele queria conhecer as meninas em menos de cinco minutos.

— O que será que ele quer saber? — Marlee perguntou virando-se para mim.

— Talvez a lista de atores que você acha mais bonitos. Faça uma lista mental agora — sussurrei de volta, e tanto Marlee como Ashley riram baixo.

Não éramos as únicas conversando. Por todo o salão podiam-se ouvir vozes crescendo como um ruído suave à medida que tentávamos nos distrair até que nossa vez chegasse. Isso sem falar nos cinegrafistas que zanzavam pelo salão para perguntar às garotas sobre o primeiro dia no palácio, se tinham gostado das criadas e coisas do gênero. Quando pararam perto de Ashley e de mim, deixei que ela respondesse.

Eu observava o tempo todo o sofá enquanto cada uma das Selecionadas era entrevistada. Algumas permaneciam calmas e senhoris, outras pareciam nervosas de tanta emoção. Marlee corou como um pimentão quando foi sua vez de ir até o príncipe e voltou radiante. Ashley ajustou o vestido diversas vezes, num tique nervoso.

Eu estava começando a suar quando ela voltou, o que significava que era minha vez. Respirei fundo e me preparei. Ia pedir um favor enorme.

Ele se levantou para ler meu broche conforme eu me aproximava:

— America, certo? — ele perguntou, com um sorriso brincalhão nos lábios.

— Sim, sou eu. E sei que já ouvi seu nome antes, mas poderia refrescar minha memória? — eu disse, pensando se era má ideia começar com uma piada, mas Maxon riu e me pediu que sentasse.

Ele se inclinou para a frente e perguntou:

— Você dormiu bem, minha querida?

Não sei a expressão que fiz quando ele me tratou assim, mas os olhos dele brilharam de entusiasmo.

— Ainda não sou sua querida — rebati, dessa vez com um sorriso. — Mas dormi. Assim que me acalmei, dormi muito bem. Minhas criadas tiveram que me derrubar da cama. Estava confortável demais.

— Fico feliz em saber que você estava confortável, minha... America — ele se corrigiu.

— Obrigada — respondi.

Minhas mãos nervosas torciam a saia do vestido enquanto minha boca se preparava para dizer as palavras certas:

— Mil desculpas por ter sido grossa. Enquanto eu tentava dormir, tomei consciência de que, embora a situação me pareça estranha, não posso culpá-lo. Não é sua culpa que eu tenha me metido em tudo isso, e essa história de Seleção não é ideia sua. Além disso, você me tratou com simpatia naquele momento de dor, enquanto eu fui, bem, péssima. Poderia ter me expulsado ontem mesmo, mas não o fez. Obrigada.

O olhar de Maxon parecia terno. Aposto que todas as garotas antes de mim se derreteram quando ele as olhou assim. Já eu tendia a ficar incomodada, mas era óbvio que aquele olhar era comum a ele. O príncipe abaixou a cabeça por um instante. Quando me olhou de novo, pôs os cotovelos nos joelhos e apoiou o queixo nas mãos, como se quisesse me fazer entender a importância do que estava por vir.

— America, você tem sido muito sincera comigo até agora. É uma qualidade que admiro profundamente. Vou pedir-lhe que responda uma pergunta, se não for um incômodo.

Concordei com a cabeça, um pouco receosa do que ele podia querer saber. O príncipe se inclinou ainda mais na minha direção.

— Você diz que está aqui por engano. Isso me faz supor que não quer ficar. Há alguma possibilidade de nutrir qualquer tipo de... sentimento amoroso por mim?

Não pude evitar um leve tremor. Eu não queria de forma nenhuma magoá-lo, mas também não podia enrolar.

— Vossa Majestade é muito gentil e atraente... e atencioso.

Ele sorriu ao ouvir essas palavras. Continuei, em voz baixa.

— Mas tenho motivos muito pertinentes para achar que não.

— Poderia explicá-los? — seu rosto não demonstrava, mas sua voz revelou a decepção causada por minha rejeição imediata. Imaginei que ele não estava acostumado a isso.

Eu não queria falar dos motivos, mas não consegui pensar em outro modo de fazê-lo entender. Abaixando ainda mais a voz, contei a verdade:

— Acho... acho que meu coração está em outro lugar.

Senti meus olhos marejarem.

— Por favor, não chore! — sua voz baixa estava cheia de preocupação. — Nunca sei o que fazer quando as mulheres choram!

Isso me fez rir, e a ameaça de lágrimas bateu em retirada. Era impossível não notar a sensação de alívio no rosto dele.

— Você quer que eu lhe deixe voltar para seu amado hoje? — ele perguntou.

Era evidente que minha preferência por outro o incomodava, mas em vez de escolher o ódio, ele demonstrou compaixão. Esse gesto me fez confiar nele.

— Esse é o problema... Não quero ir para casa.

— Mesmo?

O príncipe levou as mãos à cabeça, e eu não pude deixar de rir de seu ar perdido.

— Posso ser totalmente sincera com você? — perguntei.

Ele concordou.

— Preciso ficar aqui. Minha família precisa de mim aqui. Mesmo que me deixasse ficar apenas uma semana, já seria uma dádiva para eles.

— Você quer dizer que precisa do dinheiro?

— Sim.

Senti-me mal por admitir. Talvez tivesse dado a impressão de que o estava usando. Na verdade, acho que estava mesmo. Mas prossegui:

— Também há... certas pessoas na minha província — levantei os olhos para ele — que eu não aguentaria ver no momento.

Maxon assentiu com a cabeça como quem tinha entendido, mas não disse nada.

Hesitei. Pensei que o pior que podia acontecer seria mesmo ir embora. Então continuei:

— Se me permitir ficar, mesmo que por pouco tempo, podemos fazer um trato — propus.

Ele arregalou os olhos:

— Um trato?

Mordi os lábios:

— Se me deixar ficar... — eu estava prestes a dizer algo bem idiota, mas prossegui. — Tudo bem, veja só. Você é o príncipe. Fica ocupado o dia inteiro ajudando a administrar o país e tal, e agora tem que encontrar tempo para escolher uma entre trinta e cinco, ou melhor, trinta e quatro garotas. É pedir muito, não acha?

Ele concordou. Dava para notar que se cansava só de pensar nisso.

— Não acha que seria muito melhor se tivesse alguém aqui dentro? Alguém para ajudar? Tipo... uma amiga?

— Uma amiga? — ele perguntou.

— Sim. Se me deixar ficar, posso ajudar. Serei sua amiga.

Minhas palavras o fizeram sorrir. Retomei minha proposta:

— Não precisa se incomodar em correr atrás de mim. Já sabe que não sinto nada por você. Mas pode falar comigo a qualquer momento e tentarei ajudar. Ontem à noite você disse que estava em busca de uma confidente. Bem, posso ser essa pessoa enquanto não encontrar a definitiva. Se quiser...

Seu rosto demonstrava um afeto contido.

— Conheci quase todas as garotas deste salão e não penso em outra que seria uma amiga melhor que a senhorita. Será um prazer deixá-la ficar.

É impossível descrever o alívio que senti.

— Você acha — perguntou Maxon — que eu ainda posso chamá-la de "minha querida"?

— Sem chance — cochichei.

— Continuarei tentando. Não costumo desistir — garantiu, e acreditei em suas palavras. Ia ser muito chato se ele continuasse mesmo com aquela história.

— Você chamou todas de "minha querida"? — perguntei, voltando o rosto para o resto do salão.

— Sim, e todas parecem ter gostado.

— É exatamente por isso que eu não gostei.

Eu me levantei. Maxon ainda ria quando deixou seu sofá. Normalmente eu faria cara feia, mas era até divertido. Ele fez uma reverência. Eu a devolvi e voltei ao meu lugar.

Estava com tanta fome que o tempo que o príncipe gastou para entrevistar as moças das outras fileiras pareceu uma eternidade. Mas por fim a última garota estava de volta ao seu lugar, e eu já sonhava ansiosamente com meu primeiro café da manhã no palácio.

Maxon então caminhou até o centro do salão.

— Aquelas a quem pedi que permanecessem, por favor, fiquem em seus lugares. As outras podem acompanhar Silvia até a sala de jantar. Em breve vou juntar-me a vocês.

Ele tinha pedido que algumas ficassem? Será que aquilo era bom?

Levantei-me como a maioria das outras e comecei a caminhar. Ele provavelmente só queria passar mais um momento com as que ficariam. Vi que Ashley era uma delas. Sem dúvida ela era especial, tinha nascido com a aparência de uma princesa. Não cheguei a conhecer as demais. Não que elas quisessem me conhecer. As câmeras ficaram para trás a fim de capturar aquele momento — o que quer que fosse — que estava para ocorrer. O resto de nós seguiu seu caminho.

Entramos na sala dos banquetes e lá estavam, com um ar mais majestoso que nunca, o rei Clarkson e a rainha Amberly. Também estavam ali mais câmeras, prontas para captar nosso primeiro encontro com o casal real. Hesitei, pensando se deveríamos voltar para a porta e esperar que nos chamassem para entrar. Mas quase todas as meninas — também um pouco hesitantes — avançaram. Fui rapidamente para meu assento, na expectativa de não ter atraído a atenção de ninguém.

Silvia entrou segundos depois e dominou a cena.

— Senhoritas — ela disse —, receio não termos chegado a conversar sobre isso. Sempre que entrarem em um cômodo onde o rei ou a rainha estiverem, ou se Vossas Majestades entrarem em um cômodo onde vocês estiverem, a atitude correta é uma reverência. Em seguida, quando lhes responderem, endireitem o corpo e tomem assento. Vamos fazer juntas agora?

Todas fizemos uma reverência na direção da mesa.

— Bem-vindas, garotas — disse a rainha. — Por favor, sentem-se em seus lugares e fiquem à vontade no palácio. É um prazer recebê-las.

Sua voz tinha um tom agradável. Era calma como a própria rainha, mas nem um pouco mecânica.

Como Silvia tinha explicado, as serventes encheram nossos copos com suco de laranja. Nossos pratos vinham em grandes travessas cobertas por uma redoma, que os mordomos retiravam na nossa frente. Meu rosto foi golpeado por uma nuvem de vapor perfumado vinda das panquecas. Felizmente, as exclamações de admiração em voz baixa abafaram o ronco do meu estômago.

O rei Clarkson abençoou nossa refeição e todas começamos a comer. Minutos mais tarde, Maxon entrou para ocupar seu lugar. Antes que pudéssemos nos mover, ele avisou:

— Por favor, senhoritas, não se levantem. Desfrutem do café da manhã.

Ele se dirigiu à mesa principal, beijou a mãe no rosto, apertou o ombro do pai com a mão firme e se sentou à esquerda dele. Comentou algo com o mordomo mais próximo, que riu discretamente. Por fim, passou a cuidar de seu prato.

Ashley não tinha vindo ainda. Nem as outras garotas. Olhei para os lados, confusa, e contei quantas faltavam. Oito. Oito garotas estavam ausentes.

Kriss, que se sentava à minha frente, respondeu à pergunta que eu fizera com os olhos.

— Elas foram embora — afirmou.

Embora?

Eu não conseguia imaginar o que poderiam ter feito em menos de cinco minutos para desagradar Maxon, mas imediatamente fiquei grata por ter sido honesta.

Era simples assim, já éramos apenas vinte e sete.

12

Os cinegrafistas deram uma volta pela sala e depois nos deixaram aproveitar o café da manhã em paz, não sem filmar o príncipe antes de saírem.

Eu estava um pouco perturbada com aquela eliminação súbita, mas Maxon não parecia inquieto. Ele comia tranquilamente, e ao vê-lo lembrei que seria bom acabar meu prato antes que esfriasse. Como antes, estava bom demais. O suco de laranja era tão puro que eu fazia questão de tomar goles pequenos, só para aproveitar melhor. Os ovos e o bacon pareciam vindos do céu, e as panquecas estavam perfeitas, não finas como as que eu fazia em casa.

Escutei montes de pequenos suspiros pela sala e soube que não era a única que tinha gostado da comida. Sem me esquecer de usar o pegador, tirei um pedaço de torta de morango do cesto que estava no centro da mesa. Ao fazer isso, corri os olhos pela sala para ver se as outras Cinco estavam gostando da refeição. Foi quando notei que era a única delas que havia restado.

Eu não sabia se Maxon tinha consciência disso — ele parecia mal saber nossos nomes —, mas era estranho o fato de as outras duas terem saído. Se eu não tivesse conhecido o príncipe antes de entrar naquele salão, teria sido chutada também? Ruminei essa ideia com o pedaço de torta de morango na minha boca. Era tão doce e a massa folheada estava tão macia que cada milímetro de minha boca se concentrou nela, consumindo todos os meus outros sentidos. Não queria ter soltado nenhum ruído, mas aquela torta era sem dúvida a coisa mais deliciosa que já provara. Dei outra mordida antes mesmo de engolir o que tinha na boca.

— Senhorita America? — uma voz me chamou.

As outras cabeças da sala viraram na direção dela, que pertencia ao príncipe Maxon. Fiquei chocada por ele se dirigir a mim, ou a qualquer uma de nós, de maneira tão informal na frente de todos.

O pior de ter sido chamada assim de supetão era que minha boca estava cheia de comida. Cobri-a com a mão e mastiguei o mais rápido que pude. Não levou nem dez segundos, mas com tantos olhos postos em mim, pareceu uma eternidade. Notei o rosto orgulhoso de Celeste enquanto tentava limpar a boca. Ela deve ter achado que eu era uma presa fácil.

— Sim, Majestade? — respondi assim que engoli a maior parte da comida.

— O que está achando da comida?

Maxon estava prestes a rir, ou por causa da minha cara de assustada ou por causa do detalhe que havia levantado sobre nossa primeira e altamente ilegal conversa.

Tentei me manter calma.

— Excelente, Majestade. Esta torta de morango... bem, tenho uma irmã que gosta mais de doces do que eu. Acho que ela choraria se a experimentasse. Está perfeita.

Maxon engoliu um bocado de sua própria comida e recostou na cadeira.

— Acha mesmo que ela choraria?

O príncipe parecia maravilhado com a ideia. Ele tinha uma relação estranha com as mulheres e seu choro.

Pensei na resposta e confirmei.

— Sim, é isso que eu acho. Ela não consegue controlar muito bem suas emoções.

— Você apostaria dinheiro nisso? — ele perguntou rapidamente.

As cabeças de todas as meninas viravam de um lado para outro, como se elas estivessem assistindo a uma partida de tênis.

— Se tivesse dinheiro para apostar, com certeza o faria — respondi. Agradou-me a ideia de apostar sobre as lágrimas de alegria alheias.

— E o que gostaria de apostar em vez disso? A senhorita parece ter um talento para os acordos.

Ele estava gostando do jogo. Muito bem. Então eu ia jogar.

— Bem, o que Vossa Alteza quer? — rebati. Depois, fiquei

pensando no que poderia dar a alguém que já tinha absolutamente tudo.

— O que a *senhorita* quer? — ele replicou.

Ali estava uma pergunta fascinante. Quase tanto quanto pensar no que eu poderia oferecer a Maxon era pensar no que ele poderia me oferecer. O príncipe tinha o mundo a seus pés. Então, o que ia escolher?

Não era da Um, mas estava vivendo como se fosse. Tinha mais comida do que podia dar conta e a cama mais confortável possível. As pessoas me serviam o tempo todo, mesmo que eu não quisesse. Se eu precisasse de algo, bastava pedir.

A única coisa que realmente queria era algo que fizesse aquele lugar parecer menos um palácio. Queria minha família correndo pelos corredores, ou não estar tão arrumada. Não podia pedir uma visita, porque só tinha passado um dia ali.

— Se ela chorar, quero usar calça por uma semana — propus.

Todo mundo riu, de maneira discreta e educada. Até o rei e a rainha pareciam ter achado meu pedido divertido. Gostei de como a rainha me olhou, como se eu tivesse me tornado menos estranha a seus olhos.

— Feito — afirmou Maxon. — E, se ela não chorar, a senhorita me deve um passeio pela propriedade amanhã à tarde.

Um passeio pela propriedade? Era isso? Não parecia nada especial. Lembrei-me do que Maxon havia dito na noite anterior: ele era vigiado. Talvez apenas não soubesse pedir um encontro a sós com alguém. Talvez esse fosse seu jeito de navegar em águas muito estranhas para ele.

Alguém perto de mim soltou um resmungo. Ah! Percebi que, se perdesse, seria a primeira garota ali a ter um encontro oficial a sós com o príncipe. Parte de mim quis renegociar, mas se era para ajudar — como prometido — eu não podia rejeitar suas tentativas de ficar comigo.

— Alteza, seus termos são severos, mas eu os aceito — afirmei.

— Justin?

O mordomo com quem ele tinha conversado antes deu um passo à frente.

— Embrulhe as tortas de morango e envie-as para a família da senhorita America. Peça que alguém espere enquanto a irmã experimenta e nos informe se ela, de fato, chora. Estou curiosíssimo quanto a isso.

Justin apenas sacudiu a cabeça e saiu.

— A senhorita deveria escrever um bilhete dizendo que está bem para acompanhar o embrulho. Na verdade, todas vocês deveriam escrever a suas famílias. Façam isso depois do café. Garantiremos que as cartas sejam entregues ainda hoje.

Todas as garotas sorriram e respiraram aliviadas, felizes de finalmente serem incluídas nos acontecimentos. Terminamos o café e fomos escrever as cartas. Anne me arranjou material de escritório, e escrevi um bilhete à minha família. Embora o começo no castelo tivesse sido bem estranho, a última coisa que eu queria era preocupá-los. Tentei parecer contente.

Queridos papai, mamãe, May e Gerad,

Já sinto tanta falta de vocês! O príncipe pediu que escrevêssemos para casa contando a nossa família que estamos seguras e bem. Eu realmente estou. A viagem de avião foi um pouco assustadora, mas de certo modo divertida também. O mundo parece tão pequeno lá de cima!

Ganhei montes de roupas e coisas maravilhosas, e tenho três criadas adoráveis que me ajudam a me vestir, limpam meu quarto e me dizem para onde devo ir. Assim, mesmo que eu fique completamente perdida, elas sempre sabem onde devo estar e me ajudam a chegar na hora.

A maioria das garotas é tímida, mas acho que fiz uma amiga. Lembram-se de Marlee, de Kent? Eu a conheci a caminho de Angeles. Ela é incrível e adorável. Se eu acabar voltando para casa mais cedo, espero que ela fique até o fim.

Conheci o príncipe; o rei e a rainha também. Eles são ainda mais nobres em pessoa. Ainda não conversei com o casal real, só com o príncipe Maxon. Ele é uma pessoa surpreendentemente generosa... eu acho.

Preciso parar por aqui, mas amo todos vocês e sinto saudades. Escrevo de novo assim que puder.

Com amor,
America

Não achei que havia nada de surpreendente no texto, mas podia estar errada. Fiquei imaginando May lendo e relendo a carta várias vezes, à procura de detalhes escondidos da minha vida nas entrelinhas. Será que ela leria antes de comer as tortas?

P.S.: May, essas tortas de morango não fazem você chorar de tão boas?

Pronto. Era o melhor que eu podia fazer.

Mas parece que não tinha sido bom o bastante. Um mordomo bateu à minha porta naquela tarde com uma carta da minha família e uma informação.

— Ela não chorou, senhorita. Disse que estava tão boa que poderia ter feito isso, como a senhora sugeriu, mas não o fez de fato. Sua Majestade virá buscá-la em seu quarto por volta das cinco da tarde de amanhã. Por favor, esteja preparada.

Não fiquei tão irritada por perder, mas teria gostado de poder usar calça. Mas pelo menos tinha as cartas da minha família. Eu me dei conta de que era a primeira vez que me separava deles por mais que algumas horas. Não tínhamos dinheiro para viajar, e como não tive amigos, nunca passara uma noite fora. Se ao menos houvesse um meio de receber cartas todos os dias... Talvez fosse até possível, mas sairia caro.

Li primeiro a carta do meu pai. Ele insistia em dizer que eu estava linda na TV e que ele tinha orgulho de mim. Dizia também que eu não deveria ter enviado as três caixas de torta porque May ia acabar mimada. Três caixas! Meu Deus!

Depois, ele contou que Aspen passara em casa para ajudar com as tarefas de escritório e levara uma das caixas para sua família. Eu não sabia como me sentir com relação a isso. Por um lado, estava feliz por terem algo decente para comer. Por outro, imaginava Aspen dividindo a torta com sua nova namorada. Uma namorada que ele podia mimar. Eu me perguntava se ele tinha ficado com ciúme do presente de Maxon ou se estava feliz por se livrar dos meus cuidados.

Detive-me naquelas linhas muito mais do que gostaria.

Meu pai concluiu dizendo estar contente por eu ter feito uma amiga, lembrando que sempre tinha sido devagar nesse quesito. Dobrei a carta e passei o dedo pela assinatura do lado de fora do envelope. Nunca tinha notado como sua assinatura era esquisita.

A carta de Gerad era curta e grossa: ele sentia minha falta, dizia que me amava e pedia que eu mandasse mais comida. Dei boas gargalhadas.

Minha mãe foi mandona. Dava para notar seu tom de voz mesmo no texto escrito, naquele seu jeito orgulhoso de dar os parabéns por ter conquistado a atenção do príncipe — Justin contara que minha carta tinha sido a única a ser acompanhada de presentes — e de sugerir que eu continuasse fazendo o que quer que estivesse fazendo.

Claro, mãe. Vou continuar dizendo ao príncipe que ele não tem chance comigo e a ofendê-lo sempre que possível. Excelente plano.

Fiquei feliz por ter guardado a carta de May para o fim.

Era muito animada. Ela admitiu que tinha ficado com inveja ao saber que eu comia coisas daquele tipo o tempo todo. Também reclamou que mamãe estava ainda mais mandona com ela. Eu sabia como era. De resto, havia um bombardeio de perguntas: Maxon era tão bonito pessoalmente como na TV? Que roupa eu estava usando naquele momento?

Ele tinha um irmão secreto disposto a se casar com ela algum dia?

Ri e abracei as cartas. Tinha que me esforçar para respondê-las logo. Devia haver um telefone em algum lugar, tão distante que ninguém nem o mencionou. Mesmo que houvesse um aparelho em meu quarto, seria loucura ligar todos os dias. Mas eu ia conservar aquelas cartas. Seriam provas de que eu tinha estado ali quando aquele lugar se tornasse uma vaga lembrança.

Fui para a cama reconfortada por saber que minha família ia bem, e essa ternura acalentou um sono gostoso, perturbado apenas pelo incômodo de saber que teria que ficar a sós com Maxon outra vez. Não sabia muito bem o motivo disso, mas esperava que não fosse nada de mais.

— Em nome das aparências, você poderia segurar meu braço? — o príncipe pediu ao me buscar no quarto no dia seguinte. Hesitei um pouco, mas cedi.

As criadas já tinham posto em mim um vestido para o fim de tarde: era azul, acinturado e de alcinha. Meus braços ficavam nus, e eu podia sentir o tecido engomado do terno de Maxon roçar minha pele. Algo nisso tudo me deixava desconfortável. Ele deve ter notado, porque tentava me distrair.

— Sinto muito que ela não tenha chorado.

— Não, não sente — meu ar brincalhão deixava claro que eu não estava muito chateada por ter perdido.

— Nunca tinha apostado antes. Foi bom ganhar.

Havia como que um pedido de desculpas no tom de sua voz.

— Sorte de principiante.

Ele sorriu.

— Talvez da próxima vez possamos apostar se ela ri.

Comecei imediatamente a levantar hipóteses em minha cabeça. O que no palácio faria May rolar de rir?

Maxon adivinhou que eu estava pensando nela.

— Como é sua família?

— O que você quer dizer?

— Só isso mesmo. Sua família deve ser bem diferente da minha.

— Eu diria que sim — respondi entre risos. — Para começo de conversa, ninguém em casa usa coroa no café da manhã.

Maxon sorriu de novo.

— Vocês usam coroa apenas no jantar?

— Mas é claro.

Ele soltou uma risada baixa. Comecei a pensar que o príncipe talvez estivesse bem longe de ser o esnobe que eu supunha.

— Bem, sou a filha do meio de cinco irmãos.

— Cinco!

— Sim, cinco. A maioria das famílias por aí tem montes de filhos. Eu teria vários se pudesse.

— Mesmo?

Maxon ergueu as sobrancelhas.

— Sim — afirmei em voz baixa.

Não sabia dizer bem o motivo, mas aquele era um detalhe muito íntimo da minha vida. Só havia outra pessoa que o conhecia. Senti um espasmo de tristeza, mas o afastei.

— Não importa. Minha irmã mais velha, Kenna, é casada com um Quatro. Ela trabalha numa fábrica agora. Minha mãe quer que eu me case ao menos com um Quatro, mas não quero ser forçada a parar de cantar. Amo a música, mas agora sou uma Três. É estranho... Acho que vou tentar permanecer na música, se puder.

E continuei falando.

— Depois vem Kota. Ele é artista. Não o temos visto muito. Ele foi se despedir de mim, mas é só. Depois eu.

Maxon deu um sorriso fácil.

— America Singer — ele anunciou —, minha melhor amiga.

— Isso mesmo — respondi enfadada.

Não havia chance de eu ser a melhor amiga do príncipe. Pelo menos não ainda. Mas eu tinha que admitir: ele era a única pessoa em quem eu realmente confiava que não fazia parte da minha família nem era meu namorado. Bem, eu também confiava em Marlee. Será que ele pensava o mesmo de mim?

Caminhávamos lentamente em direção à escada. Ele parecia não ter pressa alguma.

— Depois de mim vem May. É a que me traiu e não chorou. Para ser sincera, fui roubada. Não acredito que ela não tenha chorado! May é uma artista... e eu a amo muito.

Maxon examinava meu rosto. Falar de May me deixava mais leve. Eu já gostava mais dele, mas não sabia se queria deixá-lo entrar na minha vida.

— Por fim, vem Gerad, meu irmão caçula de sete anos. Ele ainda não sabe direito se vai para a música ou para outras artes. Na verdade, ele gosta de jogar bola e estudar insetos, o que é bom. Só que não vai conseguir ganhar dinheiro com isso. Bem, já falei de todos.

— E os seus pais?

— E os *seus* pais? — rebati.

— Você conhece meus pais.

— Não. Conheço a imagem pública deles. Como eles são de verdade?

Forcei seus braços para baixo. Uma façanha, já que eram enormes. Mesmo sob as camadas de roupa, dava para sentir seus músculos fortes e retesados. Maxon suspirou, mas percebi que não o tinha irritado nem um pouco. Ele parecia gostar de ter alguém para infernizá-lo. Devia ser triste crescer sem irmãos naquele lugar.

O príncipe começou a pensar em sua resposta assim que pusemos os pés no jardim. Os guardas abriam sorrisinhos maliciosos à nossa passagem. Um pouco mais adiante estava a equipe de filmagem. Claro que eles queriam estar presentes no primeiro encontro do príncipe. Com um movimento de cabeça, Maxon fez todos se retirarem imediatamente para dentro. Escutei alguém xingar. Não que eu estivesse ansiosa para ser filmada, mas estranhei a dispensa.

— Você está bem? Parece tensa — comentou Maxon.

— Você fica confuso com choro de mulher, e eu com caminhadas ao lado de príncipes — disse, dando de ombros.

Maxon riu baixo, mas permaneceu calado. Caminhávamos na direção oeste. O sol se escondia atrás da enorme floresta da propriedade, embora ainda fosse cedo. A sombra nos cobriu como uma tenda de escuridão. Era ali que gostaria de ter ido na noite em que o encontrei pela primeira vez. Parecíamos estar realmente a sós agora. Continuamos a caminhar, para longe do palácio e dos ouvidos dos guardas.

— Por que deixo você confusa?

Hesitei, mas contei o que sentia:

— Seu caráter. Suas intenções. Não sei direito o que esperar dessa nossa voltinha.

— Ah.

Ele parou de andar e me encarou. Estávamos bem próximos. Apesar da brisa quente de verão, um calafrio percorreu minha espinha.

— Acho que você já percebeu que não sou um homem que se esconde. Vou dizer exatamente o que quero de você.

Maxon deu um passo em minha direção.

Minha respiração parou. Eu acabara de me meter na situação que mais temia. Nada de guardas, nada de câmeras, ninguém para evitar que ele fizesse sua vontade.

Meu joelho reagiu automaticamente. Sim. Dei uma joelhada na coxa de Sua Majestade. Com força.

Ele berrou e levou as mãos à perna, cambaleando enquanto me afastava.

— Por que fez isso?

— Se encostar um dedo em mim, vou fazer pior! — ameacei.

— O quê?

— Se você encostar um dedo em mim...

— Não, sua louca. Eu ouvi da primeira vez — ele interrompeu, com uma careta de dor. — Mas o que quer dizer com isso?

Meu corpo foi tomado pelo calor. Eu havia pensado no pior e lutava contra algo que não tinha a menor chance de acontecer.

Os guardas acorreram, alertados por nossa briguinha. Maxon, meio envergado e capenga, deu um sinal para que voltassem.

Permanecemos em silêncio por alguns momentos. Ele já tinha superado o pior da dor e passara a me observar.

— O que achou que eu queria? — o príncipe perguntou.

Abaixei a cabeça e corei.

— America, o que você achou que eu queria?

Sua voz soava irritada. Mais que isso: ofendida. Obviamente, ele adivinhara meus pensamentos e não gostara nada deles.

— Em público? Você pensou... por Deus! Eu sou um cavalheiro!

Ele ameaçou sair, mas voltou.

— Por que se ofereceu para ajudar se me considera tão baixo?

Eu não conseguia encará-lo. Não sabia como explicar que fora induzida a me preparar para um monstro; que a escuridão e a privacidade tinham me deixado insegura; que só havia ficado a sós com um único garoto.

— Você jantará em seu quarto hoje. Cuido disso amanhã de manhã.

Esperei no jardim até ter certeza de que todas as outras já estavam na sala de jantar. Em seguida, circulei pelo corredor antes de entrar no quarto. Annie, Mary e Lucy estavam uma ao lado da outra quando entrei. Não tive coragem de contar que não passara todo aquele tempo com o príncipe.

Meu jantar já havia sido servido na mesa perto da sacada. Eu estava com tanta fome que consegui parar de pensar em como tinha sido ridícula. Mas não era por causa de minha longa ausência que elas estavam inquietas. Havia uma caixa enorme na minha cama, implorando para ser aberta.

— Podemos ver? — pediu Lucy.

— Lucy! Que falta de educação! — reprovou Anne.

— Deixaram aqui assim que a senhorita saiu. Desde então, estamos curiosas! — exclamou Mary.

— Mary! Tenha modos! — ralhou Anne.

— Não se preocupem, meninas. Não tenho segredos.

Quando me enxotassem na manhã seguinte, eu explicaria tudo a elas.

Dei um sorriso amarelo e comecei a desfazer o laço grande e vermelho da caixa. Dentro havia três calças. Uma de linho, outra mais formal, de tecido macio, e um jeans maravilhoso. Sobre elas, havia um cartão com o brasão de Illéa.

Você pede coisas tão simples que sou incapaz de negá-las. Mas, por mim, use apenas aos sábados.

Obrigado por sua companhia.

De seu amigo,
Maxon

13

Não tive muito tempo para me sentir envergonhada ou preocupada. Quando as criadas vieram me vestir de manhã sem nenhum sinal de apreensão, entendi que minha presença na sala de jantar seria bem-vinda. O fato de Maxon me deixar tomar café foi um gesto de generosidade que não esperava dele: eu teria direito a uma última refeição, um momento final como uma das Selecionadas.

Já estávamos no meio do café quando Kriss finalmente juntou coragem para perguntar sobre o encontro.

— Como foi? — ela perguntou discretamente, como deveria ser durante as refeições.

Essas duas palavrinhas espicharam orelhas à minha esquerda e à minha direita. Todas ao redor começaram a prestar atenção. Respirei fundo e respondi.

— Indescritível.

As garotas se entreolharam, querendo mais detalhes.

— Como ele se comportou? — indagou Tiny.

— Humm... — procurei escolher bem as palavras. — Bem diferente de como eu esperava.

Dessa vez, escutei resmungos pela mesa.

— Você faz isso de propósito? — irrompeu Zoe. — Porque, se faz, é muita maldade.

Balancei a cabeça. Como poderia explicar?

— Não, nem um pouco. É que...

Mas escapei de tentar formular uma resposta em virtude do barulho que vinha do corredor.

Estranhei os gritos. Ao longo de meu breve período no palácio, não me lembrava de nenhum som que chegasse perto de ser alto. Além disso, o ruído dos passos dos guardas, o abrir e fechar das enormes portas e o bater dos talheres nos pratos compunham uma espécie de música. Tratava-se do mais completo caos.

A família real parece ter compreendido tudo antes de nós.

— Para o fundo da sala, senhoritas! — gritou o rei Clarkson, correndo até uma janela.

As garotas, confusas e obedientes, avançaram lentamente até a mesa principal. O rei descia uma persiana, que não servia apenas para diminuir a luz. Era feita de metal e rangia ao fechar. Ao lado dele, Maxon baixava outra. E ao lado dele, a amável e delicada rainha corria para baixar a seguinte.

Foi então que uma onda de guardas invadiu a sala. Vi alguns deles se perfilarem do lado de fora um pouco antes das monstruosas portas serem fechadas, trancadas e reforçadas com barras.

— Eles invadiram a propriedade, Majestade, mas conseguimos conter o avanço. Seria bom que as senhoritas saíssem, mas estamos muito próximos da porta...

— Entendido, Markson — o rei respondeu, cortando a frase do militar.

Não precisei de mais para entender. Havia rebeldes dentro dos muros do palácio.

Eu imaginava que isso fosse acontecer. Tantas hóspedes no palácio, tantos preparativos. Claro que alguém ia se distrair em algum ponto e relaxar a segurança. E, mesmo que não fosse fácil entrar, era o momento perfeito para protestar. A verdade era que a Seleção era um tanto perturbadora. Com certeza os rebeldes a odiavam, como odiavam tudo em Illéa.

Entretanto, a opinião deles em si não era importante. O importante é que não seria calada facilmente.

Eu me ergui tão depressa que minha cadeira tombou. Corri até a janela mais próxima para baixar a persiana de metal. Outras meninas que também tinham percebido a gravidade da ameaça fizeram o mesmo.

Um instante foi suficiente para descer aquela coisa, mas encaixá-la no lugar certo era um pouco mais difícil. Eu tinha acabado de prender a trava do jeito correto quando algo atingiu o palácio, fazendo com que eu me afastasse da janela aos gritos até tropeçar em minha cadeira e cair.

Maxon surgiu imediatamente.

— Você está ferida?

Fiz um diagnóstico rápido de minha condição. Eu devia ter sofrido um arranhão no quadril e estava assustada, mas nada pior que isso.

— Não, estou bem.

— Para o fundo da sala. Agora! — ele ordenou enquanto me ajudava a sair do chão. Depois, correu pelo salão despertando as garotas paralisadas de medo e as conduziu para o canto.

Obedeci e disparei para o fundo da sala, rumo à aglomeração de meninas encolhidas. Algumas choravam; outras, em choque, olhavam para o vazio. Tiny estava desmaiada. A figura mais tranquilizadora era o rei Clarkson, que falava atentamente com um guarda no canto oposto, longe o bastante para não ser ouvido por nós. Um de seus braços envolvia a rainha para protegê-la, e ela permanecia ereta e calma a seu lado.

A quantos ataques teria sobrevivido? Recebíamos notícias de que eles ocorriam várias vezes ao ano. Aquilo inevitavelmente acabaria com os nervos de alguém. Suas chances de sobrevivência ficavam cada vez menores... assim como as de seu marido... e de seu único filho. Os rebeldes com certeza chegariam em algum momento às circunstâncias perfeitas para obter o que queriam. E, mesmo assim, ela permanecia ali, de queixo erguido e rosto sereno.

Corri os olhos pelas outras garotas. Por acaso alguma delas tinha a força necessária para ser uma rainha? Tiny ainda estava inconsciente nos braços de alguém. Celeste e Bariel conversavam. Celeste parecia à vontade, mas eu sabia que não estava. Ainda assim, comparada às outras, ela escondia muito bem suas emoções. Outras estavam quase histéricas, molhando os vestidos com lágrimas. Algumas ficaram catatônicas e se recusavam a aceitar a situação. Seus rostos não tinham expressão, e elas apertavam as próprias mãos à espera do fim.

Marlee estava chorando, não a ponto de parecer acabada. Segurei seu braço e a levantei.

— Enxugue os olhos e fique direito — eu disse no ouvido dela.

— O quê? — ela gemeu.

— Confie em mim. Faça isso.

Marlee secou o rosto no vestido e ergueu-se. Ela tocava vários pontos do rosto, talvez para conferir se a maquiagem não estava borrada. Então se voltou para mim em busca de aprovação.

— Muito bem. Desculpe ser mandona, mas confie em mim desta vez, por favor.

Eu não gostava de dar ordens em meio a algo tão preocupante, mas ela precisava se parecer com a rainha Amberly. Com certeza Maxon procuraria isso em sua escolha, e Marlee tinha que ganhar.

Ela concordou com a cabeça.

— Não, você está certa. Quer dizer, por enquanto estamos todos a salvo. Eu não deveria ficar tão preocupada.

Concordei, embora ela estivesse errada. Não estávamos todos a salvo.

Havia guardas ao pé das enormes portas, e coisas pesadas eram atiradas contra as paredes e as janelas. A sala de jantar não tinha relógio. Eu não fazia ideia de quanto tempo o ataque já durava, o que me deixou ainda mais ansiosa. Como saberíamos se eles tinham conseguido entrar? Talvez quando começassem a arrombar as portas? Será que já tinham entrado e não sabíamos?

Não pude suportar o peso da preocupação. Fixei o olhar em um vaso de flores ornamentais — cujo nome ignorava completamente — e roí uma das unhas feitas com perfeição pelas manicures do palácio. Fingi que aquelas flores eram a coisa mais importante do mundo.

Maxon acabou por aparecer para verificar se eu estava bem, como tinha feito com as outras. Ele se pôs ao meu lado e começou a observar as flores também. Nenhum de nós sabia o que dizer.

— Tudo bem com você? — ele finalmente perguntou.

— Sim — sussurrei.

O príncipe se deteve por um momento.

— Você não parece bem.

— O que vai acontecer com as criadas? — perguntei, manifestando minha maior preocupação.

Eu sabia que estava a salvo, mas onde elas estavam? E se uma delas estivesse caminhando perto do muro quando os rebeldes entraram?

— As criadas? — ele perguntou com um tom de voz que dava a entender que eu era uma idiota.

— Sim, as criadas.

Olhei nos olhos dele, forçando-o a reconhecer que somente uma privilegiada minoria entre os que moravam no palácio tinha proteção de verdade. Eu estava a ponto de chorar, mas não queria que as lágrimas viessem. Acelerei a respiração para manter as emoções sob controle.

Maxon me olhou nos olhos e pareceu entender que por apenas um degrau eu mesma não era uma criada. Não era esse o motivo da minha preocupação, mas era muito estranho que um sorteio fosse a principal diferença entre mim e uma pessoa como Anne.

— Elas devem estar escondidas. Também têm onde esperar o fim dos ataques. Os guardas avisam rapidamente todo mundo. Elas vão ficar bem. Costumávamos ter um sistema de alarme, mas na última invasão os rebeldes o destruíram completamente. Estamos tentando consertar, mas... — ele suspirou.

Olhei para o chão, na tentativa de aplacar todas aquelas preocupações na minha cabeça.

— America... — Maxon clamou.

Levantei o rosto.

— Elas estão bem. Os rebeldes agiram devagar, e todo mundo aqui sabe o que fazer em caso de emergência.

Concordei. Permanecemos ali, em silêncio, por alguns minutos, até eu perceber que ele estava pronto.

— Maxon — sussurrei.

Ele se voltou para mim, um pouco surpreso de ser tratado com tanta familiaridade.

— Sobre a noite passada. Eu quero explicar. Quando foram nos preparar para a viagem, um homem disse que eu jamais poderia rejeitar você. Não importava o que pedisse. Em nenhuma hipótese.

Ele ficou espantado.

— O quê?

— Pelo que ele me disse, parecia que você ia pedir algumas coisas. E você mesmo me contou que não conviveu com muitas mulheres. Depois de dezoito anos... E você dispensou as câmeras. Fiquei com medo de que chegasse perto demais.

Maxon balançou a cabeça na tentativa de processar toda aquela informação. Seu rosto, geralmente tranquilo, contorcia-se de ódio, humilhação e incredulidade.

— Disseram isso a todas? — ele perguntou, aparentemente abismado com a ideia.

— Não sei. Não conheço muitas meninas que precisam desse tipo de aviso. Elas provavelmente esperam uma oportunidade para atacar — comentei, apontando a cabeça para o resto da sala.

O príncipe soltou uma risada sarcástica.

— Mas você não é como elas, até porque não teve receio de me acertar uma joelhada bem ali, certo?

— Eu acertei sua coxa.

— Por favor. Um homem não precisa de tanto tempo para se recuperar de uma joelhada na coxa — ele argumentou com a voz cheia de ceticismo.

Deixei escapar uma risada. Felizmente, Maxon me acompanhou. Foi então que outro projétil atingiu a janela e interrompemos o riso ao mesmo tempo. Por alguns instantes, eu esquecera onde estava. Precisava de um pouco mais de tempo. Minha saúde mental exigia.

— E então, como é ter que lidar com uma sala cheia de mulheres em pranto? — perguntei.

Sua expressão assumiu uma perplexidade cômica.

— Nada no mundo pode ser mais confuso! — ele cochichou rapidamente. — Não tenho a menor ideia de como fazê-las parar.

Eis o homem que ia liderar nosso país: alguém que era vencido por lágrimas. Era engraçado demais.

— Você pode tentar pôr a mão no ombro delas e dizer que vai ficar tudo bem. Quando choram, as mulheres nem sempre querem que você resolva o problema. Elas só querem ser consoladas — sugeri.

— Sério?

— Sim.

— Não pode ser tão simples — ele disse com um misto de dúvida e interesse na voz.

— Eu disse "nem sempre", e não "nunca". Mas provavelmente funcionaria com várias garotas aqui.

Ele torceu o nariz.

— Não tenho tanta certeza. Duas delas já perguntaram se eu as deixaria ir embora quando isso chegasse ao fim.

— Pensei que não tínhamos permissão para fazer isso.

Na verdade, eu não deveria estar surpresa. Se ele tinha autorizado minha permanência como amiga, não podia dar muita importância a detalhes técnicos.

— O que você vai fazer? — completei.

— O que posso fazer? Não vou manter ninguém aqui contra a própria vontade.

— Talvez elas mudem de ideia — propus com alguma esperança.

— Talvez — ele concordou e fez uma pausa. — E você? Já está suficientemente assustada para sair? — o príncipe perguntou com ar quase brincalhão.

— Para ser sincera, pensei que me mandaria embora depois do café — admiti.

— Para ser sincero, também pensei.

Um sorriso tranquilo nasceu no meu rosto e no dele. Nossa amizade — se é que podíamos chamar assim — era estranha e cheia de furos, mas pelo menos era honesta.

— Você não respondeu. Quer sair?

Outro abalo na parede. A ideia era tentadora. Em casa, o pior ataque que tive que enfrentar tinha sido Gerad tentando roubar minha comida. As garotas ali não se importavam comigo, as roupas me sufocavam, as pessoas queriam ferir meus sentimentos e toda aquela história me deixava desconfortável. Mas era bom para minha família, e eu achava ótimo comer bem. Maxon parecia, de fato, meio perdido, e eu tinha prometido ajudá-lo. Quem sabe eu mesma não escolheria a próxima princesa?

Olhei bem nos olhos dele.

— Enquanto você não me enxotar, vou ficando aqui...

Ele sorriu.

— Bom. Você precisa me passar mais dicas, como essa da mão no ombro.

Devolvi o sorriso. Sim, estava tudo dando errado, mas algo de bom sairia disso.

— America, você poderia me fazer um favor?

Assenti.

— Para todos os efeitos, passamos muito tempo juntos na tarde de ontem. Se alguma garota perguntar, você poderia explicar que eu não... que eu jamais...

— Claro. E sinto muito mesmo pelo que aconteceu.

— Eu devia saber que se uma das garotas fosse desobedecer a uma ordem seria você.

Uma série de objetos pesados acertou a parede de uma vez, fazendo um punhado de meninas gritar.

— Quem são eles? O que querem? — perguntei.

— Quem? Os rebeldes?

Confirmei com a cabeça.

— Depende de quem responde. E de que grupo você fala — ele explicou.

— Quer dizer que há mais de um grupo?

A informação fez toda a situação piorar. Se esse era o ataque de um grupo, o que poderiam fazer dois ou mais juntos? Pareceu-me extremamente injusto que não explicassem melhor o tema para nós. Até onde eu sabia, um rebelde era um rebelde, mas Maxon fez parecer que havia uns piores que outros.

— Quantos grupos existem? — perguntei.

— Basicamente dois: os nortistas e os sulistas. Os nortistas atacam com muito mais frequência. Estão mais perto de nós. Vivem no chuvoso território de Likely, perto de Bellingham. Ninguém quer morar lá, quase tudo são ruínas. Eles se estabeleceram ali como puderam, embora eu ache que vivem migrando. Essa é uma teoria minha que ninguém escuta. Mas é raro que consigam invadir a propriedade. Quando conseguem, os resultados são... quase modestos. Acho que este ataque de agora é obra dos nortistas — Maxon explicou em meio ao barulho.

— Por quê? O que os faz diferentes dos sulistas?

Maxon pareceu hesitar. Não tinha certeza se eu podia saber

aquilo. Olhou para os lados para ver se alguém estava ouvindo. Eu também olhei, e vi várias pessoas nos observando. Celeste, em especial, parecia soltar fogo pelos olhos. Não consegui sustentar meu olhar por muito tempo. Ainda assim, mesmo com toda aquela gente observando, ninguém estava suficientemente perto para ouvir. Maxon tirou a mesma conclusão e se inclinou para cochichar ao meu ouvido:

— Os ataques dos sulistas são muito mais... letais.

Estremeci.

— Letais?

Ele confirmou:

— Eles vêm apenas uma ou duas vezes por ano, acho. Todos tentam evitar que eu saiba as estatísticas, mas não sou idiota: quando eles vêm, pessoas morrem. O problema é que os dois grupos parecem iguais para nós: esfarrapados, constituídos na maior parte de homens esguios mas fortes, sem insígnias que possamos distinguir. Por isso, não sabemos quem está por trás do ataque antes do fim.

Corri os olhos pela sala. Muita gente estaria em perigo se Maxon estivesse errado e os rebeldes da vez fossem sulistas. Lembrei-me novamente das pobres criadas.

— Ainda não entendi. O que eles querem?

Maxon deu de ombros e respondeu:

— Os sulistas querem nos derrubar. Não sei o motivo, mas imagino que estejam insatisfeitos, cansados de viver às margens da sociedade. Quer dizer, eles nem são Oito, em tese, porque não têm nenhuma participação nas relações sociais. Os nortistas ainda são um mistério. Meu pai diz que querem apenas nos incomodar, perturbar o governo, mas não penso assim.

Ele pareceu bastante orgulhoso de si mesmo por uns momentos.

— Tenho outra teoria quanto a isso também — concluiu.

— Posso saber qual é?

Maxon hesitou novamente. Dessa vez, talvez não por receio de me assustar, mas por receio de não ser levado a sério.

Ele aproximou os lábios do meu ouvido mais uma vez e sussurrou:

— Acho que eles estão à procura de alguma coisa.

— De quê? — indaguei.

— Isso eu não sei. Mas é a mesma coisa sempre que os nortistas são expulsos: os guardas são derrotados, feridos ou amarrados, mas nunca assassinados. É como se os rebeldes não quisessem ser seguidos. No entanto, sequestram algumas pessoas de vez em quando, o que é preocupante. E os quartos — bem, aqueles em que conseguem entrar — ficam uma bagunça. Todas as gavetas arrancadas, prateleiras reviradas, tapetes jogados longe. Muita quebradeira. Você não acreditaria se eu lhe dissesse o número de câmeras que tive de substituir ao longo dos anos.

— Câmeras?

— Sim... — ele disse, um pouco encabulado. — Gosto de fotografia. Mas, apesar de tudo isso, eles acabam não levando muita coisa consigo. Meu pai acha minha ideia inútil. O que um bando de bárbaros analfabetos procuraria? Ainda assim, deve haver alguma coisa.

Era uma teoria intrigante. Se eu não tivesse um centavo e soubesse como invadir o palácio, acho que pegaria todas as joias que encontrasse, qualquer coisa que pudesse vender. Aqueles rebeldes deviam ter em mente mais que mera afirmação política ou sua própria sobrevivência quando invadiam o palácio.

— Você acha tolice? — ele perguntou, tirando-me de minhas divagações.

— Não, não é tolice. É confuso, mas não tolice.

Sorrimos juntos. Dei-me conta de que se Maxon fosse apenas Maxon Schreave e não Maxon, o futuro rei de Illéa, seria o tipo de pessoa que gostaria que morasse na casa ao lado, um vizinho com quem conversar.

Ele limpou a garganta.

— Suponho que eu deveria ver como estão as outras garotas.

— Sim, imagino que muitas delas estão se perguntando por que está demorando tanto.

— E então, *parceira*, alguma sugestão de quem deve ser a próxima?

Sorri e olhei para trás, para conferir se minha candidata a princesa ainda aguentava firme. E ela aguentava.

— Está vendo aquela loira ali, de rosa? É Marlee. Um doce. Ela é muito gentil e adora filmes. Vá.

Maxon deu uma risadinha e caminhou na direção dela.

O tempo parecia demorar uma eternidade para passar, mas na verdade o ataque durou pouco mais de uma hora. Descobrimos depois que ninguém tinha entrado no palácio em si, apenas na propriedade. Os guardas só dispararam contra os rebeldes quando eles se dirigiram à porta principal. Isso explicava os tijolos — arrancados dos muros do castelo — e a comida estragada atirados contra as janelas.

No fim, dois homens chegaram perto demais da entrada principal, os guardas atiraram e todos fugiram. Se a classificação de Maxon estivesse certa, deveriam ter sido nortistas.

Permanecemos escondidas por mais um tempo enquanto as imediações do palácio eram revistadas. Quando tudo voltou ao normal, enviaram-nos de volta para o quarto. Andei de braços dados com Marlee. Apesar de ter aguentado firme na sala de jantar, a tensão gerada pelo ataque me deixara exausta. Era bom ter alguém com quem espairecer.

— Ele deixou você usar calça mesmo depois de perder? — ela perguntou.

Eu tinha começado a falar sobre Maxon logo que pude, porque estava ansiosa para saber detalhes da conversa entre os dois.

— Sim, ele foi muito generoso.

— Acho que o príncipe é charmoso e sabe ganhar.

— Sabe mesmo. E consegue ser até mais gracioso quando descobre a dura realidade do que ganhou.

"Como uma joelhada nas joias reais", acrescentei mentalmente.

— O que você quer dizer?

— Nada.

Eu não queria ter que explicar o que tinha acontecido.

— Sobre o que vocês conversaram hoje? — continuei.

— Bem, ele perguntou se eu queria vê-lo esta semana.

— Marlee! Isso é ótimo!

— Quieta! — exclamou, conferindo se as outras garotas já tinham subido as escadas. — Estou tentando não alimentar esperanças.

Ficamos em silêncio por um momento até que ela explodiu.

— Quem estou querendo enganar? Estou tão empolgada que mal posso parar em pé! Espero que ele não demore muito para me chamar.

— Se já chamou, tenho certeza de que logo virá atrás de você. Quer dizer, assim que terminar de administrar o país.

Ela riu.

— Não acredito! Quer dizer, eu sabia que ele era bonito, mas não tinha ideia de como se comportava. Tive medo de que fosse... pomposo ou coisa parecida.

— Eu também. Mas na verdade ele é...

O que Maxon era de fato? Ele era meio pomposo mesmo, mas não de um jeito irritante como eu tinha imaginado. Sem dúvida se comportava como um príncipe, mas mesmo assim, era tão... tão...

— Normal — completei para Marlee.

Ela já não prestava atenção em mim. Estava perdida em seus sonhos enquanto caminhávamos. Eu desejava que esse Maxon ideal que ela tinha construído na cabeça correspondesse ao real. E também que ela fosse o tipo de mulher que ele procurava. Dei um tchauzinho quando chegamos à porta do quarto dela e segui para o meu.

Os pensamentos sobre Marlee e Maxon deixaram minha cabeça assim que abri a porta. Anne e Mary estavam agachadas ao lado de Lucy, extremamente abalada. Seu rosto estava vermelho e lágrimas rolavam por suas bochechas. Suas pequenas tremidas tinham se convertido em tremores violentos que sacudiam todo o seu corpo.

— Acalme-se, Lucy. Está tudo bem — dizia Anne em voz baixa enquanto acariciava os cabelos desgrenhados da amiga.

— Já passou. Ninguém se feriu. Você está segura, querida — murmurava Mary, segurando sua mão tensa.

Fiquei chocada demais para falar. Aquela era a luta particular de Lucy; não era para meus olhos. Comecei a sair do quarto, mas a criada me segurou antes de eu cruzar a porta.

— P-p-perdão, senhorita, p-perdão — gaguejou.

As outras duas observavam com rostos apreensivos.

— Não se preocupe. Você está bem? — perguntei antes de fechar a porta para que ninguém mais pudesse ver.

Lucy tentou recomeçar, mas não conseguia juntar as palavras. As lágrimas e os tremores tomavam conta de seu pequeno corpo.

— Ela ficará bem, senhorita — interveio Anne. — Leva algumas horas, mas ela acaba se acalmando depois que tudo volta ao normal. Se continuar neste estado, podemos levá-la para a ala hospitalar.

Depois, baixou o tom de voz e acrescentou:

— Só que Lucy não quer isso. Se eles julgam que não serve como criada, acabam escondendo você na lavanderia ou na cozinha. E Lucy gosta daqui.

Será que Anne achava que estava sendo discreta? Estávamos todas ao redor de Lucy, que ouviu perfeitamente essas palavras.

— P-p-por favor, senhorita... Nã-não...

— Ninguém vai denunciá-la — garanti a ela. Depois, dirigi-me a Anne e Mary: — Me ajudem a deitar Lucy na cama.

Pensávamos que seria fácil carregá-la em três, mas Lucy se contorcia e escorregava de nossas mãos. Deu um pouco de trabalho, mas conseguimos. Com Lucy embaixo dos cobertores, o conforto tratou de fazer mais por ela do que nossas palavras conseguiriam. A tremedeira se tornou mais lenta, e ela mantinha os olhos fixos no dossel da cama.

Mary se sentou à beira da cama e começou a cantar baixinho, o que me fez lembrar muito do jeito que ninava May quando ela ficava doente. Puxei Anne de lado, longe dos ouvidos de Lucy, e perguntei:

— O que aconteceu? Alguém entrou?

Se tinha sido esse o caso, gostaria ao menos de ser informada.

— Não, não — assegurou Anne. — Lucy sempre fica assim quando os rebeldes vêm. Só falar neles já faz com que chore incontrolavelmente. Ela...

Anne baixou a cabeça e olhou para seus sapatos pretos engraxados, tentando decidir se devia contar mais. Eu não queria me intrometer na vida de Lucy, mas queria entender. Ela respirou fundo e começou:

— Algumas de nós nasceram aqui. Mary nasceu no castelo e seus pais ainda moram aqui. Eu sou órfã, fui acolhida porque o palácio precisava de mão de obra.

Ela endireitou o vestido, na tentativa de se desprender dessa parte de sua história que parecia incomodá-la.

— Lucy — prosseguiu — foi vendida para o palácio.

— Vendida? Como assim? Não há escravos aqui.

— Oficialmente, não. Mas isso não quer dizer nada. A família de Lucy precisava de dinheiro para a cirurgia da mãe. Então ela e o pai ofereceram seus serviços a uma família de Três. A mãe nunca melhorou, e eles não conseguiram pagar a dívida. Lucy e o pai serviram aquela família por anos. Pelo que sei, a vida deles não era muito melhor que a de animais em um estábulo. Mas o filho dessa família se afeiçoou a Lucy, e eu sei que algumas vezes o amor não olha castas, mas a distância entre os Seis e os Três é bem grande. Quando a mãe do rapaz descobriu suas intenções, vendeu Lucy e o pai para o palácio. Eu me lembro de sua chegada. Ela chorou por vários dias. Os dois deviam estar muito apaixonados.

Olhei para Lucy. Pelo menos no meu caso, um de nós tinha tomado uma decisão. Já ela não teve escolha quando perdeu o homem que amava.

— O pai de Lucy trabalha no estábulo. Não é forte nem rápido, mas tem uma dedicação incrível. E Lucy é uma criada. Sei que pode parecer tolice, mas é uma honra ser criada do palácio. Somos a linha de frente, consideradas suficientemente aptas, inteligentes e bonitas para serem vistas por qualquer visitante. Levamos nosso emprego muito a sério por um motivo: se fizermos alguma besteira, acabamos na cozinha, onde as mãos ficam ocupadas o dia todo e as roupas são uns farrapos. Podemos ainda acabar cortando lenha ou recolhendo folhas de árvores no chão. Não é pouco ser criada.

Eu me senti bem burra. Para mim, todas eram apenas Seis. Mas existiam ainda subdivisões, hierarquias que eu ignorava.

— Há dois anos, o palácio foi atacado no meio da noite.

Rebeldes tomaram os uniformes dos guardas e todos ficaram confusos. Tamanha foi a bagunça que ninguém sabia quem atacar ou defender, e as pessoas caíam em buracos cavados na linha de frente. Foi terrível.

Tremi só de pensar. A falta de luz, a confusão, a imensidão do palácio. Comparado ao ataque da manhã, parecia ser obra dos sulistas.

— Um dos rebeldes capturou Lucy.

Anne baixou os olhos por um minuto. E pronunciou em voz baixíssima as seguintes palavras:

— Não sei se eles têm muitas mulheres à disposição, se é que a senhorita me entende.

— Ah...

— Não vi pessoalmente, mas Lucy contou que era um homem imundo. Disse que ele lambia o rosto dela.

Anne retesou o corpo ao imaginar a cena. Meu estômago deu voltas, ameaçando devolver o café da manhã. Era uma das coisas mais revoltantes em que eu conseguia pensar, e compreendi então por que Lucy, depois de sofrer tanto, desmontava com ataques como o daquele dia.

— O rebelde arrastou Lucy para algum lugar. Ela gritava o mais alto que podia, mas era difícil ouvir em meio àquela agitação. Um guarda que estava no corredor escutou os gritos. Mirou e acertou uma bala bem na cabeça do homem. O rebelde caiu por cima de Lucy, e ela ficou presa embaixo dele. O corpo dela ficou coberto de sangue.

Levei a mão à boca. Não podia imaginar a pequena e delicada Lucy passando por tudo aquilo. Não era de estranhar que tivesse reagido daquela forma.

— Os machucados foram tratados, mas ninguém cuidou de sua mente. Hoje ela é uma pilha de nervos, mas faz o possível para esconder. Não apenas para seu bem, mas também pelo bem de seu pai. Ele tem orgulho de saber que a filha é boa o suficiente para ser criada. Tentamos manter Lucy calma, mas sempre que os rebeldes chegam ela pensa que vai ser pior, que dessa vez vão pegá-la, feri-la, matá-la. Ela está tentando, senhorita, mas não sei por quanto tempo vai aguentar.

Concordei com a cabeça e voltei os olhos para Lucy na

cama. Ela tinha fechado os olhos e adormecido, apesar de ainda ser bem cedo.

Passei o resto do dia lendo. Anne e Mary limparam coisas que não estavam sujas. Ficamos quietas enquanto Lucy se recuperava.

Prometi a mim mesma que, no que dependesse de mim, Lucy nunca mais passaria por aquilo.

14

Como eu previra, as meninas que pediram para ir embora mudaram de ideia assim que as coisas acalmaram. Nenhuma de nós sabia exatamente quem havia pedido para voltar, mas algumas — principalmente Celeste — estavam determinadas a descobrir. Por enquanto, ainda éramos vinte e sete.

Para o rei, o ataque tinha sido tão superficial que nem merecia ser noticiado. No entanto, como havia algumas equipes de filmagem no palácio naquela manhã, parte do tumulto tinha sido transmitida ao vivo. Aparentemente, o rei não tinha gostado muito daquilo. O que me levou a pensar: quantos ataques o palácio tinha sofrido sem que ninguém soubesse? Será que aquele lugar era bem menos seguro do que eu imaginava?

Silvia explicou que se o ataque tivesse sido mais sério, teríamos permissão para telefonar para nossas famílias e dizer que estava tudo bem. Mas só nos deixaram escrever cartas.

Escrevi dizendo que estava bem, que o ataque não fora tão sério como parecera e que o rei nos mantivera seguras. Insisti que não se preocupassem comigo, disse que estava com saudades e dei a carta para uma simpática criada enviar.

O dia seguinte ao ataque correu sem nenhum incidente. Eu tinha planejado descer até o Salão das Mulheres a fim de promover Maxon para as garotas, mas depois de ver Lucy tão abalada preferi ficar no quarto.

Não sabia como minhas três criadas gastavam seu tempo na minha ausência, mas quando eu ficava no quarto elas jogavam baralho comigo e deixavam escapar uma ou outra fofoca.

Aprendi que para cada dez pessoas que eu via no palácio havia umas cem ou mais escondidas. Eu sabia das cozinheiras e lavadeiras, mas também havia gente cuja única tarefa era manter as janelas limpas. Essa equipe demorava uma semana inteira para concluir o serviço. Quando acabavam, o pó já tinha atravessado os muros do palácio e se prendido aos vidros limpos, que precisavam ser lavados mais uma vez. Também ocultos no palácio, os ourives fabricavam joias para a família real e presentes para os visitantes. Havia ainda várias equipes de costureiras e compradoras de tecido, cuja missão era vestir a família real — e agora nós — com trajes impecáveis.

Soube também de outras coisas: os guardas que elas achavam mais bonitos e o novo modelo — horrível — de vestido que a chefe das criadas as fazia usar nas comemorações de feriados. Soube que alguns empregados faziam apostas sobre qual Selecionada venceria e que eu estava entre as dez favoritas. E que o bebê de uma das cozinheiras estava doente e fora desenganado pelos médicos. Anne derramou algumas lágrimas ao contar isso. A mãe era uma amiga próxima e o casal tinha desejado um filho por muito tempo.

Ouvir as criadas e falar quando tinha algo que merecesse ser dito — eu era incapaz de imaginar coisa mais divertida acontecendo no andar de baixo. Estava feliz por aquela companhia. Uma atmosfera tranquila e feliz tomou conta do meu quarto.

Tinha sido tão agradável que decidi não descer também no dia seguinte. Dessa vez, deixamos as portas abertas, tanto a do corredor como as da sacada, e uma brisa morna circulava e nos envolvia. Parecia fazer maravilhas com Lucy, e me perguntei com que frequência ela punha o pé para fora do palácio.

Anne fez um comentário sobre como tudo isso era inadequado — eu, sentada com elas, jogando cartas com as portas abertas —, mas logo o deixou de lado. Ela rapidamente superava a mania de tentar fazer de mim a dama que eu aparentemente tinha que ser.

Estávamos no meio de uma partida de baralho quando notei uma silhueta pelo canto do olho. Era o príncipe, parado em frente à porta com um ar maravilhado. Nossos olhares se cruzaram e entendi no ato que seu rosto perguntava o que eu estava fazendo. Levantei-me com um sorriso e caminhei até ele.

— Ai, meu Deus — murmurou Anne quando notou o príncipe na porta. Ela imediatamente enfiou as cartas em um cesto de costura e se levantou. Mary e Lucy fizeram o mesmo.

— Senhoritas — saudou Maxon.

— Majestade — Anne fez uma reverência. — É uma grande honra.

— Para mim também — ele respondeu com um sorriso.

As criadas se entreolharam, sentindo-se lisonjeadas. Todos permaneceram calados por uns instantes, sem saber ao certo como agir. Foi quando Mary exclamou:

— Já estávamos de saída.

— Sim, estávamos mesmo — acrescentou Lucy. — Íamos... hã...

Ela olhou para Anne em busca de socorro.

— Íamos terminar o vestido da senhorita America para sexta-feira — completou Anne.

— Isso mesmo. Faltam apenas dois dias.

Com um sorriso enorme estampado no rosto, as três lentamente desviaram de nós para se retirar do quarto.

— Eu não tinha a intenção de atrapalhar o trabalho de vocês — Maxon disse, seguindo-as com os olhos, completamente fascinado com o comportamento delas.

Assim que chegaram ao corredor, elas fizeram reverências estranhas e sem qualquer sincronia antes de seguir a passos frenéticos.

— Que turma você tem — comentou Maxon entrando no quarto e correndo os olhos pelo lugar.

— Elas me mantêm motivada — respondi com um sorriso no rosto.

— Está claro que se afeiçoaram a você. Isso é difícil de encontrar.

Ele parou de olhar para o quarto e se voltou para mim.

— Não é assim que imaginava seu quarto.

Levei as mãos à cintura e disse:

— Mas este não é meu quarto, é? Ele é seu. Só está me emprestando.

O príncipe fez uma careta.

— Mas com certeza disseram-lhe que você poderia mudar alguma coisa. Uma cama nova, uma pintura diferente...

— Uma camada de tinta não vai tornar este quarto meu. Garotas como eu não moram em casa com piso de mármore — afirmei dando de ombros e com ar brincalhão.

Maxon sorriu.

— E como é seu quarto de verdade?

— Hum... O que você veio fazer aqui exatamente? — perguntei, tentando desconversar.

— Ah, é que tive uma ideia.

— Sobre?

— Bem — ele começou —, já que você e eu não temos o relacionamento típico que procuro ter com as outras garotas, talvez devêssemos usar... meios alternativos de comunicação.

Ele parou em frente ao meu espelho e olhou as fotos da minha família.

— Sua irmã mais nova é a sua cara — ele constatou, maravilhado.

Fui até o centro do quarto.

— Ouvimos isso quase sempre. E o que você ia dizer sobre comunicação alternativa?

Maxon parou com as fotos e foi em direção ao piano, no fundo do quarto.

— Visto que está aqui para me ajudar, ser minha amiga e tal — ele continuou, fixando o olhar em mim —, talvez não devêssemos recorrer aos tradicionais bilhetes entregues por criadas nem aos convites formais para encontros. Pensei em algo menos cerimonioso.

Ele pegou a partitura sobre o piano.

— Foi você quem trouxe?

— Não, já estava aqui. Consigo tocar de cor as músicas de que realmente gosto.

Suas sobrancelhas se ergueram.

— Impressionante.

Ele voltou para perto de mim sem terminar a explicação.

— Você poderia parar de fuçar e completar o raciocínio, por favor?

Maxon deu um suspiro.

— Muito bem. Estava pensando que podíamos ter um sinal ou um jeito de dizer que precisamos conversar sem que os outros notem. Talvez coçar o nariz? — ele propôs, e começou a esfregar a região acima dos lábios.

— Assim vai parecer que seu nariz está entupido. Não é atraente.

Ele me olhou um pouco perplexo e concordou.

— Muito bem. Talvez apenas passar a mão no cabelo.

Balancei a cabeça quase que imediatamente.

— Meu cabelo passa a maior parte do tempo preso com grampos. É quase impossível passar a mão nele. Além disso, o que acontece se você por acaso estiver usando a coroa? Ela vai acabar caindo.

Ele sacudiu o dedo na minha direção.

— Excelente argumento. Humm...

O príncipe deu as costas para mim e voltou a perambular pelo quarto, ainda pensativo, parando ao chegar no criado-mudo.

— Mexer na ponta da orelha?

Pensei na hipótese.

— Gostei. Simples o bastante para ser discreto, mas não comum a ponto de confundirmos com outra coisa. Mexer na orelha. É isso.

Algo tinha prendido a atenção de Maxon, mas ele se voltou para mim e sorriu:

— Estou feliz por você ter gostado. Da próxima vez que quiser falar comigo, basta mexer na orelha e virei assim que puder. Provavelmente depois do jantar — concluiu dando de ombros.

Antes que eu pudesse perguntar sobre como eu o encontraria, Maxon já estava passeando com meu jarro nas mãos.

— Mas o que é isto?

Soltei um suspiro.

— Receio que esteja além de qualquer explicação.

A primeira sexta-feira chegou, e com ela nossa estreia no *Jornal Oficial de Illéa*. Nossa participação era obrigatória, mas ao menos dessa vez tudo o que tínhamos que fazer era ficar sentadas. Por conta do fuso horário diferente, chegávamos às cinco da tarde, permanecíamos sentadas por uma hora e depois íamos para o jantar.

Anne, Mary e Lucy me vestiram com muito apuro. Puseram em mim um vestido longo azul-escuro, tendendo para o violeta. A cintura era justa, e a cauda acetinada, levemente ondulada. Eu não podia acreditar que minhas mãos tocavam uma peça tão bela. As criadas abotoaram o vestido nas minhas costas, um botão por vez, e colocaram grampos encravados com pérolas nos meus cabelos. Acrescentaram brincos de pérola pequenos e delicados e um colar cuja corrente era tão fina que as pérolas espaçadas pareciam flutuar sobre minha pele. Eu estava pronta.

Olhei-me no espelho. Ainda parecia ser eu mesma. Era a versão mais linda de mim que já vira, mas eu reconhecia aquele rosto. Desde que meu nome fora sorteado, temia me tornar irreconhecível, um ser tão recoberto por camadas de maquiagem e atulhado de joias que eu teria que cavar por semanas até encontrar a mim mesma. Por ora, eu ainda era America.

E assim, como eu mesma, descobri que minhas mãos brilhavam de suor enquanto me dirigia ao estúdio do palácio. Disseram que deveríamos chegar dez minutos antes. Para mim, dez minutos eram na verdade quinze. Para alguém como Celeste, eram mais ou menos três. Por isso, as meninas foram chegando aos poucos.

Hordas de pessoas corriam por todos os lados a fim de dar os últimos retoques ao cenário, que agora contava com uma fileira de assentos para as Selecionadas. Os membros do conselho, que eu reconheci graças a anos assistindo ao *Jornal Oficial*, liam o roteiro e ajustavam a gravata. As Selecionadas se olhavam no espelho e esticavam os vestidos extravagantes. Um turbilhão de atividades.

Olhei para o lado e testemunhei o instante mais trivial da vida de Maxon. Sua mãe, a bela rainha Amberly, punha alguns fios de cabelo rebeldes dele no lugar. O príncipe endireitou o paletó e comentou algo com ela. A rainha inclinou a cabeça em aprovação, o que fez Maxon sorrir. Gostaria de ter visto mais, só que Silvia, em toda a sua glória, chegou para me levar ao meu lugar.

— Para a cadeira, senhorita America — ela ordenou. — Pode se sentar onde quiser, mas, você sabe, as garotas já ocuparam toda a fileira da frente. — Silvia parecia triste por mim, como se estivesse dando alguma má notícia.

— Ah, obrigada — agradeci, feliz por poder sentar na última fileira.

Não gostei de subir aqueles degrauzinhos com um vestido chique e sandálias de salto alto. (Aliás, eu precisava mesmo delas? Ninguém veria meus pés.) Mas dei um jeito. Em seguida, chegou Marlee. Ela abriu um sorriso assim que me viu e veio se sentar ao meu lado. Pareceu um bom sinal ela escolher se sentar perto de mim em vez de ir para a segunda fileira. Marlee era fiel. Seria uma grande rainha.

Seu vestido era de um amarelo brilhante. Seus cabelos loiros e sua pele levemente bronzeada davam a impressão de que ela irradiava luz.

— Marlee, amei seu vestido. Você está fantástica!

— Ah, obrigada — ela disse, corando levemente. — Fiquei com medo de ter exagerado um pouco.

— De jeito nenhum! Confie em mim: ficou perfeito em você.

— Eu queria conversar, mas você não aparecia. Será que podemos nos falar amanhã? — ela perguntou em voz baixa.

— Claro. No Salão das Mulheres, pode ser? Sábado — respondi no mesmo tom.

Amy, sentada na cadeira da frente, virou-se para nós.

— Acho que os enfeites do meu cabelo estão caindo. Vocês poderiam ver para mim?

Sem dizer uma palavra, Marlee apalpou com os dedos esguios o cabelo de Amy à procura de enfeites soltos.

— Está melhor agora? — ela perguntou.

— Sim, obrigada — suspirou Amy, aliviada.

— America, tem batom nos meus dentes? — perguntou Zoe.

Virei para a esquerda e lá estava ela, expondo todos os dentes brancos como pérolas em um sorriso lunático.

— Não, tudo certo — respondi, vendo pelo canto dos olhos que Marlee confirmava a informação com a cabeça.

— Obrigada. Como ele pode ser tão calmo? — Zoe perguntou apontando para Maxon, que falava com um dos membros da produção. Depois da pergunta, ela enfiou a cabeça entre as pernas e começou a controlar a respiração.

Marlee e eu viramos uma para a outra de olhos arregalados e tentamos não rir. Não seria fácil se continuássemos a ver Zoe, de modo que corremos os olhos pelo estúdio e começamos a conversar sobre as roupas das outras. Havia várias garotas de vermelho sedutor e verde vibrante, mas nenhuma de azul. Olivia foi ousada o bastante para usar laranja. Eu não sabia muito de moda, mas Marlee e eu concordamos que alguém deveria ter ajudado a moça. Aquela cor fazia sua pele ficar meio esverdeada.

Dois minutos antes de ligarem as câmeras, descobrimos que não era o vestido que a deixava verde. Olivia vomitou ruidosamente na lata de lixo mais próxima e desmaiou. Silvia entrou em ação e pediu aos gritos que alguém limpasse o chão e fizesse a garota se sentar. Ela foi posta na última fileira com um balde próximo aos pés, por precaução.

Bariel estava sentada bem na frente dela. Não consegui ouvir o que ela disse à pobre coitada, mas parecia pronta para bater em Olivia caso o episódio se repetisse perto dela.

Pensei que Maxon teria visto ou escutado uma parte da agitação e quis conferir se ele demonstrava alguma reação. Olhei para o príncipe, mas ele não olhava para a confusão: olhava para mim. Rapidamente — tão rapidamente que qualquer outra pessoa pensaria se tratar de uma coceirinha — ele mexeu na ponta da orelha. Fiz o mesmo gesto e desviamos o olhar.

Fiquei empolgada ao saber que Maxon passaria em meu quarto depois do jantar.

De repente, o hino nacional começou a tocar, e o brasão de Illéa surgiu nos monitores espalhados pelo estúdio. Endireitei-me na cadeira. Só conseguia pensar que minha família estaria vendo e quis deixar todos orgulhosos.

O rei Clarkson estava no palanque falando do breve e malsucedido ataque ao palácio. Eu não diria que o ataque fora malsucedido. Afinal, a maioria de nós quase morreu de pavor. Depois fizeram mais uma pilha de pronunciamentos. Tentei prestar atenção em tudo o que diziam, mas era difícil. Estava acostumada a assistir ao programa em um sofá confortável acompanhada de um balde de pipoca e com os comentários da família.

Muitas das notícias tinham a ver com os rebeldes, que levavam a culpa por uma série de coisas. A construção das estradas em Sumner estava atrasada por causa dos rebeldes, e o número de representantes locais em Atlin tinha diminuído porque eles tiveram que ser enviados para George a fim de ajudar em uma revolta rebelde. Eu nem fazia ideia de que essas coisas tinham acontecido. Partindo daquilo que ouvira na infância e do que tinha aprendido desde que chegara ao palácio, comecei a questionar o quanto sabíamos de fato sobre esses grupos. Talvez eu não entendesse, mas não me parecia que eles podiam ser culpados por todas as coisas erradas em Illéa.

E eis que Gavril surge no estúdio como se tivesse brotado do chão assim que o mestre de cerimônias o anunciou.

— Boa noite a todos. Tenho um anúncio muito importante hoje. Faz uma semana que a Seleção começou e oito moças já voltaram para casa. Restam agora vinte e sete belas mulheres para o príncipe Maxon fazer sua escolha. Semana que vem, haja o que houver, a maior parte do *Jornal Oficial de Illéa* será dedicada a essas incríveis jovens.

Senti gotículas de suor se formarem na minha testa. Sentar ali e fazer boa figura... Até aí tudo bem. Mas responder perguntas? Eu sabia que não ia ganhar aquele joguinho, mas não era essa a questão. Eu só não queria fazer papel de idiota em rede nacional.

— Antes de chegarmos às senhoritas, falaremos com o homem do momento. Como Vossa Alteza está esta noite, príncipe Maxon? — perguntou Gavril cruzando o palco.

Maxon foi pego de surpresa. Não tinha microfone nem uma resposta preparada. Imediatamente antes de o microfone de Gavril chegar até ele, nossos olhares se cruzaram e dei uma piscadinha. Aquele pequeno gesto foi suficiente para fazê-lo sorrir.

— Muito bem, Gavril, obrigado.

— Tem gostado da companhia até agora?

— Sim! É um prazer conhecer essas senhoritas.

— São todas moças doces e gentis como aparentam? — o apresentador quis saber.

Dei uma risadinha antes mesmo de Maxon falar. Eu sabia que ele diria algo como “Bem, mais ou menos”.

— Humm... — Maxon desviou o olhar de Gavril e me encarou — quase.

— Quase?

Gavril pareceu surpreso.

— Alguém ali está sendo desobediente? — ele perguntou apontando para nós.

Por sorte todas as meninas soltaram uma risadinha e eu pude me unir a elas. Que traidor!

— O que essas garotas fizeram que não foi exatamente meigo? — Gavril quis saber do príncipe.

— Muito bem, deixe-me contar.

Maxon cruzou as pernas e ficou bem confortável na cadeira. Nunca o tinha visto tão relaxado quanto naquele momento, sentado ali e curtindo com a minha cara. Gostei desse seu lado. Desejei que aparecesse mais vezes.

— Uma delas teve coragem de gritar comigo de um modo bem agressivo em nosso primeiro encontro. Levei uma bronca duríssima — ele prosseguiu.

Atrás do príncipe, o rei e a rainha se entreolharam. Pareciam estar ouvindo a história pela primeira vez também. Ao meu redor, as meninas trocavam olhares confusos. Só fui perceber quando Marlee disse:

— Não me lembro de ninguém ter gritado com ele no Grande Salão. Você se lembra?

Maxon devia ter esquecido que nosso primeiro encontro era um segredo.

— Acho que ele está exagerando, para ser engraçado. Cheguei a dizer para ele umas coisas bem sérias. Talvez esteja falando de mim — respondi.

— Uma bronca? Por quê? — continuou Gavril.

— Honestamente, não sei. Saudades de casa, talvez. E foi por isso que a perdoei, claro.

Maxon estava solto e tranquilo. Conversava com Gavril como se não houvesse mais ninguém no estúdio além dos dois. Eu teria que dizer a ele mais tarde que havia se saído muito bem.

— Então ela ainda está conosco?

Gavril dirigiu o olhar para o conjunto de garotas, com um sorriso de orelha a orelha, depois se voltou para o príncipe.

— Ah, sim. Ainda está — ele afirmou, sem tirar os olhos de Gavril. — E planejo mantê-la aqui por um bom tempo.

15

O jantar foi uma decepção. Na semana seguinte teria que pedir às criadas que deixassem uma folga no vestido para eu poder comer.

No quarto, Anne, Mary e Lucy esperavam para me ajudar a tirar o vestido, mas expliquei que precisava usá-lo por mais um tempinho. Anne foi a primeira a adivinhar que Maxon iria me ver, porque eu sempre ficava ansiosa para tirar aquelas roupas apertadas.

— A senhorita gostaria que ficássemos até mais tarde? Não será problema — disse Mary, um pouco esperançosa demais.

Depois da calamidade que fora a visita de Maxon uns dias antes, resolvi que o melhor a fazer era dispensá-las mais cedo. Além disso, não suportaria que elas me vigiassem até ele aparecer.

— Não, não. Estou bem. Se eu tiver algum problema com o vestido mais tarde, toco a campainha.

As três saíram pela porta um pouco relutantes e me deixaram esperando Maxon sozinha. Não sabia quanto tempo ele demoraria e não queria começar um livro e ter que parar ou sentar em frente ao piano só para depois ter que me levantar. Acabei me deitando na cama e, enquanto ele não aparecia, deixei minha mente viajar. Pensei em Marlee e em sua gentileza. Então me dei conta de que, fora alguns detalhes bem pequenos, eu sabia pouco sobre ela. Depois pensei nas garotas falsas. Fiquei imaginando se Maxon saberia diferenciá-las.

A experiência do príncipe com mulheres parecia ser muito grande e, ao mesmo tempo, muito pequena. Ele era um cavalheiro, mas quando chegava perto de uma mulher não sabia o que fazer. Era como se soubesse tratar uma dama, mas não uma namorada. Bem diferente de Aspen.

Aspen.

Seu nome, seu rosto, suas lembranças. Tudo me veio à mente tão rápido que mal consegui processar. Aspen. O que ele estaria fazendo? Logo seria dado o toque de recolher em Carolina. E ele ainda estaria fora, se tivesse arrumado um trabalho naquele dia. Talvez ele estivesse passeando com Brenna ou com a pessoa com quem ele passava o tempo desde o fim do nosso namoro. Parte de mim doía ao saber disso... parte de mim só queria se perder nesses pensamentos.

Olhei para o jarro. Tomei-o nas mãos e senti a moedinha se mover lá dentro, solitária.

— Como eu — suspirei.

Seria burrice guardar isso? Já tinha devolvido tudo, por que guardar uma moedinha? Seria tudo o que me restava? Uma moedinha dentro de um jarro para um dia mostrar à minha filha, quando fosse contar sobre meu primeiro namorado, aquele de que ninguém sabia.

Não tive tempo de ficar cultivando amarguras. As firmes batidas de Maxon soaram minutos mais tarde. Quando dei por mim, já estava correndo em direção à porta.

Abri-a de uma vez, e o príncipe pareceu surpreso ao me ver.

— Mas onde estão suas criadas? — perguntou olhando para o interior do quarto.

— Foram embora. Eu as dispenso sempre que volto do jantar.

— Todos os dias?

— Sim, claro. Posso muito bem tirar a roupa sozinha, obrigada.

Maxon levantou as sobrancelhas e sorriu, então eu corei. Não eram aquelas as palavras que eu queria usar.

— Pegue um casaco. Está frio lá fora.

Avançamos pelo corredor. Eu ainda estava um pouco distraída com meus pensamentos, e sabia que Maxon não era muito bom em puxar conversa. Porém, enlacei meu braço no dele quase que imediatamente. Gostava do fato de já termos certa intimidade.

— Se continuar dispensando suas criadas, terei que pôr um guarda na sua porta — ameaçou.

— Não! Não quero saber de babás.

Ele riu.

— Ele ficaria do lado de fora. Você nem saberia de sua presença.

— Saberia sim — reclamei. — Eu ia sentir.

Maxon fingiu dar um suspiro de exaustão. Eu estava tão envolvida na discussão que não escutei os cochichos até que três garotas estivessem praticamente na nossa frente. Celeste, Emmica e Tiny passavam por nós em direção a seus quartos.

— Senhoritas — cumprimentou Maxon inclinando levemente a cabeça.

Seria tolice imaginar que ninguém nos veria juntos. Meu rosto ficou vermelho no ato, eu não sabia bem por quê.

As meninas fizeram uma reverência e seguiram seu caminho. Virei a cabeça para observá-las subir as escadas. Emmica e Tiny pareciam curiosas. Em questão de minutos, contariam às outras sobre o episódio. No dia seguinte eu seria alvo de milhares de perguntas, sem dúvida. Já os olhos de Celeste se cravaram em mim como duas adagas. Eu tinha certeza de que ela levara aquilo como uma ofensa pessoal.

Voltei-me novamente para Maxon e soltei a primeira coisa que me passou pela cabeça.

— Eu disse que as garotas que ficaram assustadas com o ataque acabariam ficando.

Não sabia ao certo quem tinha feito aquilo, mas corriam boatos de que Tiny, que tinha desmaiado, era uma delas. Outras diziam que Bariel também, mas eu sabia que era mentira. Teriam de arrancar a coroa das mãos de seu cadáver antes disso.

— Você não imagina o alívio que foi — comentou Maxon, parecendo sincero.

Demorei um pouco para pensar em uma resposta, já que não esperava por aquilo e estava me concentrando muito para não levar um tombo. Eu não sabia bem descer escadas agarrada ao braço de alguém. E os saltos não ajudavam. Se escorregasse, pelo menos ele ia me segurar.

— Achei que isso fosse acabar ajudando — eu disse quando descemos o último degrau e já conseguia me manter de pé. — Quer dizer, é complicado ter que escolher uma entre várias meninas. Não ficaria mais fácil se as circunstâncias eliminassem algumas para você?

Maxon sacudiu os ombros.

— Suponho que sim. Mas não seria fácil de qualquer forma.

Ele parecia magoado.

— Boa noite, senhores.

Ele cumprimentou os guardas que abriram as portas do jardim sem hesitar um segundo. Talvez fosse bom aceitar aquela proposta de Maxon e deixá-los avisados de que eu gostava de sair. A ideia de poder escapar assim tão facilmente era tentadora.

— Não entendi — eu disse enquanto ele me conduzia para um dos bancos, o nosso banco.

O príncipe me deixou sentar do lado do banco que dava para as janelas iluminadas do palácio enquanto ele próprio se sentou na outra ponta, meio de lado, de modo que ficamos quase frente a frente. Isso facilitava a conversa.

Ele parecia um pouco hesitante para explicar, mas tomou fôlego e disse:

— Talvez estivesse sendo um pouco vaidoso, pensando que eu valeria algum risco. Não que deseje isso para ninguém! — esclareceu. — Não é isso que quero dizer... Não sei. Você vê tudo o que estou arriscando?

— Hã... não — respondi. — Você está aqui com sua família dando conselhos, e todas giramos em torno do seu horário. Sua vida continua a mesma, e a nossa mudou da noite para o dia. O que você estaria arriscando?

Maxon pareceu chocado.

— America, posso ter minha família, mas imagine como é vergonhoso que seus pais observem suas tentativas de marcar o primeiro encontro com uma garota. E não apenas eles, mas o país inteiro! E para piorar não é um tipo normal de encontro. E quanto ao meu horário: quando não estou com vocês, estou organizando tropas, criando leis, ajustando orçamentos... e tudo isso sozinho ultimamente, enquanto meu pai apenas observa meus tropeços por não ter nem um pouco da experiência dele. Quando eu faço as coisas de um jeito que ele não faria, ele interfere e corrige meus erros. Por fim, enquanto tento realizar essas tarefas, vocês, garotas, não saem da minha cabeça. Fico agitado e apavorado demais com a presença de vocês!

Nunca o tinha visto gesticular tanto. Ele sacudia as mãos para todos os lados e depois as passava pelo cabelo.

— E você acha que minha vida não vai mudar? Quais são as chances de encontrar minha alma gêmea entre vocês? Terei sorte se encontrar alguém que fique ao meu lado pelo resto da minha vida. E se já mandei a moça certa para casa por não sentir nenhuma *química*? E se a escolhida me abandonar na primeira contrariedade? E se eu não encontrar ninguém? O que farei, America?

Seu discurso tinha começado cheio de fúria e paixão, mas no final as perguntas não eram mais retóricas. Ele realmente queria saber: o que faria se ninguém ali passasse perto de ser uma pessoa que ele pudesse amar? Embora esse não parecesse ser seu maior problema, o príncipe estava mais preocupado em não ser amado.

— Maxon, vou ser sincera: acho que você vai encontrar sua alma gêmea aqui. De verdade.

— Certeza? — Sua voz se encheu de esperança com a minha previsão.

— Absoluta.

Pus a mão em seu ombro. Ele pareceu confortado apenas com aquele toque. Perguntei-me quantas pessoas chegavam a tocá-lo de fato.

— Se sua vida está de pernas para o ar, como você diz, então sua futura esposa está aqui em algum lugar. Pela minha experiência, posso dizer que o amor verdadeiro é geralmente o mais inconveniente — afirmei, com um sorriso amarelo.

Ele pareceu feliz de ouvir essas palavras, que também serviram de consolo para mim. Eu acreditava nelas. E se não podia ter um amor meu, o melhor a fazer era ajudar Maxon a encontrar o dele.

— Espero que você e Marlee deem certo. Ela é muito fofa.

Maxon fez uma cara estranha.

— É, parece que sim.

— Como? Tem alguma coisa errada em ser fofa?

— Não, não. É bom ser fofa.

Sua explicação parou por aí.

— O que você tanto procura? — ele perguntou de repente.

— O quê?

— Você não consegue manter os olhos parados. Sei que está prestando atenção, mas parece estar procurando alguma coisa.

Então percebi que ele estava certo. Ao longo de todo o seu pequeno discurso, eu não parava de olhar ao redor: jardim, janelas, torres. Estava ficando paranoica.

— Pessoas... câmeras... — eu disse, balançando a cabeça para olhar o céu escuro da noite.

— Estamos sozinhos. Só há o guarda da porta.

Maxon apontou para a figura solitária sob o poste do palácio. Ele tinha razão: não tínhamos sido seguidos para o lado de fora. As janelas estavam iluminadas, mas não havia ninguém ali. Eu já tinha notado isso, mas as palavras dele serviram de confirmação.

Relaxei um pouco a postura.

— Você não gosta de ser observada, gosta? — ele perguntou.

— Na verdade, não. Prefiro ficar fora do radar. Estou acostumada a isso — respondi sem olhar para ele, enquanto contornava com o dedo os relevos no bloco de pedra a meus pés.

— Você precisa se adaptar. Quando partir, os olhos do país permanecerão focados em você pelo resto de seus dias. Minha mãe ainda conversa com algumas das mulheres que conheceu durante sua própria Seleção. Todas são consideradas importantes. Até hoje.

— Perfeito! — resmunguei. — Mais um motivo para eu não ver a hora de chegar em casa.

Maxon fez uma expressão de quem pede desculpas, mas tive que desviar o olhar. Acabara de lembrar tudo o que aquela competição idiota estava custando para mim, como minha ideia de "normal" nunca mais seria a mesma. Aquilo não parecia justo...

Mas me contive. Não podia culpar Maxon. Ele era tão vítima como todas as garotas, embora de um jeito muito diferente. Dei um suspiro e olhei-o de novo. Encontrei uma expressão decidida em seu rosto.

— America, posso perguntar algo pessoal?

— Talvez — eu me esquivei. Ele sorriu um pouco sem jeito.

— É que... Bem, noto que não gosta mesmo daqui. Você odeia as regras, a competição, a fama, as roupas e a... não, da comida você gosta — ele sorriu, e eu também. — Você sente saudades de casa, da família... e suspeito que também de outra pessoa. Seus sentimentos estão quase à mostra.

— É — comentei com ar enfadado —, eu sei.

— Mas você prefere ser infeliz e sentir saudades *aqui* em vez de voltar para casa. Por quê?

Senti um nó na garganta e o engoli em seco.

— Não sou infeliz... e você sabe o motivo.

— É, às vezes você parece bem. Vejo você sorrir quando conversa com as outras meninas, e está sempre muito contente durante as refeições. Concordamos nesse ponto. Mas outras vezes parece tão triste. Poderia me contar o motivo? A história toda?

— É só mais uma história de amor que não deu certo. Não é longa nem emocionante. Acredite.

Por favor, eu não quero chorar, foi o que pensei.

— Ainda assim, queria escutar uma história de amor verdadeiro além da história dos meus pais. Uma que tenha se passado do lado de fora dos muros, das regras e da rotina... Por favor.

A verdade que guardei em segredo por tanto tempo. Não imaginava que um dia a transformaria em palavras. Doía muito pensar em Aspen. Será que eu era capaz de dizer seu nome em voz alta? Respirei fundo. Maxon era meu amigo. Tinha se esforçado muito para ser legal comigo. E tinha acabado de ser totalmente sincero...

— No mundo lá fora — comecei, apontando para além dos muros — as castas cuidam umas das outras, às vezes. Três famílias compram pelo menos uma das pinturas do meu pai todos os anos, e algumas famílias sempre me contratam para cantar na festa de Natal. São nossos patronos, entende? Nós éramos como que patronos da família dele, da Seis. Quando podíamos pagar alguém para limpar ou se precisássemos de ajuda para organizar as coisas, sempre chamávamos a mãe dele. Eu o conhecia desde a infância, mas ele era mais velho que eu, tinha quase a idade do meu irmão. Eles sempre faziam brincadeiras maldosas, e por isso eu fugia deles. Meu irmão mais velho, Kota, é artista como meu pai. Uns anos atrás, uma escultura de metal em que trabalhara por anos foi vendida por uma fortuna. Talvez você tenha ouvido falar dele.

— Kota Singer — disse Maxon.

Alguns segundos passaram e notei que o nome logo lhe pareceu familiar. Joguei os cabelos para trás dos ombros e prossegui:

— Ficamos muito contentes por ele. Kota tinha trabalhado muito duro naquela obra. E precisávamos do dinheiro. A família inteira ficou empolgada. Mas ele ficou com quase toda a quantia. Aquela única escultura fez sua carreira decolar. As pessoas começaram a telefonar todo dia querendo trabalhos seus. Hoje Kota tem uma lista de espera quilométrica e cobra caríssimo, porque pode. Acho que ele é um pouco viciado na fama. Os Cinco em geral não ganham esse tipo de destaque.

Meus olhos e os de Maxon se encontraram em um momento muito significativo. Pensei mais uma vez sobre como nunca mais passaria despercebida na vida, quisesse ou não.

— Mas não importa. Logo que as ligações começaram, Kota decidiu se afastar da família. Minha irmã mais velha tinha acabado de se casar, o que quer dizer que já não contávamos com a renda dela. Depois Kota começou a ganhar dinheiro de verdade e nos abandonou.

Botei a mão no peito do príncipe para enfatizar o que eu ia dizer.

— Isso não se faz. Ninguém deve abandonar a família. Manter-se unidos... é o único jeito de sobreviver.

Os olhos dele mostravam que tinha compreendido.

— Ele ficou com quase todo o dinheiro porque queria comprar um lugar no topo da hierarquia? — perguntou.

Confirmei com a cabeça e prossegui.

— Ele tinha uma ideia fixa de que precisava ser Dois. Caso se contentasse em ser Três ou Quatro, poderia ter comprado o título e nos ajudado. Mas ele está obcecado. É burrice, mesmo.

Ele tem uma vida mais que confortável, mas quer o rótulo. E não vai parar enquanto não conseguir.

Maxon balançou a cabeça.

— Isso pode levar uma vida inteira.

— Desde que ele morra com um número dois na lápide, acho que não se importa.

— Presumo que vocês já não sejam mais muito próximos.

— Não — suspirei. — Mas no começo pensei que tinha entendido errado. Achei que Kota só estava se mudando para ser independente, não para se afastar da gente. No começo, fiquei do lado dele. Eu o ajudei a arrumar um estúdio e um apartamento. Ele quis contratar a mesma família de Seis que sempre ajudou nossa família. E o filho mais velho deles estava disponível e ávido para trabalhar, de modo que ajudou Kota a organizar as coisas por alguns dias.

Fiz uma pausa, lembrando-me daqueles momentos.

— Então, lá estava eu desencaixotando as coisas... e lá estava ele. Nossos olhos se encontraram. Ele não parecia mais tão velho ou maldoso. Fazia tempo que não nos víamos, sabe? E eu... fiquei simplesmente louca por ele.

Minha voz falhou e algumas das lágrimas que guardei por tanto tempo rolaram.

— Nossas casas ficavam próximas, e eu saía para passear durante o dia apenas para tentar vê-lo. Quando sua mãe vinha nos ajudar, ele às vezes a acompanhava. Nós ficávamos lá, um olhando para o outro. Era tudo o que podíamos fazer — deixei escapar com um soluço. — Ele era Seis e eu Cinco, e há leis... E a minha mãe! Ah, se ela soubesse ia ficar furiosa. Ninguém podia descobrir.

Minhas mãos se moviam em espasmos com o peso de toda aquela verdade vindo à tona. Mas continuei:

— Logo começaram a aparecer mensagens anônimas por baixo da janela, dizendo que eu era linda e que cantava como um anjo. E eu sabia que eram dele. Na noite do meu aniversário de quinze anos, minha mãe fez uma festa e convidou a família dele. Em determinado momento, ele me tirou de canto e me entregou um cartão de aniversário, dizendo que eu devia ler quando estivesse sozinha. Quando finalmente consegui, notei que o cartão não trazia o nome dele ou dizeres como "feliz aniversário". Apenas as palavras: "Casa da árvore. Meia-noite".

Maxon arregalou os olhos:

— Meia-noite? Mas...

— Você precisa saber que eu violo regularmente o toque de recolher.

— America, você poderia ter ido parar na cadeia! — ele exclamou com um meneio de cabeça.

Dei de ombros e continuei:

— Na época, não parecia ser grave. Naquela primeira vez, senti que estava voando. Conhecia sua caligrafia das outras mensagens, e fiquei feliz de ele estar sendo esperto o bastante para manter tudo em segredo. Lá estava ele, imaginando uma maneira de ficarmos sozinhos. Eu não conseguia acreditar que ele queria ficar a sós *comigo*. Naquela noite, esperei no meu quarto e fiquei observando a casa da árvore no quintal. Perto da meia-noite, vi alguém subir os degraus. Lembro que fui escovar os dentes de novo, só por garantia... Eu me esgueirei pela porta dos fundos e fui para a casa da árvore. E ele estava lá. Era... inacreditável. Não me lembro do começo, mas logo confessamos nossos sentimentos um pelo outro, e não podíamos parar de rir, tão felizes que estávamos por sermos correspondidos. Eu nem ligava para o toque de recolher ou para a mentira que teria que contar aos meus pais. Não ligava para o fato de ser Cinco e ele, Seis. Não me preocupava com o futuro. Nada podia ser mais importante do que o amor dele por mim... E ele me amava, Maxon, ele me amava...

Mais lágrimas. Apertei o peito. Sentia a falta de Aspen como nunca. Expor tudo aquilo tornava a ausência mais real. Não havia o que fazer senão terminar a história.

— Ficamos juntos em segredo por dois anos. Éramos felizes, mas ele estava sempre preocupado com nossa vida escondida e com o fato de não poder me dar o que achava que eu merecia. Quando recebemos a carta da Seleção, ele insistiu que fizesse a inscrição.

O queixo de Maxon caiu.

— Sei que é burrice. Mas ele ficaria com um peso nas

costas para sempre se eu não tentasse. E de verdade, *de verdade*, nunca achei que me escolheriam. Como?

Ergui os braços e os deixei cair sobre minhas pernas. Eu ainda estava desnorteada com aquilo tudo.

— Soube pela mãe dele que tinha começado a juntar dinheiro para se casar com uma moça misteriosa. Fiquei tão empolgada. Preparei um jantar surpresa com a intenção de arrancar o pedido dele. Eu estava prontíssima. Mas quando ele viu todo o dinheiro que eu tinha gastado por causa dele, ficou nervoso. Ele é muito orgulhoso. Queria me paparicar, não ser paparicado. E acho que naquele momento viu que jamais seria capaz disso. Por isso, em vez de me pedir em casamento, ele terminou comigo... Uma semana depois, fui chamada para participar da Seleção.

Escutei Maxon balbuciar algo que não pude entender.

— A última vez que o vi — concluí entre soluços — foi na minha despedida. Ele estava com outra garota.

— O QUÊ? — Maxon gritou.

Cobri o rosto com as mãos.

— O que me deixa louca é saber que há outras meninas atrás dele. Sempre houve. E agora ele não tem motivos para recusar. Talvez esteja neste instante com a menina da minha despedida. Não sei. E não posso fazer nada. Mas pensar em voltar para casa e assistir a tudo isso... Não posso, Maxon... Simplesmente não posso...

Desabei em lágrimas, e ele me deixou chorar. Quando as lágrimas finalmente pararam, eu disse:

— Maxon, espero que encontre uma pessoa sem a qual não possa viver. Espero muito. E desejo que nunca precise saber como é tentar viver sem ela.

O rosto de Maxon era mero eco da minha dor. Seu coração parecia ter sido despedaçado por minha história. Mais que isso: ele parecia estar com raiva.

— Sinto muito, America. Eu não... — sua expressão se contorceu um pouco. — Agora é um bom momento para pôr a mão no seu ombro?

Sua dúvida fez com que eu sorrisse.

— Sim, agora é um ótimo momento.

Ele parecia tão cético como no dia anterior, mas em vez de apenas pôr a mão no meu ombro, inclinou-se e tentou me envolver em seus braços.

— A única pessoa que já abracei é minha mãe. Estou fazendo certo? — perguntou.

Eu ri.

— É difícil errar um abraço.

Após um instante, falei de novo:

— Mas eu entendo o que quer dizer. Também só abraço minha família.

Aquele longo dia — com os vestidos, o *Jornal Oficial*, o jantar e as conversas — me deixara exausta. Era bom ter Maxon comigo, abraçando-me, às vezes até acariciando meu cabelo. Ele não era tão perdido como parecia. Esperou pacientemente minha respiração ficar mais lenta e, em seguida, afastou-se e olhou nos meus olhos.

— America, prometo mantê-la aqui até o último momento possível. Sei que eles querem que a Elite seja composta de três garotas, e então poderei escolher. Mas eu juro: vou deixar duas garotas na Elite só para manter você aqui. Não vou mandá-la embora até que seja necessário. Ou até que esteja pronta. O que vier primeiro.

Concordei com a cabeça.

— Sei que nos conhecemos faz pouco tempo, mas acho você maravilhosa. Não gosto de vê-la magoada. Se ele estivesse aqui, eu... eu...

Maxon estremeceu de frustração e depois suspirou:

— Sinto muito, America.

Ele me abraçou de novo e acalentou minha cabeça sobre seu ombro largo. Sabia que manteria suas promessas. Assim, deixei-me estar naquele que talvez fosse o último lugar onde poderia encontrar consolo sincero.

16

Ao acordar na manhã seguinte, senti minhas pálpebras pesadas. Esfreguei os olhos para me livrar daquele resto de mágoa, feliz por ter contado tudo a Maxon. Parecia estranho que o palácio — aquela bela jaula — fosse o único lugar onde eu podia me abrir de verdade sobre meus sentimentos.

A promessa feita pelo príncipe na noite anterior me dava a certeza de que eu ficaria segura ali. Todo esse processo de filtrar trinta e cinco garotas para escolher uma consumiria semanas, talvez meses. Tempo e espaço eram tudo que ele precisava. Eu não tinha muita certeza de que conseguiria esquecer Aspen. Ouvi minha mãe dizer que o primeiro amor permanece para sempre. Mas talvez com o tempo eu voltasse a me sentir normal mais cedo ou mais tarde.

Minhas criadas não perguntaram nada sobre meus olhos inchados; apenas cuidaram para que voltassem ao normal. Não falaram do meu cabelo bagunçado; apenas o ajeitaram. Apreciei esse gesto. Não era como em casa, onde todos viam minha tristeza e não faziam nada a respeito. Ali pude sentir que todos estavam preocupados comigo e acreditavam que, independentemente do que fosse, eu superaria. Sua reação era me tratar com um carinho extremo.

Por volta das nove eu estava pronta para começar o dia. Aos sábados não havia rotina nem programação. Era a única vez na semana em que tínhamos que permanecer o dia inteiro no Salão das Mulheres. O palácio recebia visitas aos sábados, e já estávamos avisadas de que alguma delas poderia querer nos conhecer. Isso não me entusiasmava muito, mas ao menos eu ia usar a calça jeans nova pela primeira vez. Obviamente, nunca uma calça me caiu tão bem na vida. Como minha relação com Maxon era boa, tinha esperança de que ele me deixasse levá-la quando fosse embora.

Desci as escadas devagar, um pouco cansada por ter ido dormir tarde. Antes mesmo de chegar ao Salão das Mulheres, já podia ouvir o burburinho das vozes das garotas. Quando entrei, Marlee me agarrou pelo braço e me arrastou até duas cadeiras no fundo do salão.

— Finalmente! Estava à sua espera — ela exclamou.

— Desculpe, Marlee. Tive uma noite longa e dormi demais.

Ela se virou para mim, provavelmente percebendo a nota de tristeza na minha voz, mas com muita doçura comentou a calça nova:

— É fantástica!

— Eu sei. Nunca tinha usado nada assim.

Minha voz se elevou um pouco. Decidi retomar minha velha regra: nada de Aspen. Expulsei-o da cabeça e me concentrei na segunda pessoa de quem mais gostava no palácio.

— Desculpe ter feito você esperar. O que queria dizer?

Marlee hesitou. Mordeu os lábios e sentou-se. Não havia ninguém por perto. Ela estava querendo contar um segredo.

— Na verdade, pensando agora, talvez eu não devesse falar nada para você. Às vezes esqueço que estamos competindo.

Hum... O segredo envolvia Maxon. Eu tinha que saber.

— Sei como é, Marlee. Mas acho que podíamos ser amigas de verdade. Não consigo ver você como uma inimiga, sabe?

— É. Você é tão doce. E as pessoas te adoram. Quer dizer, você provavelmente vai ganhar... — ela disse, um pouco derrotista.

Tive que me segurar para não rir.

— Marlee, posso contar um segredo? — perguntei, com a voz cheia de carinho e sinceridade. Esperava que ela acreditasse em minhas palavras.

— Claro, America. Qualquer coisa.

— Não sei quem vai ganhar isso aqui. Mesmo. Pode ser qualquer uma nesta sala. Acho que todas pensam em si mesmas, mas eu sei que, se não for a escolhida, quero que seja você. Você parece generosa e justa. Acho que daria uma ótima princesa. De verdade.

Era quase a verdade.

— E você parece inteligente e elegante — ela comentou em um tom baixo. — Seria uma ótima princesa também.

Abaixei a cabeça, agradecida. Era gentil da parte dela pensar isso de mim. Ficava um pouco desconcertada quando falavam assim, mas... Minha mãe, May, Mary... era difícil acreditar na quantidade de gente que pensava que eu daria uma boa princesa. Por acaso eu era a única pessoa a ver meus defeitos? Não era refinada. Não sabia ser mandona nem superorganizada. Na verdade eu era egoísta e geniosa, e não gostava de aparecer na frente dos outros. Não era corajosa, e esse emprego exigia coragem. Sim, emprego: não se tratava só de um casamento, mas de um cargo.

— Penso isso de um monte de meninas — confessou Marlee. — Tipo, cada uma delas tem uma qualidade que não tenho, então sinto que são melhores que eu.

— Aí é que está, Marlee. Você provavelmente vai encontrar uma coisa especial em cada menina neste salão. Mas quem sabe exatamente o que Maxon procura?

Ela concordou com a cabeça.

— Por isso — continuei —, não vamos nos preocupar. Pode me contar o que quiser. Guardo seus segredos se guardar os meus. Vou me apoiar em você, e, se quiser, pode se apoiar em mim. É bom ter amigas aqui.

Ela sorriu e olhou ao redor para garantir que ninguém estava ouvindo.

— Maxon e eu tivemos aquele encontro.

— É? — perguntei.

Dei a impressão de estar curiosa demais, só que não pude evitar. Queria saber se o príncipe tinha sido menos travado com ela. Queria saber se ele tinha gostado dela.

— Ele enviou uma carta para minhas criadas perguntando se eu poderia vê-lo na quinta.

Sorri quando ouvi Marlee contar isso, lembrando como na quarta-feira ele e eu tínhamos decidido eliminar essas formalidades. Ela continuou:

— Respondi que sim, claro, como se eu fosse capaz de negar! Ele foi me buscar e demos uma volta pelo palácio. Ficamos falando de cinema, e ele gosta de vários filmes que eu também gosto. Então descemos as escadas para o porão. Você chegou a ver o cinema que tem lá?

— Não.

De fato, eu nunca estivera em um cinema. Não via a hora de ela começar a descrevê-lo.

— Ah, é perfeito! Os assentos são grandes e reclináveis e tem até uma pipoqueira lá. Maxon estourou uma porção só para nós dois! Foi tão fofo, America. Na primeira vez, ele errou na medida de óleo e queimou a pipoca. Teve que chamar alguém para limpar antes de tentar de novo.

Fiz uma cara de decepção. Bonito, Maxon, muito bonito. Pelo menos Marlee tinha achado romântico.

— Então a gente viu um filme e na parte romântica, no fim, ele segurou minha mão! Pensei que fosse desmaiar. Quer dizer, eu tinha segurado o braço dele enquanto caminhávamos, mas isso é normal. Naquela hora ele segurou minha mão... — concluiu Marlee antes de suspirar e soltar o corpo na cadeira.

Comecei a rir alto. Ela estava completamente caída por ele. Sim, sim, sim!

— Não vejo a hora de sairmos de novo. Ele é tão lindo, não acha?

— É, ele é bonitinho — respondi, depois de uma pausa.

— Ah, America! Você deve ter reparado naqueles olhos e naquela voz...

— Menos quando ele ri! — repliquei, lembrando que a risada de Maxon era meio esquisita. Fofa, mas esquisita. Ele dava uns soluços fortes e depois puxava o ar fazendo um barulho que parecia outra risada.

— Está bem, a risada dele é esquisita, mas é bonitinha.

— Claro, se você gosta de ouvir o adorável som de uma crise de asma cada vez que conta uma piada.

Marlee se rendeu e levou as mãos à barriga de tanto rir.

— Está bem, está bem — ela disse, recuperando o fôlego. — Mas deve ter algo nele que você ache atraente.

Abri minha boca para dizer algo, mas fechei. Fiz isso umas três vezes. Minha vontade era dar outra cutucada, mas não queria que Marlee o visse de um jeito negativo. Pensei no que dizer.

O que era atraente em Maxon?

— Bem, gosto quando ele abre a guarda. Como quando fala sem escolher muito as palavras, ou quando você nota que ele está olhando alguma coisa e... e vendo mesmo a beleza daquilo.

Marlee sorriu. Eu sabia que ela ainda não tinha visto esse lado dele.

— E gosto de como parece ficar mesmo envolvido quando estamos com ele, sabe? Como se apesar de ter um país para administrar e milhares de coisas para fazer, ele esquecesse tudo quando está do seu lado. Ele se empenha naquilo que está diante dele. Gosto disso. E — continuei — não conte a ninguém, mas... os braços dele. Gosto dos braços dele.

Corei no final. Que burrice... Por que não me limitei a comentários genéricos sobre as coisas boas na personalidade dele? Por sorte, Marlee não teve problemas em continuar o assunto.

— Sim! Dá para sentir os braços debaixo daquele paletó grosso, não é? Ele deve ser superforte — ela emendou.

— Por que será? Quer dizer, para que ser tão forte? Ele trabalha sentado. É estranho.

— Talvez ele goste de fazer poses em frente ao espelho — gracejou Marlee, fazendo careta e flexionando os bracinhos fracos.

— Há, há, há! Aposto que é isso. Mas duvido que você tenha coragem de perguntar!

— Sem chance!

Pareceu que a noite tinha sido maravilhosa para ela. Por que Maxon evitara falar desse encontro? Se fosse levar em conta a reação dele, diria que o encontro nem tinha acontecido. Timidez?

Olhei ao redor do salão e vi que mais da metade das garotas parecia tensa ou infeliz. Janelle, Emmica e Zoe escutavam algo que Kriss contava. Ela parecia sorridente e animada, mas o rosto de Janelle estava franzido de preocupação, ao passo que Zoe roía as unhas. Emmica estava com a cabeça longe, apalpando a região abaixo da orelha, como se estivesse dolorida. Fazendo jus à fama, Celeste falava algo cheia de empáfia. Marlee percebeu meu olhar e explicou o que acontecia.

— As garotas de cara amarrada são as que ainda não tiveram um encontro com o príncipe. Na quinta, ele me disse que eu era a segunda só naquele dia. Ele está mesmo querendo conhecer todas.

— Você acha que é isso?

— É. Quer dizer, olhe só a gente. Estamos bem porque já ficamos a sós com ele. Ambas sabemos que ele gostou de nós o suficiente para não nos enxotar logo em seguida. Há uma divisão entre aquelas que tiveram seu momento com o príncipe e as outras, que estão preocupadas. Acham que ele não está interessado nelas e que só vai vê-las quando for mandá-las embora.

Por que ele não tinha dito nada disso? Não éramos amigos? Um amigo contaria esse tipo de coisa. Ele já tinha marcado encontro com uma dúzia de garotas com base apenas no sorriso de cada uma. Tínhamos ficado a maior parte da noite anterior juntos, e ele só me tinha feito chorar. Que tipo de amigo guarda os próprios segredos enquanto faz o outro botar os dele para fora?

Tuesday, que até então estava ouvindo Camille com uma expressão de ansiedade no rosto, levantou-se da cadeira e olhou ao redor. Descobriu Marlee e eu no canto e logo veio em nossa direção.

— O que vocês fizeram no encontro? — perguntou de supetão.

— Oi, Tuesday — Marlee cumprimentou de um jeito alegre.

— Shhhh! — gritou Tuesday. Depois se virou para mim e prosseguiu: — Então, America. Fale.

— Já contei.

— Não. No encontro da noite passada!

Uma criada veio nos oferecer chá e eu estava pronta para aceitar, mas Tuesday mandou-a embora.

— Como...?

— Tiny viu vocês dois juntos e contou — disse Marlee, em uma tentativa de explicar o mau humor de Tuesday. — Você é a única que esteve a sós com ele duas vezes. Muitas garotas ainda não o viram e estão reclamando. Acham uma injustiça. Mas não é culpa sua ele gostar de você.

— Mas é completamente injusto — explodiu Tuesday. —

Eu ainda não o vi fora das refeições, nem de passagem. O que vocês dois fizeram?

— Nós... hã... fomos ao jardim. Ele sabe que gosto de sair. Só conversamos.

Fiquei nervosa como se estivesse em uma enrascada. O rosto de Tuesday era tão ameaçador que desviei o olhar. E vi que uma porção de garotas nas mesas mais próximas escutava nosso diálogo.

— Só conversaram? — ela perguntou, cética.

— Isso mesmo — respondi, dando de ombros.

Tuesday saiu bufando. Foi até a mesa de Kriss e, de um jeito bem ríspido, mandou-a repetir sua história. Eu, porém, estava atônita.

— Você está bem, America? — Marlee perguntou, trazendo-me de volta à realidade.

— Sim, por quê?

— Você parece irritada — ela comentou, com o rosto cheio de preocupação.

— Não é nada. Não estou irritada. Está tudo ótimo.

De repente, em um movimento tão rápido que eu não teria conseguido ver se não estivesse perto, Anna Farmer — uma Quatro que trabalhava na roça — inclinou-se para a frente e desferiu um tapa na cara de Celeste.

Quase todo mundo, incluindo eu, soltou uma exclamação de espanto. Quem não viu logo se virou para a mesa das duas perguntando o que tinha perdido. Tiny foi uma dessas, e sua voz aguda ecoou pelo silêncio que tinha se formado no salão.

— Ah, não, Anna, não... — lamentou Emmica com um suspiro.

Um instante depois, Anna começou lentamente a compreender o que tinha feito. Ela seria mandada para casa. Não podíamos agredir fisicamente outra Selecionada. Emmica chorava quando Anna se sentou, perdida em um silêncio perplexo. Tanto uma como a outra eram originárias de fazendas e tinham ficado amigas em pouco tempo. Eu não podia imaginar como me sentiria se Marlee saísse de repente.

Só conhecia Anna de vista. Ela sempre pareceu ser uma criatura explosiva. Mas eu sabia que não era da natureza dela agredir alguém. Tinha passado boa parte do ataque rebelde de joelhos, orando.

Não havia dúvida de que ela havia sido provocada, mas ninguém estava sentado perto o suficiente para provar. Seria a palavra de Anna contra a de Celeste. Só que Celeste tinha um salão inteiro de testemunhas do tapa que levou. Talvez insistissem com Maxon para mandar Anna embora como um exemplo.

Os olhos de Anna começaram a se encher de lágrimas. Celeste se levantou, sussurrou algo em seu ouvido e saiu do salão a passos rápidos.

Anna foi despachada antes da hora do jantar.

17

— Quem foi o presidente dos Estados Unidos durante a Terceira Guerra Mundial? — Silvia perguntou durante a aula.

Eu não sabia essa. Olhei para o teto na esperança de que não me chamasse. Por sorte, Amy ergueu o braço e respondeu:

— O presidente Wallis.

Estávamos mais uma vez no Grande Salão, no começo de uma semana de aulas de história. Bem, na verdade era mais uma prova de história. Tratava-se de uma matéria em que o conhecimento das pessoas variava muito, dependendo de quais eram os fatos ensinados e de como tinham sido transmitidos. Minha mãe sempre nos ensinou história oralmente. Tínhamos livros e apostilas para aprender inglês e matemática, mas poucos eram os acontecimentos de nosso passado que eu tinha certeza de serem verdadeiros.

— Correto. Wallis foi presidente antes do ataque chinês e continuou a liderar os Estados Unidos ao longo da guerra — confirmou Silvia.

Repeti o nome na minha cabeça: *Wallis, Wallis, Wallis*. Realmente queria me lembrar daquilo para contar a May e a Gerad quando voltasse para casa. Só que estávamos aprendendo tantas coisas que ia ser difícil memorizar tudo.

— Qual foi o motivo que levou a China a invadir o país? Celeste? — continuou Silvia.

Celeste sorriu:

— Dinheiro. Os americanos deviam muito dinheiro aos chineses e não tinham como pagar.

— Excelente, Celeste — elogiou Silvia com um sorriso. Como ela conseguia dominar as pessoas assim? Era tão irritante. — Quando os Estados Unidos não conseguiram saldar sua dívida, os chineses tomaram o país. Para a infelicidade deles, porém, essa ação não lhes rendeu um centavo, já que os Estados Unidos estavam mais do que quebrados. No entanto, ficaram com a mão de obra americana. Como os chineses passaram a chamar os Estados Unidos depois da conquista?

Eu e algumas outras levantamos a mão.

— Jenna? — chamou Silvia.

— Estado Americano da China.

— Sim. O Estado Americano da China tinha a aparência do antigo país, mas parava por aí. Os chineses comandavam tudo dos bastidores. Eles influenciavam os principais acontecimentos políticos e forçavam a aprovação do que fosse favorável a eles.

Silvia caminhava devagar por entre as carteiras. Senti-me como um rato no campo de visão de um bando de gaviões que voava cada vez mais baixo.

Olhei para o resto da classe. Poucas pessoas pareciam confusas. Pelo visto, aquilo tudo era básico.

— Alguém gostaria de acrescentar algo? — perguntou Silvia.

Foi a hora de Bariel se manifestar:

— A invasão chinesa motivou vários países, especialmente na Europa, a se alinhar e fazer alianças.

— Sim — confirmou Silvia. — O Estado Americano da China, porém, não tinha muitos amigos naquele tempo. Os antigos estados demoraram cinco anos para voltar a se unir. Como poderiam fazer alianças? — ela explicou, tentando expressar a dificuldade daquela época com um rosto cansado. — O Estado Americano da China planejava combater a China, mas teve que enfrentar outra invasão. Que país tentou ocupá-lo depois?

Vários braços erguidos. Alguma garota gritou "Rússia" sem ser chamada. Silvia procurou a infratora, mas não conseguiu localizá-la.

— Correto — disse, um pouco desgostosa. — A Rússia tentou expandir seu território nas duas direções e fracassou completamente. Esse fracasso, porém, deu ao Estado Americano da China a oportunidade de se rebelar. Como?

Kriss ergueu o braço e explicou:

— Toda a America do Norte uniu-se para combater a Rússia, porque estava claro que eles queriam mais do que o Estado Americano da China. E o combate contra a Rússia foi facilitado pela própria China, que também a atacava pela tentativa de roubar sua propriedade.

Silvia deu um sorriso orgulhoso.

— Sim. E quem comandou o ataque à Rússia?

A classe inteira falou em voz alta:

— Gregory Illéa.

Algumas garotas até bateram palmas. Silvia aprovou a manifestação com a cabeça.

— Graças a ele nosso país nasceu. As alianças firmadas pelo Estado Americano da China formaram uma frente unida, e a reputação dos Estados Unidos estava tão arruinada que ninguém queria reaproveitar o nome. Assim, a nova nação se formou sob a liderança e o nome de Gregory Illéa. Ele salvou o país.

Emmica ergueu o braço e Silvia a deixou falar.

— De certa forma, somos como ele. Quer dizer, também servimos nosso país. Ele foi apenas um cidadão comum que doou seu dinheiro e conhecimento para uma causa. E mudou tudo — defendeu Emmica, cheia de admiração.

— É um jeito muito bonito de ver as coisas — comentou Silvia. — E exatamente como ele, uma de vocês será elevada à realeza. Porque Gregory Illéa se tornou rei quando se casou com um membro da realeza. O que vai acontecer com uma de vocês.

Silvia parou uns instantes em êxtase, de modo que demorou para perceber que Tuesday tinha erguido o braço.

— Humm, por que não escrevem um livro sobre essas coisas? Aí poderíamos estudar... — ela comentou com um pouco de irritação na voz.

Silvia balançou a cabeça.

— Ora, meninas, não é preciso estudar história. Basta saber.

Marlee se voltou para mim e cochichou:

— Mas é óbvio que não sabemos.

Ela riu da própria piada e voltou a prestar atenção em Silvia. Pensei como nos contavam várias coisas e tínhamos que adivinhar quais eram verdade. Por que simplesmente não nos davam livros de história?

Lembrei-me de um episódio ocorrido alguns anos antes.

Eu tinha entrado no quarto dos meus pais, porque minha mãe dissera que eu podia ler o livro que quisesse para as aulas de inglês. Considerei as opções e peguei um livro grosso e antigo escondido no canto da estante. Era sobre a história dos Estados Unidos. Meu pai entrou uns minutos mais tarde e viu o que eu estava lendo. Disse que não havia problema, desde que eu não contasse para ninguém.

Quando ele me pedia para guardar um segredo, eu o fazia sem pestanejar. Além do mais, eu adorava folhear aquelas páginas. Bom, pelo menos as que ainda estavam legíveis. Muitas tinham sido arrancadas e as bordas dos livros davam a impressão de que alguém tinha tentado queimá-lo. Mas foi ali que vi uma foto da antiga Casa Branca e aprendi sobre os feriados do passado.

Nunca pensei em questionar a ausência de verdades até dar de frente com ela. Por que o rei queria que tivéssemos apenas uma vaga noção dos fatos?

Os flashes pararam depois de mais uma foto de Maxon e Natalie com sorrisos radiantes.

— Natalie, abaixe o queixo só um pouquinho. Isso.

O fotografo tirou mais uma, preenchendo o salão com a luz.

— Acho que é o bastante. Quem é a próxima? — perguntou.

Celeste se aproximou. Um grupo de criadas do palácio permaneceu em volta dela até o fotógrafo aprontar a câmera. Natalie, ainda ao lado de Maxon, disse algo e fez uma pose charmosa. Ele respondeu discretamente e ela saiu de cena com um sorriso.

Tinham nos dito no dia anterior, depois da aula de história, que a foto era apenas para divertir o público, mas eu não deixava de ver um peso real por trás disso. Alguém tinha escrito um editorial de revista sobre o visual de uma princesa. Não li o artigo, mas Emmica e outras leram. Segundo elas, o texto falava que Maxon deveria encontrar alguém de aparência nobre, que saísse bem nas fotos ao seu lado, alguém que ficasse bonita em um selo.

Então lá estávamos nós, enfileiradas, todas com um vestido creme de manguinhas e cintura baixa, e uma echarpe vermelha nos ombros, tirando fotos com Maxon. Todas sairiam na mesma revista, e a equipe de edição ia escolher suas preferidas. Era o que me incomodava desde o começo: a ideia de que Maxon só estava em busca de um rosto bonito. Agora que o conhecia, sabia que não era verdade, mas me irritava que as pessoas o vissem assim.

Dei um suspiro de descontentamento. Algumas garotas circulavam mascando chiclete e conversando, mas a maioria, inclusive eu, permaneceu de pé em volta do estúdio que fora montado no Grande Salão. Um grande tapete dourado — que lembrava os panos que meu pai usava em casa para evitar respingos de tinta no chão — cobria a parede de alto a baixo. Um sofá pequeno estava posicionado em um dos lados, enquanto um pilar ficava no outro. No meio, a insígnia de Illéa, que dava àquela bobeira um ar patriótico. Observávamos cada uma das Selecionadas desfilar por aquele espaço e ser fotografada. Muitas das presentes murmuravam sobre o que aprovavam e desaprovavam no desempenho da concorrente ou sobre o que fariam na sua vez.

Celeste foi em direção a Maxon com uma luz nos olhos, e o príncipe sorriu com sua chegada. Assim que parou ao lado dele, sussurrou algo em seu ouvido. Seja o que for, Maxon se inclinou para trás de tanto rir e balançou a cabeça em aprovação ao segredinho dos dois. Como alguém podia se dar tão bem comigo e com ela ao mesmo tempo?

— Muito bem, senhorita, vire-se para a câmera e sorria, por favor — pediu o fotógrafo, que foi prontamente atendido por Celeste.

Ela voltou o rosto na direção de Maxon e pôs uma das mãos no peito dele, inclinando a cabeça um pouco para a frente e abrindo um sorriso profissional. Celeste parecia saber tirar vantagem da iluminação e do estúdio, e passou o tempo todo empurrando o príncipe um pouco para a frente ou para trás, além de insistir várias vezes para os dois mudarem de pose. Enquanto algumas meninas aproveitavam para fazer aqueles momentos com Maxon durarem o máximo possível — especialmente aquelas que ainda não haviam tido um encontro com ele —, Celeste quis demonstrar o máximo de eficiência.

Em um piscar de olhos ela tinha terminado. O fotógrafo chamou a próxima. Eu estava tão ocupada vendo-a deslizar os dedos pelos braços do príncipe ao sair que uma criada teve que fazer a gentileza de avisar que estavam me chamando.

Fiz um sinal com a cabeça e me levantei, determinada a não perder o foco. Segurei a saia do vestido e andei na direção de Maxon. Seus olhos se desviaram de Celeste para mim e — talvez fosse imaginação minha — ficaram um pouco mais iluminados.

— Olá, minha querida — ele cantarolou.

— Nem comece — avisei, mas o príncipe apenas riu de mim e estendeu o braço.

— Um segundo. Sua echarpe está torta.

— Era de esperar — comentei. Aquilo era tão pesado que eu sentia que caía das minhas costas a cada passo.

— Acho que assim dá para o gasto — ele disse em tom de piada.

— Bem que eles podiam pendurar você com os lustres depois, não? — rebati, caçoando das medalhas de ouro em seu peito.

O uniforme dele, parecido com o usado pelos guardas — embora infinitamente mais elegante — também trazia ombreiras douradas e uma espada na cintura. Era um pouco demais.

— Olhem para a câmera, por favor — pediu o fotógrafo.

Levantei a cabeça e vi não apenas dois olhos, mas os de todas as Selecionadas cravados em mim. Meus nervos saíram do controle.

Sequei as mãos úmidas de suor no vestido e soltei o ar.

— Não fique nervosa — ele sussurrou.

— Não gosto que todos fiquem olhando para mim.

O príncipe me puxou para muito perto de si e passou a mão pela minha cintura. Quis me afastar, mas o braço dele estava bem firme em mim.

— Apenas olhe para mim como se não aguentasse mais a minha cara — ele sugeriu, fazendo uma careta de mau humor. Foi o bastante para me fazer cair na risada.

A câmera disparou naquele exato momento e nos pegou rindo.

— Viu? — disse Maxon. — Não é tão ruim.

— Talvez.

Continuei tensa por alguns minutos. O fotógrafo gritou suas instruções e o príncipe relaxou o braço na minha cintura, depois me virou de modo que minhas costas ficassem contra seu peito.

— Excelente — incentivou o fotógrafo. — Podemos fazer umas no sofá?

Eu me sentia melhor agora que metade já tinha passado. Sentei-me perto de Maxon com a melhor postura que pude produzir. Ele ficava o tempo todo fazendo cócegas em mim ou me cutucando, e meu sorriso foi aumentando até explodir em uma gargalhada. Eu tinha esperança de que o fotógrafo estivesse captando os momentos antes de eu fazer caretas de riso. Do contrário, seria um desastre.

Pelo canto dos olhos, notei uma mão acenando. Maxon percebeu logo em seguida. Um homem de terno estava de pé ali, e queria falar com o príncipe. Maxon fez um sinal para que se aproximasse, mas o homem hesitou, evidentemente consternado com minha presença.

— Ela pode ouvir — Maxon consentiu.

O homem então se aproximou, ajoelhou-se diante dele e disparou:

— Ataque rebelde em Midston, Majestade.

Maxon suspirou preocupado e baixou a cabeça.

— Eles queimaram fazendas e mataram cerca de doze pessoas — completou o homem.

— Em que parte de Midston?

— A oeste, senhor, perto da fronteira.

Maxon inclinou a cabeça devagar, como se estivesse acrescentando aquela informação a seu inventário mental.

— O que meu pai diz?

— Na verdade, Majestade, ele quer saber sua opinião.

Maxon pareceu surpreso por uma fração de segundo.

— Localize as tropas a sudoeste de Sota e em toda a região de Tammins. Não é necessário ir muito ao sul e chegar a Midston. Seria perda de tempo. Veja se conseguimos interceptá-los — ele ordenou.

— Perfeito, senhor.

O homem se levantou e fez uma reverência. Depois, desapareceu tão rapidamente como tinha aparecido.

Eu sabia que devíamos continuar a sessão de fotos, mas Maxon parecia não estar nem um pouco interessado nela agora.

— Você está bem? — perguntei.

O príncipe concordou com a cabeça, muito sério, e respondeu:

— Fico pensando nas pessoas.

— Talvez devêssemos parar — sugeri.

Ele balançou a cabeça, aprumou-se e sorriu, pondo minha mão sobre a sua.

— Um dos requisitos dessa profissão é a capacidade de parecer calmo quando se está muito longe disso. Por favor, sorria, America.

Endireitei a postura e dei um sorriso tímido para os cliques do fotógrafo. No meio daquelas últimas fotos, Maxon apertou minha mão, e eu fiz o mesmo. Naquele momento, senti que tínhamos uma ligação forte e verdadeira.

— Muito obrigado. A próxima, por favor? — o fotógrafo repetiu.

Quando nos levantamos, Maxon segurou novamente minha mão.

— Por favor, não diga nada. É de extrema necessidade que seja discreta.

— Claro.

O barulho dos saltos caminhando em nossa direção me lembrou de que não estávamos sós, embora eu quisesse permanecer ali. Ele deu um último aperto em minha mão e me soltou. Enquanto ia para meu lugar, pensei em muitas coisas. Pensei em como era bom saber que o príncipe confiava em mim a ponto de me permitir saber esse segredo; e em como essa confiança fez com que nos sentíssemos sozinhos por uns instantes. Depois, pensei nos rebeldes e em como o rei conseguia quase sempre ser rápido na contenção das rebeliões. Só que essa informação eu devia guardar para mim. Não fazia muito sentido.

— Janelle, minha querida — Maxon disse assim que viu a próxima garota se aproximar.

Ri internamente com aquele afeto fingido e manjado. Ele baixou a voz, mas ainda assim ouvi o que disse a seguir.

— Antes que eu esqueça, está livre esta tarde?

Algo fez com que meu estômago desse um nó. Parecia uma crise de nervos tardia.

— Ela deve ter feito algo péssimo — insistiu Amy.

— Não foi isso que deu a entender — rebateu Kriss.

Tuesday puxou o braço de Kriss e disparou:

— O que ela disse mesmo?

Janelle fora mandada para casa.

Era crucial para nós entender a eliminação, porque tinha sido a primeira eliminação isolada que não fora motivada por um descumprimento de regras. Não houve uma debandada em massa baseada na primeira impressão nem um pedido para ir embora por medo. Ela tinha feito algo errado, e queríamos saber o quê.

Kriss, cujo quarto ficava em frente ao de Janelle, tinha visto a garota entrar e fora a última pessoa com quem ela conversara antes de ir embora. Ela deu um suspiro e repetiu a história pela terceira vez:

— Ela e Maxon foram caçar, mas vocês sabiam disso — começou, gesticulando como se quisesse clarear o pensamento.

O encontro de Janelle era mesmo de conhecimento comum. Depois da sessão de fotos do dia anterior, ela espalhou a notícia para quem quisesse ouvir.

— Foi seu segundo encontro com Maxon. Ela foi a única a ter dois — comentou Bariel.

— Não, não foi — murmurei.

Algumas cabeças se voltaram para mim e confirmaram minha declaração. Era verdade, apesar de tudo. Janelle fora a única garota a ter dois encontros com Maxon além de mim. Não que eu contasse.

Kriss continuou:

— Ela voltou chorando. Perguntei o que tinha e ela respondeu que ia embora, que Maxon tinha mandado que voltasse para casa. Dei um abraço nela. Estava tão transtornada... Depois, perguntei o que tinha acontecido, e ela disse que não podia contar. Não entendo isso. Será que não temos autorização para falar por que fomos eliminadas?

— Isso não estava nas regras, estava? — perguntou Tuesday.

— Ninguém falou nada a respeito — apontou Amy, e muitas outras confirmaram.

— Mas o que ela disse então? — Celeste insistiu.

Kriss deu outro suspiro:

— Para eu tomar cuidado com o que falo. Depois, entrou no quarto e bateu a porta.

O salão ficou alguns minutos em um silêncio reflexivo.

— Ela deve ter insultado o príncipe — Elayna sugeriu.

— Bem, se esse for o motivo da saída dela, é uma injustiça. Maxon afirmou que alguém neste salão o insultou na primeira vez em que se viram — reclamou Celeste.

As garotas começaram a olhar em volta na tentativa de identificar a culpada, talvez com o desejo de fazer com que ela — com que *eu* — fosse embora também. Lancei um olhar nervoso para Marlee, e ela entrou em ação.

— Será que ela falou do país? De política ou algo assim?

Bariel estalou a língua.

— Por favor! Imagine a chatice que estava sendo o encontro para eles começarem a falar de política... Por acaso alguém aqui chegou a conversar sobre a administração do país com Maxon?

Ninguém respondeu.

— Claro que não — continuou Bariel. — Maxon está em busca de uma esposa, não de uma assistente.

— Você não acha que está subestimando o príncipe? — argumentou Kriss. — Ele deve querer alguém com ideias e opiniões.

Celeste se jogou para trás e riu:

— Maxon pode muito bem administrar o país. Foi treinado para isso. Além disso, tem equipes para ajudá-lo a tomar decisões. Por que ia querer alguém para lhe dizer o que fazer? Se eu fosse você, começaria a aprender como manter a boca fechada. Pelo menos até que ele se case com você.

Bariel se pôs ao lado de Celeste e completou:

— O que não vai acontecer.

— Exatamente — assentiu Celeste com um sorriso. — Por que ele ia se importar com uma Três metida a inteligente se pode ter uma Dois?

— Ei! — gritou Tuesday. — Maxon não se importa com números.

— Claro que se importa — replicou Celeste, como se estivesse falando com uma criança. — Por que você acha que todas abaixo da quarta casta já foram embora?

— Presente — eu disse, erguendo o braço. — Se acha que entende o príncipe, está errada.

— Ah, a menina que não sabe calar a boca — reclamou Celeste, fingindo-se impressionada.

Cerrei o punho, pensando se valeria a pena bater nela. Seria parte de seu plano? Mas antes que eu pudesse me mover, Silvia irrompeu porta adentro.

— Correio, senhoritas! — ela avisou, e a tensão no salão se desfez.

Todas paramos, ansiosas para pôr as mãos nas novidades que Silvia trazia. Fazia quase duas semanas que estávamos no palácio, e tirando a vez em que recebemos notícias de nossas famílias, no segundo dia, era nosso primeiro contato real com elas.

— Vejamos — disse Silvia, revirando as pilhas de cartas sem ter a menor ideia da briga que estava se armando segundos antes da sua entrada. — Senhorita Tiny? — ela chamou, procurando a destinatária com os olhos.

Tiny levantou a mão e foi para a frente do salão. Silvia continuou.

— Senhorita Elizabeth? Senhorita America?

Praticamente corri até ela e tomei a carta de sua mão. Eu estava faminta por palavras da minha família. Com a carta em meu poder, fui para o canto saborear aquele momento.

Querida America,

Não vejo a hora de sexta-feira chegar. Não acredito que vai falar com Gavril Fadaye! Você é muito sortuda.

Com certeza eu não me sentia sortuda. Gavril ia tratar de fritar todas nós no dia seguinte. Não fazia ideia do que ele ia perguntar, mas tinha certeza de que eu ia fazer papel de idiota.

Vai ser bom ouvir sua voz de novo. Sinto saudades de ouvir sua cantoria pela casa. Mamãe não faz isso, e a casa está muito quieta desde que você partiu. Será que podia dar um tchauzinho para mim durante o programa?

Como vai a competição? Você tem muitas amigas aí? Chegou a conversar com alguma das garotas mandadas embora? Mamãe está dizendo que se você sair agora não será problema. Metade das meninas que voltaram para casa já está noiva de filhos de prefeitos e celebridades. Ela diz que alguém vai querer você se Maxon não quiser. Gerad torce para que se case com um jogador de basquete em vez de um príncipe chato. Mas eu não me importo com o que dizem. Maxon é fantástico! Vocês já se beijaram?

Beijar? Acabamos de nos conhecer. Aliás, nem haveria motivos para Maxon me beijar.

Aposto que ele tem o melhor beijo do universo. Acho que é uma obrigação dos príncipes!

Tenho tanta coisa para contar, mas a mamãe quer que eu vá pintar. Escreva logo. Uma carta longa!

Com muitos e muitos detalhes!

Te amo! Todos amamos.

May

Então as eliminadas já estavam sendo atacadas pelos ricos. Eu não sabia que ser a sobra de um príncipe fazia de alguém um bom investimento. Circulei pelo quarto, ruminando as palavras de May.

Queria saber o que estava acontecendo. Imaginava o que teria ocorrido de verdade com Janelle. Além de estar curiosa para saber se Maxon tinha mais um encontro naquela noite. Queria muito vê-lo.

Minha mente começou a girar em busca de uma maneira de falar com ele. Foi quando deparei com o papel em minhas mãos.

A segunda página da carta de May estava quase toda em branco. Rasguei um pedaço dela enquanto perambulava pela sala. Algumas garotas ainda estavam enterradas nas cartas da família, ao passo que outras compartilhavam as notícias recebidas. Depois de dar uma volta, parei ao lado do livro de visitas do Salão das Mulheres e peguei uma caneta.

Escrevi rapidamente no pedaço de papel.

> *Vossa Majestade,*
> *Mão na orelha. Quando puder.*

Saí do salão como se fosse apenas ao banheiro e olhei os dois lados do corredor. Vazio. Fiquei ali, à espera, até que uma criada surgiu com uma bandeja nas mãos.

— Com licença — chamei discretamente, mas minha voz ecoava pelo corredor.

A moça fez uma reverência.

— Sim, senhorita?

— Por acaso essa bandeja é para o príncipe?

Ela sorriu:

— Sim, senhorita.

— Poderia entregar isto a ele? — pedi, passando-lhe meu bilhete dobrado.

— Claro, senhorita!

Ela tomou o bilhete nas mãos sôfregas e continuou seu caminho com energia redobrada. Não tinha dúvidas de que o leria assim que eu não pudesse vê-la, mas minha frase misteriosa me deixava tranquila.

Os corredores eram fascinantes. Cada um deles era mais decorado que minha casa inteira. O papel de parede, os espelhos dourados, os vasos gigantes com flores frescas e lindas. Os carpetes eram luxuosos e imaculados, as janelas brilhavam e as pinturas nas paredes eram adoráveis.

Algumas pinturas eram de artistas que eu conhecia — Van Gogh, Picasso —, mas havia outras que não. Havia também fotos de prédios que eu já vira antes. Uma delas retratava a lendária Casa Branca. Pelas fotos que vi e pelo que li no meu velho livro de história, o palácio a superava em tamanho e luxo. Mesmo assim, gostaria que ela ainda existisse para poder vê-la.

Avancei um pouco mais no corredor e dei com um retrato da família real. Parecia antigo. Maxon era menor que a mãe. Agora, ela parecia uma anã ao lado dele.

Desde que havia chegado ao palácio, só os vi juntos nos jantares e na transmissão do *Jornal Oficial de Illéa*. Será que eram assim tão reservados? Por acaso não gostavam de ter todas essas jovens estranhas em casa? Ficavam ali apenas pelo dever? Eu não sabia como lidar com essa família invisível.

— America?

Virei-me ao som de meu nome. Maxon descia com pressa as escadas em minha direção.

Era como se eu o visse pela primeira vez.

Ele estava sem o paletó e com as mangas da camisa arregaçadas. A gravata azul estava folgada em volta do pescoço, e o cabelo — quase sempre puxado para trás — agitava-se um pouco quando ele se movia. Um contraste gritante com a pessoa de uniforme que eu havia visto no dia anterior; Maxon parecia mais jovial, mais real.

Gelei. Ele se aproximou e agarrou meus pulsos.

— Você está bem? O que houve de errado? — quis saber.

Errado?

— Nada, estou bem — respondi.

O príncipe soltou um suspiro de alívio que eu não tinha notado que estava segurando.

— Ainda bem. Quando recebi seu bilhete, pensei que estivesse doente ou que algo tinha acontecido com sua família.

— Não, não. Maxon, sinto muito. Sabia que era uma ideia idiota. É que não tinha certeza de que você estaria no jantar e quis te ver antes.

— Bem, e para quê? — perguntou Maxon, ainda me examinando com a testa franzida, como que para se certificar de que eu estava mesmo bem.

— Só para ver você.

Ele ficou parado e me olhou nos olhos, admirado.

— Você só queria me ver?

O príncipe pareceu ter ficado alegremente surpreendido com minha resposta.

— Não fique tão chocado. Amigos geralmente passam tempo juntos — respondi, e o tom da minha voz tentava expressar a obviedade daquilo.

— Ah, você está chateada comigo porque estou cheio de compromissos esta semana, não está? Não era minha intenção deixar nossa amizade de lado, America.

Ele tinha voltado a ser o Maxon formal de sempre.

— Não, não estou brava. Só estava me explicando. Mas você parece ocupado. Volte ao trabalho. A gente se vê quando você estiver livre.

Notei que ele ainda segurava meus pulsos.

— Na verdade, você se incomodaria se eu ficasse alguns minutos? Eles estão fazendo uma reunião de orçamento lá em cima, e odeio esse tipo de coisa.

Sem esperar minha resposta, Maxon me arrastou para um sofá estreito e flanelado no meio do corredor, embaixo de uma janela. Deixei escapar uma risadinha quando sentamos.

— O que é tão engraçado? — ele perguntou.

— Você — eu disse, com um sorriso no rosto. — É engraçado saber que fica incomodado com o trabalho. O que há de tão ruim nessas reuniões?

— Ah, America! — ele lamentou, voltando o rosto para mim. — Eles só andam em círculos. Meu pai até consegue acalmar os conselheiros, mas é difícil demais fazer os comitês seguirem qualquer instrução. Minha mãe sempre fica no pé do meu pai para que ele dê mais dinheiro para educação. Ela acha que quanto mais educação todos tiverem, menores as chances de surgirem criminosos, e eu concordo com ela. Mas meu pai nunca é forte o bastante para fazer o conselho retirar verbas de áreas que poderiam passar muito bem com menos recursos.

Fico furioso! E como não estou no comando, então minha opinião é facilmente desprezada.

Maxon pôs os cotovelos nos joelhos e apoiou a cabeça nas mãos. Ele parecia cansado.

Eu estava vendo um pouco do mundo dele, que ficava além de toda a imaginação. Como alguém podia rejeitar a opinião de seu futuro soberano?

— Sinto muito. Mas veja o lado positivo: você terá mais voz no futuro — consolei o príncipe, passando a mão em suas costas para encorajá-lo.

— Eu sei. Digo isso a mim mesmo. Mas é tão frustrante, porque poderíamos mudar as coisas agora se eles ao menos ouvissem. — Era difícil escutar uma voz que ia em direção ao carpete.

— Bem, não fique tão desmotivado. Sua mãe está no caminho certo, mas educação não vai resolver nada por si só.

Maxon levantou a cabeça.

— O que você quer dizer?

Seu tom era quase de acusação. O que era justo. Ali estava a ideia que ele vinha defendendo, e eu a destruí. Tentei contemporizar:

— Bem, comparada à educação com os tutores fantásticos que pessoas como você têm, a educação dos Seis e Sete é uma lástima. Acho que melhores professores e instalações fariam um bem imenso. Mas e o que dizer dos Oito? Não é essa a casta de que faz parte a maioria dos criminosos? Eles não recebem nenhuma educação. Se tivessem um pouco, um pouquinho que fosse, talvez ficassem mais motivados.

Fiz uma pausa e retomei o raciocínio. Não sabia se minhas próximas palavras poderiam ser compreendidas por um garoto que sempre teve tudo à mão.

— Além disso... Você já sentiu fome, Maxon? Não apenas aquela fome antes do jantar, mas fome *de verdade*? Se aqui não tivesse absolutamente nenhuma comida, nada para seu pai e para sua mãe, e você soubesse que podia pegar um pouco das pessoas que comem mais em um dia do que você vai comer a vida inteira... O que faria se sua família estivesse contando com você? O que faria por alguém que ama?

Ele permaneceu em silêncio por uns instantes. Antes, quando conversamos sobre minhas criadas durante o ataque, percebemos o abismo que nos separava. O tema agora era muito mais controverso, e dava para notar que ele queria evitar a discussão.

— America, não estou negando que a vida de algumas pessoas seja dura, mas roubar é...

— Feche os olhos, Maxon.

— O quê?

— Feche os olhos.

Ele fez uma cara feia, mas obedeceu. Antes de começar, esperei até seus olhos estarem completamente fechados e seu rosto parecer mais leve.

— Em algum lugar deste palácio está a mulher que será sua esposa.

Notei que sua boca tremeu, esboçando um sorriso de esperança.

— Talvez você ainda não saiba quem ela é, mas pense nas garotas no salão. Imagine aquela que mais ama. Imagine sua "querida".

A mão dele estava ao lado da minha, e seus dedos resvalaram nos meus por um momento. Puxei a mão.

— Desculpe — ele murmurou, abrindo os olhos na minha direção.

— Fechados!

Ele deu uma risadinha e voltou à posição de antes.

— Imagine que essa garota depende de você. Ela precisa que a ame, e vocês vivem como se a Seleção nunca tivesse acontecido. Como se você tivesse caído de paraquedas no meio do país para bater de porta em porta em busca de alguém, e mesmo assim a encontrasse. Ela seria sua escolhida.

O sorriso esperançoso voltou a surgir. E depois se alargou.

— Ela precisa que você cuide dela, que a proteja. E se chegasse o dia em que não houvesse absolutamente nada para comer, a noite em que você não pudesse nem dormir porque o ronco do estômago dela não permitisse...

— Pare!

Maxon levantou-se de uma só vez. Deu alguns passos pelo

corredor e estacou, com o rosto virado na direção oposta de onde eu estava. Fiquei chateada comigo mesma. Não sabia que ele ficaria tão perturbado.

— Desculpe — eu disse em voz baixa.

Ele acenou com a cabeça, mas continuou olhando para a parede. Depois, voltou-se na minha direção. Seus olhos, tristes e cheios de dúvidas, buscavam os meus.

— É mesmo assim? — ele perguntou.

— O quê?

— Lá fora... Isso acontece? As pessoas sentem fome muitas vezes?

— Maxon, eu...

— Conte a verdade.

Os traços de seu rosto estavam firmes.

— Sim, acontece. Sei de famílias em que pessoas abrem mão de seu prato de comida para dar aos filhos ou irmãos menores. Sei de um menino que foi chicoteado na praça da cidade por roubar comida. Às vezes, as pessoas cometem loucuras quando estão desesperadas.

— Um menino? De quantos anos?

— Nove — disse sentindo calafrios. Ainda podia me lembrar das cicatrizes nas costas pequenas de Jeremy. Maxon esticou as costas, como se sentisse ele próprio as chibatadas.

— E você — ele limpou a garganta — já passou por isso? Fome?

Baixei a cabeça, o que já era uma pista. Não queria falar com o príncipe sobre isso.

— Como? — Maxon continuou a perguntar.

— Isso só vai deixá-lo mais irritado.

— Provavelmente — ele disse com um ar sério. — Mas agora estou percebendo o quanto desconheço meu próprio país. Por favor, continue.

Suspirei.

— Sofremos muito. Na maior parte das vezes, chegamos ao ponto de ter que escolher se compramos comida e ficamos sem eletricidade. O pior momento foi perto do Natal. Fazia muito frio, então usávamos montes de roupas, mas mesmo assim conseguíamos ver nossa própria respiração dentro de casa.

May não entendia por que não podíamos trocar presentes naquele ano. Em geral, nunca há sobras em casa. Alguém sempre quer mais.

O rosto de Maxon ficou pálido, e então me dei conta de que não queria vê-lo irritado. Eu precisava mudar o rumo da conversa, deixá-la mais positiva.

— Sei que os cheques que recebemos nas últimas semanas ajudaram muito. Minha família sabe lidar muito bem com dinheiro. Devem ter guardado tudo para que dure bastante. Você tem feito muito por nós, Maxon.

Tentei sorrir para ele, mas sua expressão permaneceu a mesma.

— Minha nossa. Quando disse que só estava aqui pela comida, você não estava brincando, estava? — ele perguntou, balançando a cabeça.

— É sério, Maxon, está tudo bem. Eu...

Não consegui terminar a frase. Ele se inclinou para mim e beijou minha testa.

— Vejo você no jantar.

E saiu, ajeitando a gravata.

18

Maxon disse que me veria no jantar, mas não estava lá. A rainha entrou sozinha e encontrou todas nós de pé ao lado das cadeiras. Fizemos a reverência enquanto ela se sentava e depois nós mesmas nos sentamos.

Corri os olhos pela sala de jantar em busca de um assento vazio, pois imaginava que Maxon estava em algum encontro. Todos, no entanto, estavam ocupados.

Eu gastara a tarde inteira repassando minhas palavras. Não era à toa que eu não tinha amigos. Estava óbvio que era péssima em cultivá-los.

Foi então que o príncipe e o rei adentraram a sala. Maxon tinha posto o paletó, mas o cabelo continuava uma bagunça charmosa. Ele e o pai caminhavam lado a lado. Nós nos apressamos em levantar. A conversa de ambos parecia animada. Maxon gesticulava para dar destaque a suas palavras, e o rei concordava mecanicamente com a cabeça, parecendo um pouco farto do assunto. Ao chegar à mesa, o rei Clarkson, com uma expressão severa, deu um tapinha firme nas costas do filho.

O rosto do rei se encheu subitamente de entusiasmo quando ele ficou de frente para nós.

— Por favor, senhoritas, sentem-se.

Ele beijou a testa da rainha e tomou seu lugar ao lado dela. Maxon, porém, permaneceu de pé.

— Senhoritas, tenho um anúncio a fazer — proclamou.

Todos os olhos da sala se voltaram para ele. O que teria a nos dizer?

— Sei que todas receberam a promessa de que seriam compensadas por sua participação na Seleção.

A voz dele estava repleta de uma autoridade imponente que eu só tinha ouvido de verdade uma vez: na noite em que me deixou ficar no jardim. Maxon ficava muito mais atraente quando se valia da sua condição para atingir um objetivo.

— Contudo — continuou o príncipe —, houve uma nova repartição de verbas. As Dois ou Três de nascimento não receberão mais sua bolsa. Mas as garotas Quatro e Cinco continuarão a recebê-las, embora num valor um pouco menor a partir de agora.

Alguns queixos caíram de espanto. O dinheiro era parte do acordo. Celeste, por exemplo, parecia prestes a soltar fogo pelas ventas. Talvez porque quando se tem muito dinheiro seja natural querer mais. E o simples pensamento de ver alguém como eu ganhando algo que ela não teria já corroía sua alma.

— Peço sinceras desculpas por qualquer inconveniente. Amanhã explicarei tudo durante o *Jornal Oficial*. Acrescento que essa situação é inegociável. Aquelas que tiverem problemas com o novo acordo e não quiserem mais participar da Seleção podem sair após o jantar.

Maxon se sentou e retomou a conversa com o rei, que parecia mais interessado no jantar do que nas palavras do filho. Fiquei um pouco perturbada com o fato de minha família receber menos dinheiro, mas ao menos ainda receberíamos alguma coisa. Tentei me concentrar na comida, mas passei a maior parte do tempo imaginando o que tudo aquilo significava. E não estava só. Vozes cochichavam por toda a sala.

— O que será que ele quer com isso? — Tiny perguntou em voz baixa.

— Talvez seja um teste — conjecturou Kriss. — Aposto que tem gente aqui só por causa do dinheiro.

Enquanto escutava a conversa das duas, vi Fiona dar um cutucão em Olivia e apontar a cabeça na minha direção. Virei o rosto para que ela não soubesse que eu tinha visto.

As garotas continuaram a levantar hipóteses, e eu a observar Maxon. Queria chamar sua atenção para que visse que eu estava mexendo na orelha, mas ele não olhou para onde eu estava.

Mary e eu estávamos sozinhas no quarto. Naquela noite eu encararia Gavril — e o resto do país — no *Jornal Oficial de*

Illéa. Isso sem falar nas outras meninas, que estariam presentes o tempo todo, analisando o desempenho umas das outras e tecendo suas críticas mentais. Dizer que estava nervosa seria um eufemismo grosseiro. Eu tremia enquanto Mary listava algumas possíveis perguntas, coisas que achava que o público talvez gostasse de saber: "O que você acha do palácio? Qual foi a coisa mais romântica que Maxon fez? Você sente falta da família? Vocês já se beijaram?".

Lancei um olhar torto para Mary quando ela fez essa última pergunta. Eu respondia automaticamente tudo o que ela perguntava na tentativa de não pensar demais. Mas dava para notar que essa do beijo era pura curiosidade. Seu sorriso provava.

— Não! Por favor! — repliquei, tentando soar irritada, mas ia parecer estranho ficar brava por isso. Acabei dando um sorrisinho amarelo, que provocou risos em Mary. — Ah, por que... por que você não vai limpar alguma coisa?

Ela caiu na gargalhada, e antes que eu pudesse mandá-la parar, Anne e Lucy atravessaram a porta com um cabide coberto por uma capa.

Lucy parecia mais empolgada do que nunca, ao passo que Anne estava levemente atordoada.

— O que é isso? — perguntei para Lucy, que fazia uma reverência cheia de pompa.

— Terminamos seu vestido para o *Jornal Oficial*, senhorita — ela respondeu.

Franzi a testa em estranhamento.

— Outro vestido? Por que não posso usar o azul que está no armário? Vocês acabaram de fazer. E eu adorei.

As três trocaram olhares.

— O que vocês fizeram? — perguntei apontando para o cabide que Anne havia pendurado no gancho próximo do espelho.

— Conversamos com as outras criadas, senhorita. E ouvimos muitas coisas — começou Anne. — Sabemos que Janelle e a senhorita foram as únicas a terem mais de um encontro com o príncipe. E, pelo que pudemos perceber, talvez haja uma ligação entre vocês.

— Como assim? — perguntei.

— Pelo que ouvimos — continuou Anne —, ela foi mandada embora por ter feito comentários desrespeitosos sobre a senhorita. O príncipe não concordou e a dispensou no ato.

— O quê? — exclamei levando a mão à boca na tentativa de esconder meu espanto.

— Temos certeza de que é a favorita do príncipe. Quase todo mundo diz isso — Lucy disse entre suspiros de alegria.

— Acho que vocês estão mal informadas — repliquei. Anne deu de ombros com um sorriso no rosto, como se minha opinião não importasse.

Foi então que me lembrei de como a conversa havia começado.

— O que tudo isso tem a ver com meu vestido?

Mary se aproximou de Anne e abriu o zíper daquela enorme capa. Dentro estava um vestido vermelho estonteante que cintilava à luz fraca do pôr do sol vinda da janela.

— Nossa, Anne... — eu disse, completamente embasbacada. — Você se superou!

Ela recebeu o elogio inclinando levemente a cabeça.

— Obrigada, senhorita, mas todas trabalhamos nele.

— É lindo. Só que ainda não entendi o que tem a ver com nossa conversa.

Mary tirou o vestido da capa para deixá-lo arejar um pouco. Anne continuou as explicações:

— Como eu disse, muita gente no palácio pensa que a senhorita é a favorita do príncipe. Ele lhe faz elogios e prefere sua companhia à das outras. E parece que as outras garotas também notaram.

— O que você quer dizer?

— Vamos à oficina quase sempre que precisamos costurar algum dos seus vestidos. Lá temos um armário de materiais e um lugar para fazer sapatos. A maioria das outras criadas também vai lá. Todas as garotas pediram um vestido azul para esta noite, e as criadas acham que é porque você usa essa cor quase sempre. As outras meninas estão tentando imitá-la.

— É verdade — palpitou Lucy. —Tuesday e Natalie não vão usar nenhuma joia hoje. Como a senhorita.

— E a maioria das moças começou a pedir vestidos mais simples, como os que a senhorita prefere — afirmou Mary.

— Isso ainda não explica por que me fizeram um vestido vermelho.

— Para que se destaque, claro — respondeu Mary. — Se ele gosta mesmo da senhorita, temos que mantê-la no primeiro plano. Tem sido tão generosa conosco, especialmente com Lucy.

A essas palavras, todas olhamos para Lucy, que confirmou com a cabeça. Mary prosseguiu.

— A senhorita daria... daria uma boa princesa. Seria espetacular.

Comecei a procurar um jeito de escapar. Odiava ser o centro das atenções.

— Mas e se as outras tiverem razão? E se Maxon gosta de mim justamente porque não gosto de aparecer, aí vocês me vestem com uma roupa assim e botam tudo a perder?

— Toda garota precisa brilhar de vez em quando. Além do mais, conhecemos o príncipe desde criança. Ele vai adorar — Anne afirmou com tanta segurança que não tive escolha.

Não queria explicar que todos os bilhetes que ele me enviou e todo o tempo que passou ao meu lado não passavam de amizade. Não podia contar a elas. Ia deixá-las tristes, e eu precisava manter as aparências se quisesse ficar. E eu queria. Precisava ficar.

— Tudo bem, vamos tentar — cedi, com um suspiro.

Lucy deu pulos de alegria até Anne lembrar que aquilo não era adequado. Passei o vestido sedoso pela cabeça, e as três deram pontos em diversos lugares que ainda não estavam acabados. As mãos ágeis de Mary punham meus cabelos nas mais variadas formas a fim de descobrir qual penteado combinava melhor com aquela roupa. Meia hora depois, eu estava pronta.

O estúdio ostentava uma decoração diferente para o especial daquela noite. Os tronos da família real estavam em um dos lados, como sempre, e nossos assentos estavam do lado oposto, como da última vez. Mas o palanque tinha sido deslocado do centro, cedendo seu lugar a duas cadeiras altas. Havia um microfone sobre uma delas, que usaríamos para falar com Gavril. Meu estômago embrulhava só de imaginar.

De fato, o estúdio estava repleto de vestidos em todas as tonalidades possíveis de azul. Uns mais perto do verde, outros do violeta, mas ficou claro que havia um padrão. Senti-me desconfortável na hora. Percebi de cara o olhar de Celeste e decidi ficar longe dela até ser obrigada a me sentar.

Kriss e Natalie passaram por mim. Eu tinha acabado de conferir a maquiagem uma última vez. Ambas pareciam um pouco descontentes, embora às vezes não fosse fácil saber o que se passava na cabeça de Natalie. Kriss pelo menos também destoava da multidão. Seu vestido azul tinha manchas brancas, como se finas camadas de gelo escorressem por seu corpo.

— Você está arrasadora, America — ela disse, em um tom mais de acusação do que de elogio.

— Obrigada. Seu vestido é divino.

Ela escorregou as mãos pelo corpo, como se esticasse rugas imaginárias.

— É, também gostei — ela replicou.

Natalie passou a mão em uma das alças do meu vestido e perguntou:

— Que tecido é este? Com certeza vai brilhar com a luz.

— Não faço ideia. Nós, Cinco, não costumamos ter coisas legais assim — comentei com ar de desdém.

Olhei para o tecido. Eu tinha pelo menos mais um vestido feito com ele, mas não me preocupei em aprender o nome.

— America!

Quando dei por mim, Celeste já estava de pé ao meu lado. Com um sorriso.

— Celeste.

— Você poderia vir comigo um segundo? Preciso de ajuda.

Sem esperar pela resposta, ela me arrastou para longe de Kriss e Natalie e me levou para trás da cortina azul e pesada que servia de pano de fundo para o estúdio do *Jornal Oficial*.

— Tire o vestido — ordenou, começando a descer o zíper do seu.

— O quê?

— Eu quero seu vestido. Tire. Argh! Fecho maldito — ela resmungou, ainda tentando se livrar da roupa.

— Não vou tirar meu vestido — retruquei.

Comecei a me afastar, mas não fui muito longe. Celeste cravou as unhas no meu braço e me puxou para trás.

— Ai! — gritei, levando a mão ao braço. Pelo jeito a marca das unhas ia ficar, mas felizmente nada de sangue.

— Calada. Tire o vestido. Agora.

Permaneci parada, de cara fechada, nem um pouco a fim de cooperar. Celeste ia ter que aprender que não era o centro de Illéa.

— Posso tirar para você, se quiser — ela propôs friamente.

— Não tenho medo de você, Celeste — eu disse e cruzei os braços. — Este vestido foi feito para mim, e vou ficar com ele. Da próxima vez em que for escolher sua roupa, tente ser você mesma em vez de querer parecer comigo. Opa... Mas se fizer isso, talvez Maxon descubra que você é uma chata e te mande para casa, né?

Sem hesitar um segundo, ela levantou o braço, puxou a alça do meu vestido e foi embora. Bufei de raiva, mas fiquei atordoada demais para ir além disso. Olhei para baixo e deparei com aquele pedaço de tecido descosturado pendendo de forma patética do meu busto. Ouvi o chamado de Silvia para todas irem a seus lugares e saí por trás da cortina, caminhando o mais corajosamente que podia.

Marlee tinha guardado um lugar para mim ao seu lado. Notei sua cara de espanto quando me viu.

— O que aconteceu com o vestido? — ela sussurrou.

— Celeste — respondi enfadada.

Emmica e Samantha, sentadas à nossa frente, viraram para trás.

— Ela rasgou seu vestido? — Emmica perguntou.

— Sim.

— Você tem que contar tudo para Maxon — Emmica implorou. — Essa menina é um pesadelo.

— Eu sei — concordei com um suspiro. — Vou contar da próxima vez que o vir.

— Quem sabe quando vai ser? Pensei que fôssemos passar

mais tempo com ele — comentou Samantha, com uma expressão triste no rosto.

— America, levante o braço — pediu Marlee.

Com as mãos de uma profissional, ela enfiou minha alça descosturada no busto do vestido, enquanto Emmica arrancava algumas linhas soltas. Não dava nem para notar que algo tinha acontecido. Já as marcas de unha pelo menos estavam no braço esquerdo, escondidas da câmera.

Era quase hora de começar. Gavril revia suas fichas até a família real finalmente aparecer. Maxon vestia um terno azul-escuro com um broche do brasão nacional na lapela. Ele parecia disposto e calmo.

— Boa noite, senhoritas — ele disse com a voz leve e um sorriso.

Um coro de "Alteza" foi sua resposta.

— Como sabem, farei um breve anúncio e depois chamarei Gavril. Será uma boa mudança: é sempre ele que me chama! — Maxon riu, e todas fizemos o mesmo. — Sei que algumas de vocês talvez estejam um pouco nervosas, mas não há motivo. Por favor, sejam vocês mesmas. As pessoas querem conhecê-las.

Nossos olhares se cruzaram algumas vezes enquanto ele falava, mas não foi suficiente para adivinhar seus pensamentos. Ele não pareceu ter notado o vestido. Minhas criadas ficariam desapontadas.

O príncipe caminhou até o palanque, desejando-nos sorte.

Eu sabia que algo ia acontecer. Tinha certeza de que seu anúncio estava relacionado com o que ele nos falara durante o jantar da noite anterior, mas eu ainda não conseguia adivinhar do que se tratava especificamente. O pequeno mistério de Maxon me distraiu um pouco; já não estava mais tão nervosa. Na verdade, quando tocaram o hino, sentia-me bastante bem. Eu assistia ao *Jornal Oficial* desde criança, e nunca tinha visto Maxon falar à nação, não daquela maneira. Queria ter desejado sorte a ele também.

— Boa noite, senhoras e senhores de Illéa. Sei que esta é uma noite empolgante para todos nós. O país finalmente conhecerá melhor as vinte e cinco mulheres que ainda participam da Seleção. Não imagino como expressar minha animação por poderem conhecê-las. Estou certo de que todos haverão de convir que qualquer uma dessas jovens incríveis seria uma líder e uma futura princesa maravilhosa.

Ele continuou:

— Mas antes disso, gostaria de anunciar um novo projeto em que estou trabalhando e que tem muita importância para mim. O contato com essas damas expôs-me ao vasto mundo fora deste palácio, um mundo que raramente posso ver. Contaram-me sobre a bondade incrível e a escuridão inimaginável que existe nele. Por meio de minhas conversas com essas mulheres, abracei a importância das massas além destes muros. Despertei para o sofrimento de alguns membros das nossas castas inferiores, e pretendo fazer algo quanto a isso.

O quê?, perguntei a mim mesma. Maxon começou a explicar:

— Precisaremos de pelo menos três meses para nos preparar adequadamente, mas por volta do Ano-Novo todos os Departamentos de Serviços Provinciais oferecerão assistência alimentar. Qualquer Cinco, Seis, Sete ou Oito poderá ir a um deles no fim da tarde para se servir de uma refeição nutritiva e gratuita. Por favor, permitam-me dizer que essas mulheres que vemos aqui sacrificaram total ou parcialmente sua compensação a fim de ajudar a custear esse importante projeto. E, embora essa assistência talvez não possa se prolongar para sempre, vamos mantê-la o máximo que pudermos.

Tentei engolir a gratidão e a admiração que sentia, mas derramei algumas lágrimas. Ainda estava consciente o bastante para quase ficar preocupada com a maquiagem borrada, mas queria tanto apreciar aquele momento que aquilo já não era uma prioridade.

— Penso que nenhum grande líder pode deixar as massas passarem fome. Illéa é majoritariamente composta por castas inferiores, e acho que desprezamos essas pessoas por tempo demais. É por isso que dou um passo à frente e peço a outros que se juntem a mim. Pessoas da Dois, Três, Quatro... as estradas pelas quais dirigem não se abrem sozinhas. Suas casas não se limpam por mágica. Eis sua oportunidade de reconhecer a verdade e fazer uma doação ao Departamento de Serviços Provinciais local.

Maxon fez uma pausa.

— Vocês nasceram abençoados. É hora de reconhecer essa bênção. Terei mais informações conforme o projeto avançar. Queria agradecer a atenção de todos. Mas agora passemos ao verdadeiro motivo de todos estarem em frente à TV hoje. Senhoras e senhores, Gavril Fadaye!

O lugar foi tomado por palmas ensurdecedoras vindas de todos, embora fosse óbvio que nem todo mundo estivesse entusiasmado com o anúncio de Maxon. O rei, por exemplo, batia palmas, mas não parecia muito animado, ao passo que a rainha estava radiante de orgulho. Os conselheiros também pareciam divididos quanto à conveniência da ideia.

— Muito obrigado pela apresentação, Majestade! — agradeceu Gavril entrando em cena. — Muito bom! Se essa história de príncipe não der certo, o senhor pode pensar em um emprego na televisão.

Maxon foi para seu lugar gargalhando. As câmeras focavam Gavril agora, mas continuei observando o príncipe e seus pais. Não entendia por que as reações eram tão diferentes.

— Povo de Illéa, temos um presente para vocês! Esta noite veremos cada uma dessas jovens por dentro. Sabemos que estão mortos de vontade de conhecê-las e de saber como está seu relacionamento com o príncipe Maxon. Por isso, esta noite... vamos apenas perguntar! Comecemos pela senhorita — Gavril conferiu suas fichas — Celeste Newsome, de Clermont!

Celeste levantou-se de seu assento na fileira do alto e desceu sinuosamente as escadas. Antes de se sentar para a entrevista, beijou as bochechas de Gavril. Sua entrevista era previsível, como a de Bariel. Ambas tentaram parecer sedutoras, inclinando-se para a frente várias vezes para que as câmeras filmassem o decote. Elas eram muito falsas. Eu podia ver seus rostos nos monitores, e a cada resposta elas olhavam para Maxon e piscavam. Houve momentos — como quando Bariel tentou lamber os lábios de um jeito atraente — em que Marlee e eu trocamos olhares e tivemos que desviar o rosto para não rir.

Outras tiveram mais compostura. A voz de Tiny era muito discreta, e ela parecia encolher à medida que a entrevista avançava. Mas eu sabia que ela era meiga e esperava que Maxon não a riscasse de sua lista apenas por não falar bem em público. Emmica se manteve formal, como Marlee. A principal diferença entre as duas era que a voz de Marlee estava tão carregada de entusiasmo que ficava mais aguda a cada fala.

Gavril fazia uma série de perguntas, mas duas pareciam fixas: "O que você acha do príncipe Maxon?" e "Você é a garota que gritou com ele?". Eu não estava muito ansiosa para revelar ao país que tinha dado uma bronca no futuro rei. Ainda bem que — até onde todos sabiam — eu só tinha feito isso uma vez.

Todas pareciam orgulhosas por não terem sido a garota que tinha gritado com Maxon. E todas achavam que ele era simpático. Usavam quase sempre a mesma palavra: simpático. Celeste disse que ele era bonito. Bariel comentou que tinha um poder silencioso, o que me pareceu assustador. Gavril perguntou a algumas garotas se o príncipe já as beijara, e a resposta era invariavelmente um "não" de bochechas coradas. Depois da terceira ou quarta negativa, ele se voltou para Maxon e disparou, parecendo chocado:

— Mas o senhor ainda não beijou nenhuma delas?

— Elas estão aqui há apenas duas semanas! Que tipo de homem você pensa que eu sou? — rebateu o príncipe.

Suas palavras saíram em um tom jovial, mas ele pareceu se contorcer um pouco na cadeira. Será que ele já tinha beijado alguém na vida?

Samantha tinha acabado de dizer que a estada no palácio era maravilhosa quando Gavril me chamou. As outras garotas aplaudiram quando me levantei, como tinha sido com todas. Dei um sorriso nervoso para Marlee. Concentrei-me em meus pés enquanto caminhava, mas assim que me sentei, notei que era fácil olhar para Maxon por cima do ombro de Gavril. Ele deu uma piscadinha quando peguei o microfone. Senti-me mais calma no ato. Eu não tinha que vencer ninguém.

Apertei a mão de Gavril e sentei-me à sua frente. Assim de perto, dava para ver o broche na lapela dele. Tratava-se de um detalhe que se perdia nas câmeras, mas agora eu via que não tinha nada a ver com a marcação de notas fortes em uma partitura; havia um "x" no meio que fazia o broche parecer mais uma estrela. Era lindo.

— America Singer. Nome interessante o seu. Há alguma história por trás dele? — perguntou Gavril.

Suspirei aliviada. Essa era fácil.

— Sim, de fato. Eu chutava muito durante a gravidez. Minha mãe disse que carregava uma lutadora na barriga e por isso me batizou com o nome do país que tanto lutou para se manter unido. É estranho, mas devo reconhecer que ela acertou: nós duas vivemos brigando.

Gavril riu:

— Parece que ela é uma mulher enérgica.

— Ela é. Herdei boa parte de minha teimosia dela.

— Então você é teimosa? Um pouco geniosa?

Vi Maxon cobrir a boca com as mãos, morrendo de rir.

— Às vezes.

— Então por acaso não seria a garota que gritou com o príncipe?

Respirei fundo.

— Sim, fui eu. E minha mãe deve estar infartando neste exato momento.

— Faça-a contar a história toda! — gritou Maxon para Gavril.

O apresentador olhou para trás e rapidamente se virou para mim de novo.

— Ah! Qual é a história toda?

Tentei olhar feio para Maxon, mas a situação era tão ridícula que não funcionou.

— Senti um pouco de... claustrofobia na primeira noite e fiquei desesperada para sair. Os guardas não me deixaram passar pelas portas. Eu estava a ponto de desmaiar nos braços de um deles quando o príncipe chegou e mandou que abrissem as portas.

— Humm... — grunhiu Gavril, inclinando a cabeça um pouco para o lado.

— Sim, e depois o príncipe ainda me seguiu para ver se estava tudo bem comigo... Mas eu estava tão nervosa que quando ele abriu a boca eu basicamente o acusei de ser vaidoso e superficial.

Gavril gargalhou ao ouvir isso. Olhei para Maxon e o vi

sacudir de tanto dar risada. Mas o mais vergonhoso era que o rei e a rainha também estavam rindo. Não me virei para olhar as garotas, mas ouvia as risadinhas de algumas. Certo. Talvez agora elas parassem de me ver como uma ameaça. Eu era apenas uma pessoa que Maxon achava divertida.

— E ele a perdoou? — Gavril quis saber, um pouco mais sério.

— Por incrível que pareça — respondi dando de ombros.

— Bem, agora que os dois fizeram as pazes, que tipo de atividade têm feito juntos? — Gavril estava de volta ao tema da entrevista.

— Geralmente andamos pelo jardim. Ele sabe que gosto de passear ao ar livre. E nós conversamos.

Minha resposta parecia patética diante do que as outras garotas falaram. Cinema, caçadas, passeios a cavalo: tudo muito impressionante se comparado à minha história. Mas foi então que entendi por que Maxon passara a semana anterior emendando um encontro com o outro. Elas precisavam ter o que contar para Gavril. Ainda estranhava que ele não tivesse comentado nada comigo, mas pelo menos sabia o motivo de sua distância.

— Parece muito relaxante. Você diria que o jardim é sua parte favorita do palácio?

— Talvez — eu disse com um sorriso nos lábios. — Mas a comida é divina, então...

Gavril riu de novo.

— Você é a última Cinco na competição, certo? Acha que isso diminui suas chances de ser a próxima princesa?

— Não! — a palavra saltou da minha boca sem hesitações.

— Nossa! Quanta convicção!

Gavril pareceu ter adorado ouvir uma resposta tão enérgica. Ele prosseguiu:

— Então você acha que vai vencer?

— Não, não — respondi depois de pensar um pouco. — Não é isso. Não me julgo melhor que as outras meninas aqui. É só... Não acho que Maxon faria isso, que desprezaria alguém por causa de sua casta.

Ouvi uma exclamação de surpresa coletiva. Repeti a frase

mentalmente. Custei um pouco para descobrir meu erro: tratei o príncipe por Maxon. Uma coisa era chamá-lo assim falando com outra garota a portas fechadas, mas era extremamente informal pronunciar em público seu nome sem a palavra "príncipe". E eu tinha acabado de fazer isso ao vivo, diante de todo o país.

Olhei para Maxon para conferir se ele estava irritado. Havia um sorriso calmo em seus lábios. Então ele não estava bravo... mas continuei envergonhada. Fiquei vermelha de alto a baixo.

— Ah, parece que você realmente ficou íntima do príncipe. Diga-me, o que você acha de *Maxon*?

Pensei em várias respostas enquanto aguardava minha vez de falar. Eu poderia caçoar de sua risada ou falar do apelido carinhoso pelo qual ele queria ser chamado pela esposa. Parecia o único jeito de salvar a situação e voltar à comédia. Mas ao levantar os olhos para tecer meus comentários, deparei com o rosto do príncipe.

Ele queria mesmo saber.

E eu não podia tirar sarro dele, não quando tinha a chance de dizer o que realmente pensava agora que era meu amigo. Não podia fazer piada com a pessoa que me salvara de ter que ficar em casa enfrentando uma desilusão amorosa; com a pessoa que enviava caixas de doce para minha família; que corria até mim preocupado com minha saúde quando eu o chamava.

Um mês antes, eu tinha olhado para a TV e visto uma pessoa distante, rígida e entediante; uma pessoa que, eu pensava, ninguém poderia amar. E, embora não se parecesse nem um pouco com a pessoa que eu tinha amado, ele era digno de passar a vida ao lado de alguém que o amasse.

— Maxon Schreave é a síntese de todas as coisas boas. Será um rei fenomenal. Ele deixa garotas que deveriam usar vestido saírem por aí com calça jeans e não se zanga quando alguém que não o conhece o julga de uma maneira completamente errada.

Olhei bem nos olhos de Gavril, que sorriu. Atrás dele, Maxon parecia intrigado. Continuei:

— Quem se casar com ele será uma mulher de sorte. E não importa o que me acontecer, será uma honra ser sua súdita.

Vi Maxon engolir em seco minhas palavras, impressionado. Baixei os olhos.

— America Singer, muito obrigado — concluiu Gavril, estendendo a mão. — A próxima é a senhorita Tallulah Bell.

Não ouvi nada do que as outras garotas disseram depois de mim, apesar de manter os olhos nos dois assentos ao lado do palanque. Também não tinha coragem de olhar para Maxon. Tudo o que fazia era repassar mentalmente as palavras ditas na entrevista, várias vezes.

Às dez horas, ouvi as batidas. Abri a porta com um só movimento, e Maxon fez cara feia.

— Seria muito bom você ter uma criada aqui durante a noite.

— Maxon! Sinto muito mesmo. Não queria chamar você pelo nome na frente de todos. Fui tão idiota.

— Você acha que estou bravo por isso? — ele perguntou enquanto fechava a porta e entrava no quarto. — America, você me chama pelo nome o tempo todo. Uma hora ia escapar. Gostaria que tivesse sido em um ambiente mais reservado — ele ressaltou, com um sorriso malicioso —, mas não vou pegar no seu pé por isso.

— De verdade?

— Claro, de verdade.

— Ai, eu me senti tão idiota hoje à noite. Não acredito que você me fez contar aquela história!

Completei minhas palavras com um tapinha em seu braço.

— Mas foi o melhor momento da noite! Minha mãe ficou muito impressionada. No tempo dela, as garotas eram mais reservadas que Tiny, e aí você vem e diz que me achava superficial... Ela não se conformava.

Ótimo. Agora a rainha também me achava inadequada. Cruzamos o quarto e acabamos na sacada. Batia uma brisa leve e morna, carregada com o aroma das flores no jardim. A lua cheia brilhava sobre nós intensificando as luzes do palácio e dotando o rosto de Maxon de um brilho misterioso.

— Bem, fico feliz que você esteja tão impressionado — eu disse, correndo os dedos pelo parapeito.

Com um pulo, Maxon se sentou no parapeito.

— Você é sempre impressionante. Acostume-se a isso.

Humm. Ele estava meio estranho.

— Então... o que você disse... — ele começou, meio sem jeito.

— Que parte? Quando chamei você pelo nome, quando disse que brigava com minha mãe ou quando sugeri que a comida era minha motivação? — perguntei, com ar de desdém.

Ele soltou uma risada e continuou:

— A parte sobre eu ser uma boa pessoa...

— Ah, o que tem?

Essas poucas palavras logo pareceram mais vergonhosas do que qualquer coisa que eu pudesse dizer. Abaixei a cabeça e mexi no vestido.

— Admiro que você queira soar sincera, mas não precisava ir tão longe.

Ergui a cabeça. Como ele podia pensar isso?

— Maxon, não fiz aquilo pelo programa. Se você tivesse perguntado um mês atrás qual era minha opinião sincera sobre a sua pessoa, minha resposta teria sido bem diferente. Mas agora conheço você de verdade. Você é tudo o que eu disse. E mais.

Ele ficou em silêncio, mas tinha um pequeno sorriso no rosto.

— Obrigado — disse por fim.

— Ao seu dispor.

Maxon limpou a garganta.

— Ele também será um homem de sorte — o príncipe comentou, descendo de seu assento improvisado e andando para o meu lado da sacada.

— Hein?

— Seu namorado. Quando ele cair em si e implorar seu perdão.

Maxon disse isso sem rodeios, e eu tive que rir. Isso nunca aconteceria no meu mundo.

— Ele não é mais meu namorado. E deixou bem claro que terminou comigo — até eu pude perceber uma pequena esperança em minha voz.

— Impossível. Ele deve ter visto você na TV e se apaixonado mais uma vez. Embora, na minha opinião, você continue a ser areia demais para o caminhãozinho dele.

Maxon falava quase como se estivesse aborrecido, como se tivesse visto a cena um milhão de vezes.

— A propósito — ele prosseguiu, elevando um pouco a voz —, se você não quiser que eu me apaixone, não pode ficar assim tão linda. A primeira coisa que farei amanhã será mandar suas criadas costurarem uns sacos de batata para você usar.

Dei-lhe uma cotovelada no braço.

— Cale a boca, Maxon.

— Não é brincadeira. Você é bonita demais para o seu próprio bem. Quando sair, vamos ter que mandar alguns guardas para acompanhá-la. Nunca sobreviverá sozinha, coitada — ele gracejou, fingindo pena.

— Não posso fazer nada — suspirei. — Não pedi para nascer perfeita — abanei-me com as mãos para mostrar que ser linda era muito cansativo.

— É, não acho que seja possível evitar.

Dei uma risada. Não notei que para Maxon aquilo não era motivo de riso.

Comecei a contemplar o jardim e percebi pelo canto do olho que Maxon tinha o olhar fixo em mim. Seu rosto estava pertíssimo do meu. Quando me virei para perguntar o que ele estava olhando, a surpresa: ele estava perto o suficiente para me beijar.

Fiquei ainda mais surpresa quando ele me beijou de fato.

Afastei-me rapidamente, dando um passo para trás. Maxon se afastou também.

— Desculpe — ele murmurou, com o rosto vermelho.

— O que você está fazendo? — perguntei com a voz baixa e abalada.

— Desculpe.

Ele se virou para o lado, obviamente envergonhado.

— Por que você fez isso? — indaguei, levando a mão à boca.

— É que... o que você disse no programa... E ontem você me procurou... Seu modo de agir... Pensei que seus sentimentos tinham mudado. E eu gosto de você. Achei que já tivesse notado.

Ele se virou para mim e continuou:

— E... Ah, o que fiz foi terrível? Você não parece nem um pouco feliz.

Tentei limpar meu rosto de qualquer expressão. Maxon parecia sofrer muito.

— Sinto muito, demais. Nunca beijei ninguém antes. Não sei o que estou fazendo. Eu só... desculpe, America.

Ele respirou fundo e passou a mão no cabelo algumas vezes, apoiado no parapeito.

Sem que eu esperasse, um calor me subiu pelo corpo.

Ele queria que seu primeiro beijo fosse comigo.

Pensei no Maxon que eu conhecia agora, um homem cheio de qualidades; capaz de me ceder o prêmio de uma aposta que eu perdera; de me perdoar depois de eu ter machucado seu corpo e seu coração. Descobri que não me importava de ser beijada por ele.

Sim, eu ainda sentia algo por Aspen. Não podia desfazer isso. Mas se não podia tê-lo, o que me impedia de ficar com Maxon? Nada além de meus preconceitos, todos bem distantes da verdade.

Aproximei-me dele e esfreguei a mão em sua testa.

— O que você está fazendo?

— Apagando essa lembrança. Acho que podemos fazer melhor.

Abaixei a mão e me aconcheguei ao seu lado. Seu olhar permanecia voltado para o quarto. Ele não se moveu... Mas sorriu.

— America, acho que não podemos mudar a história — apesar dessas palavras, seu rosto deixava entrever uma esperança.

— Claro que podemos. Afinal, quem vai saber disso além de nós dois?

Maxon me encarou por um momento. Estava claro que ele se perguntava se aquilo tudo fazia sentido. Vi uma confiança cuidadosa tomar conta de sua expressão aos poucos, enquanto ele mantinha seus olhos nos meus. Permanecemos assim por uns minutos até eu conseguir lembrar o que acabara de dizer:

— Ninguém pede para nascer perfeito — sussurrei.

Ele se aproximou, envolvendo minha cintura com seu braço e me puxando para si. Nossos narizes se tocaram. Ele começou a acariciar meu rosto com os dedos de uma forma tão delicada que parecia temer que eu quebrasse.

— É, não acho que seja possível evitar — ele sussurrou.

Com a mão aproximando levemente meu rosto do seu, Maxon inclinou a cabeça e me deu o mais tímido dos beijos.

Algo em sua hesitação fez com que eu me sentisse linda. Sem precisar de palavras, pude compreender como ele estava emocionado mas também assustado com o momento. E por trás de tudo isso via sua adoração por mim.

Então era assim que uma dama se sentia.

Depois de um tempo, ele se afastou e perguntou:

— Melhorou?

Consegui apenas concordar com a cabeça. Maxon parecia a ponto de dar piruetas. Meu peito carregava um sentimento parecido. Tudo tão inesperado, tão rápido, tão estranho. Meu rosto deve ter denunciado minha confusão, pois Maxon ficou sério.

— Posso dizer uma coisa?

Consenti.

— Não sou burro o bastante para crer que você esqueceu seu antigo namorado. Sei pelo que vocês passaram e que as circunstâncias aqui não são exatamente normais. Sei que você acha que há moças aqui mais adequadas para mim e para a vida no palácio. Não quero me apressar e tentar ser feliz com qualquer uma. Eu só... só quero saber se é possível...

Uma pergunta difícil de responder. Por acaso eu desejaria uma vida que nunca quis? Estaria disposta a vê-lo em encontros alegres com as outras apenas para se certificar de que não estava errado? A assumir a responsabilidade de princesa? Eu queria amá-lo?

— Sim, Maxon — sussurrei. — É possível.

19

Não contei a ninguém o que aconteceu entre nós, nem mesmo a Marlee ou às criadas. Era um segredo maravilhoso que eu podia relembrar no meio das aulas chatas de Silvia ou de um dia longo no Salão das Mulheres. E, para ser honesta, eu pensava nos beijos — no estranho e no doce — com mais frequência do que previa.

Sabia que não me apaixonaria por Maxon da noite para o dia. Meu coração não ia deixar. Mas de repente me vi em uma situação em que talvez eu quisesse me apaixonar por ele. Então pensei na possibilidade em silêncio, sozinha, embora tenha sentido mais de uma vez a tentação de revelar meu segredo.

Mais precisamente três dias depois, quando Olivia anunciou no Salão das Mulheres que Maxon a beijara.

Não pude acreditar na dor que senti. Quando dei por mim, estava encarando Olivia, perguntando a mim mesma o que ela tinha de tão especial.

— Conte tudo! — insistiu Marlee.

A maior parte das garotas também ficou curiosa, mas Marlee era a mais empolgada. No pouco tempo passado desde seu último encontro com Maxon, seu interesse no progresso das outras crescera. Eu nem desconfiava do que estava por trás da mudança, tampouco tinha coragem de perguntar.

Olivia nem precisou de incentivo para começar a falar. Ela se sentou em um dos sofás e se abanou com o vestido. Com as costas bem eretas e as mãos no colo, era como se estivesse ensaiando para ser princesa. Fiquei com vontade de dizer que um beijo não lhe dava vantagem nenhuma.

— Não quero entrar em detalhes, mas foi bem romântico — ela proclamou, entre suspiros, para depois baixar a cabeça. — Ele me levou até o telhado. Há uma espécie de sacada lá, mas aparentemente só os guardas a usam. Não sei dizer. Poderíamos enxergar além dos muros, e a cidade inteira estava iluminada até onde nossa vista alcançava. Ele não disse nada. Apenas me puxou para perto dele e me beijou.

Todo o corpo de Olivia se contraiu de alegria. Marlee suspirou. Celeste pareceu ter vontade de quebrar alguma coisa. Eu permaneci sentada.

Repeti para mim mesma que não deveria ligar. Era tudo parte da Seleção. Aliás, quem disse que eu queria mesmo ficar com ele? Na verdade, eu devia considerar aquilo uma sorte. Celeste tinha agora um novo alvo para sua maldade. E depois daquele episódio com o vestido — que só então me dei conta de que não tinha contado a Maxon —, fiquei feliz por vê-la escolher outra vítima.

— Você acha que ela foi a única que ele beijou? — Tuesday cochichou no meu ouvido.

Kriss, que estava ao meu lado, ouviu a pergunta e arriscou:

— Ele não deve beijar qualquer uma. Alguma coisa ela fez de certo — lamentou.

— E se ele beijou metade desta sala e todas guardam segredo? Talvez seja parte da sua estratégia — conjecturou Tuesday.

— Acho que nem todas guardariam segredo por estratégia — rebati. — Talvez só sejam reservadas.

Kriss respirou fundo.

— E se essa história da Olivia for apenas um jogo? Todas neste salão estão preocupadas agora, e ninguém vai ter coragem de perguntar a Maxon se ele a beijou mesmo. Não há como descobrir se ela está mentindo.

— Você acha que Olivia faria isso? — perguntei.

— Se estiver fazendo, eu queria ter pensado nisso primeiro — desejou Tuesday.

— Isso é muito mais complicado do que pensei que seria — disse Kriss, com um suspiro.

— Nem me fale — resmunguei.

— Gosto de quase todas as meninas nesta sala, mas quando ouço falar que Maxon fez algo diferente com alguma delas, só penso em dar um jeito de ser melhor que ela — Kriss admitiu. — Não gosto de ver vocês como concorrentes.

— É o que eu comentava com Tiny um dia desses — acrescentou Tuesday. — Sei que ela é um pouco tímida, mas é muito refinada e acho que seria uma grande princesa. Não posso ficar brava com ela se tem mais encontros com o príncipe do que eu, apesar de também querer a coroa.

Os olhos de Kriss e os meus se cruzaram por um segundo. Pude perceber que pensávamos a mesma coisa. Tuesday disse *coroa*, não *príncipe*. Mas deixei passar. A segunda parte de sua fala me pareceu familiar.

— Marlee e eu conversamos sobre isso o tempo todo, sobre como vemos ótimas qualidades uma na outra.

Nós nos entreolhamos. Algo parecia ter mudado. Do nada, eu já não tinha inveja de Olivia ou raiva de Celeste. Todas estávamos no mesmo barco, em lugares diferentes, e talvez por motivos diferentes, mas pelo menos estávamos nisso juntas.

— Talvez a rainha Amberly esteja certa — reconheci. — O mais importante é ser você mesma. Prefiro que Maxon me mande embora por ser eu mesma a que me mantenha aqui por ser outra pessoa.

— Isso é verdade — concordou Kriss. — No fim das contas, trinta e quatro garotas vão embora. E se eu fosse a última a ficar, gostaria de contar com o apoio das outras. Por isso, temos que nos ajudar desde já.

Concordei com a cabeça. Ela tinha razão. E eu sabia que poderia ajudar.

Foi então que Elise apareceu no salão, seguida por Zoe e Emmica. Elise geralmente era devagar e calma; nunca levantava a voz. Naquele dia, porém, ela veio na nossa direção e berrou:

— Olhem esses pentes! — gritou, apontando para os dois belos enfeites de cabelo cobertos pelo que parecia ser um milhão de dólares em pedras preciosas. — Foi Maxon quem me deu. Não são lindos?

Suas palavras provocaram nova onda de agitação e decepção. Minha confiança recém-conquistada desapareceu.

Tentei não parecer decepcionada. Afinal, eu também recebi presentes. E também fui beijada. Mas à medida que chegavam mais garotas e as histórias eram recontadas uma vontade de me esconder crescia dentro de mim. Talvez esse fosse um bom dia para ficar no quarto com as criadas.

Eu pensava em deixar o salão quando Silvia entrou, com um ar cansado e animado ao mesmo tempo.

— Senhoritas! — ela chamou, tentando obter silêncio. — Estão todas aqui?

Respondemos que sim em coro.

— Graças aos céus! — ela disse, acalmando-se. — Sei que a notícia vem em cima da hora, mas acabamos de saber que o rei e a rainha da Noruécia vêm nos visitar daqui a três dias, e, como todas vocês sabem, temos laços de sangue com a família real de lá. Além disso, parentes mais distantes da rainha virão conhecê-las ao mesmo tempo. Teremos uma casa bastante cheia e pouquíssimo tempo para nos preparar. Por isso, desmarquem tudo o que planejavam fazer à tarde. As aulas no Grande Salão começam imediatamente após o almoço.

Silvia saiu após essas palavras.

Qualquer pessoa acharia que os funcionários do palácio tiveram meses para planejar tudo. Tendas foram armadas nos jardins e mesas de comida e vinho foram espalhadas pelo gramado. O número de guardas era maior que o habitual, e eles ganharam a companhia de vários soldados noruecos que tinham viajado com seu rei e sua rainha. Acho que até eles sabiam como o palácio era perigoso.

Uma das tendas abrigava tronos para o rei, a rainha e Maxon, bem como para os monarcas da Noruécia. A rainha norueca — cujo nome eu seria incapaz de pronunciar mesmo que minha vida dependesse disso — era quase tão bela quanto a rainha Amberly, e ambas pareciam muito amigas. Todos estavam confortavelmente sentados sob a tenda, com exceção de Maxon, ocupado em passear com seus parentes e as Selecionadas.

Maxon pareceu encantado em conhecer seus primos, mesmo os mais novos, que brincavam de puxar seu paletó e sair correndo. Ele estava com uma de suas muitas câmeras a tiracolo e corria atrás das crianças tirando fotos. Praticamente todas as Selecionadas observavam a cena com devoção.

— America — alguém me chamou. Virei para direita e vi

Elayna e Leah conversando com uma mulher idêntica à rainha. — Venha conhecer a irmã da rainha.

Algo no jeito de Elayna, não sei bem o quê, deixava-me nervosa com o convite.

Juntei-me a elas e fiz uma reverência àquela senhora, que disse às gargalhadas:

— Pare com isso, linda. A rainha não está aqui. Meu nome é Adele. Sou a irmã mais velha de Amberly.

Ela estendeu a mão, que segurei, e soluçou durante o cumprimento. Falava com um leve sotaque, e por algum motivo me senti confortável com ela, como se estivesse em casa. Ela tinha as costas curvadas e uma taça de vinho quase vazia nas mãos. Por seu olhar pesado, dava para ver que não era a primeira.

— De onde você é? Adorei seu sotaque — elogiei. Algumas garotas do sul falavam de um jeito parecido, e as vozes delas soavam incrivelmente românticas aos meus ouvidos.

— Hondurágua. Bem no litoral. Crescemos na menor casa do lugar — ela contou, mostrando-me o espaço de um centímetro entre o polegar e o indicador para dar ênfase às palavras. — E olhe para nós agora — prosseguiu, baixando os olhos para seu vestido. — Que mudança.

— Moro em Carolina. Meus pais me levaram para o litoral uma vez e eu adorei — comentei.

— Ah, não, não, filha — ela disse, agitando a mão. Elayna e Leah pareciam segurar a risada. Era óbvio que elas achavam que a irmã da rainha não devia ser tão informal. — As praias do meio de Illéa são lixo se comparadas às do sul. Você precisa conhecer um dia.

Concordei, com um sorriso nos lábios. Adoraria conhecer mais o país, mas era improvável que um dia conseguisse. Logo em seguida, um dos muitos filhos de Adele chegou e levou a mãe consigo aos empurrões. Elayna e Leah caíram na risada.

— Ela não é hilária? — perguntou Leah.

— Parece simpática — respondi, dando de ombros.

— É muito vulgar — afirmou Elayna. — Você precisava ter ouvido as coisas que disse antes de você chegar.

— O que há de errado com ela?

— Parece que faltou a algumas aulas de etiqueta nos últimos anos. Como Silvia deixou que escapasse? — Leah comentou com um sorriso malicioso.

— Ela nasceu em uma família da casta Quatro, como você — rebati.

Seu ar de superioridade se desfez, e ela pareceu lembrar que não era muito diferente de Adele. Elayna, porém, era Três de nascença e continuou a falar.

— Pode apostar: se eu vencer, minha família será treinada ou deportada. Jamais permitiria que um deles me envergonhasse assim.

— O que ela fez de tão vergonhoso? — perguntei.

Elayna estalou a língua, mostrando desdém:

— Ela está bêbada. O rei e a rainha da Noruécia estão aqui. Deviam trancá-la em uma jaula.

Decidi que aquilo já era o bastante e fui pegar um pouco de vinho. Com a taça na mão, corri os olhos pelo lugar e, sinceramente, não encontrei nenhum canto onde quisesse ficar. A festa estava linda e parecia muito interessante, mas eu já estava irritada.

Pensei nas palavras de Elayna. Se eu acabasse por viver no palácio, será que minha família mudaria? Observei as crianças, que corriam por toda parte, as pessoas em grupinhos, botando a conversa em dia. Será que eu não ia querer que Kenna continuasse a ser ela mesma? Que seus filhos se divertissem independentemente de seu bom comportamento?

Quanto a vida no palácio me afetaria?

Será que Maxon queria que eu mudasse? Era por isso que ele tinha beijado outras garotas? Por que havia algo de errado comigo?

O resto da Seleção seria assim tão entediante?

— Sorria.

Virei para trás e o príncipe tirou uma foto minha. Quase caí para trás com a surpresa. Essa foto inesperada acabou com o que tinha sobrado da minha paciência. Fui embora.

— O que foi? — ele perguntou, baixando a câmera.

Dei de ombros.

— O que aconteceu?

— Só não estou a fim de ser parte da Seleção hoje — disse, curta e grossa.

Sem se deixar impressionar, Maxon aproximou-se e baixou o tom de voz:

— Quer conversar? Posso mexer na minha orelha agora — ele propôs.

Respirei fundo e tentei botar um sorriso educado no rosto:

— Não, só preciso pensar — respondi e fiz menção de sair.

— America — ele chamou discretamente.

Parei e me voltei para Maxon.

— Eu fiz algo de errado? — ele perguntou.

Hesitei. Devia perguntar sobre o beijo que ele tinha dado em Olivia? Ou confessar como ficava nervosa ao lado das outras garotas agora que nossa relação tinha mudado? Ou contar como não queria mudar nem mudar minha família para fazer parte daquilo? Eu estava prestes a jogar tudo na cara dele quando ouvi uma voz aguda.

— Príncipe Maxon?

Voltamo-nos em sua direção. Era Celeste, que conversava com a rainha da Noruécia. Claro que ela queria continuar o papo segurando o braço de Maxon, e acenou para chamá-lo.

— Por que você não vai lá correndo? — perguntei deixando o incômodo transparecer em minha voz.

Maxon olhou nos meus olhos. Sua expressão me lembrou de que tudo fazia parte do trato. Eu tinha a obrigação de compartilhá-lo com as outras.

— Cuidado com essa aí.

Fiz uma breve reverência e saí de cena.

Avancei em direção ao palácio e no meio do caminho deparei com Marlee sentada sozinha. Eu não queria ficar com ela naquele momento, mas notei que ela estava imóvel em um banco perto do muro nos fundos do palácio, sob o sol escaldante. Seu companheiro mais próximo era um guarda calado cujo posto estava alguns metros adiante.

— Marlee, o que você está fazendo? Vá para baixo de uma tenda antes que queime a pele.

— Estou bem aqui — ela respondeu com um sorriso amarelo.

— Não, é sério — eu disse enlaçando meu braço ao dela. — Você vai ficar da cor do meu cabelo. Precisa...

Marlee tirou sua mão da minha, mas falou com tranquilidade:

— Quero ficar aqui, America. Eu prefiro.

Seu rosto carregava uma tensão que ela tentava esconder. Tinha certeza de que não estava zangada comigo, mas havia algo estranho no ar.

— Tudo bem. Mas vá logo para a sombra. Queimaduras de sol costumam arder — recomendei, tentando encobrir minha frustração, e segui para o palácio.

Uma vez lá dentro, fui para o Salão das Mulheres. Não podia ficar fora por muito tempo, e pelo menos o salão estaria vazio. Quando entrei, porém, encontrei Adele sentada à janela, assistindo ao que acontecia do lado de fora. Ela se virou quando entrei e deu um sorrisinho.

Aproximei-me dela e sentei-me ao seu lado.

— Escondida aqui? — perguntei.

Ela sorriu.

— Mais ou menos. Queria conhecer vocês e ver minha irmã de novo, mas odeio quando essas coisas se tornam funções de Estado. Fico tensa.

— Também não sou muito fã. Não consigo me imaginar fazendo coisas assim o tempo todo.

— Aposto que não — ela disse, indolente. — Você é Cinco, certo?

Não vi ofensa em seu modo de falar. Sua pergunta era mais para saber se eu era do mesmo clube que ela.

— É. Isso mesmo.

— Eu me lembro do seu rosto. Você foi gentil no aeroporto. É o tipo de coisa que ela teria feito — afirmou, voltando-se para a janela e apontando a cabeça na direção da rainha. Depois de um suspiro, continuou: — Não sei como ela faz isso. É mais forte do que a maioria desconfia.

Adele pegou a taça de vinho e virou-a em um gole só.

— Ela parece ser muito forte, mas elegante também — comentei.

A irmã da rainha se encheu de orgulho.

— Sim, mas é mais que isso. Olhe para ela agora.

Observei a rainha. Reparei como seus olhos treinados varriam o gramado. Segui seu olhar, que se concentrava em Maxon. Ele conversava com a rainha da Noruécia ao lado de Celeste. Com um priminho pendurado em sua perna.

— Ele teria dado um grande irmão mais velho — ela comentou. — Amberly perdeu três filhos. Dois antes dele, um depois. Ela ainda pensa nisso. E eu tenho seis. Me sinto culpada sempre que apareço aqui.

— Tenho certeza de que ela não pensa assim. Aposto que fica animada sempre que a visita — confortei-a.

Ela se virou para mim e disse:

— Você sabe o que a deixa feliz? Vocês. Sabe o que ela vê na competição? Uma filha. Ela sabe que, quando tudo acabar, terá dois filhos.

Olhei para Adele e depois para a rainha.

— Acha isso? Ela parece um pouco distante. Nunca falei com ela.

Adele confirmou com a cabeça.

— Espere. Ela tem medo de se apegar agora e depois ter que ver vocês partir. Quando o grupo diminuir, você verá.

Olhei novamente para a rainha. E então para Maxon. Depois para o rei. E, por fim, para Adele de novo.

Tanta coisa se passou pela minha cabeça... Como as famílias eram iguais, independentemente da casta. Como as mães carregavam suas preocupações. Como eu realmente não odiava nenhuma das garotas ali, não importava quão erradas estivessem. Como todos lá fora deviam estar fazendo uma cara animada e corajosa, por um motivo ou outro. E finalmente, como Maxon tinha me prometido algo.

— Com licença. Preciso falar com uma pessoa.

Adele secou sua taça e deu um tchauzinho contente. Corri palácio afora até chegar aos jardins. Procurei o príncipe por uns instantes e o encontrei brincando de pega-pega com o priminho, perto de um arbusto. Dei um sorriso e me aproximei devagar.

Maxon finalmente parou, agitando os braços em reconhecimento da sua derrota. Ainda rindo, ele virou para trás e deparou comigo. Com o sorriso ainda aberto no rosto, nossos olhares se cruzaram. O sorriso se desfez. Ele examinava meu rosto em busca de um sinal do meu humor.

Mordi os lábios e olhei para baixo. Era evidente que a preocupação com meu destino enquanto participante da Seleção implicaria processar uma série de sentimentos para os quais não estava preparada. No entanto, eu os deixei vir. Precisava ter cuidado para não os descontar nos outros, especialmente em Maxon.

Pensei na rainha, em como ela recebia ao mesmo tempo líderes estrangeiros, membros da família e um bando de meninas barulhentas. Tudo de uma vez. Ela ajudava o marido, o filho e o país. E por baixo dessa força estava uma Quatro que lidava com suas próprias dores e que nunca deixou sua antiga condição ou suas aflições recentes a impedirem de fazer tudo o que fazia.

Olhei para Maxon sem levantar a cabeça e sorri. Devagar, ele sorriu de volta e cochichou algo com o garotinho, que imediatamente saiu correndo. Depois, mexeu na orelha. E eu fiz o mesmo.

20

A família da rainha ficou alguns dias conosco. Os hóspedes da Noruécia ficaram uma semana inteira. O *Jornal Oficial* exibiu até um quadro especial sobre relações internacionais e medidas para promover a amizade entre as duas nações.

Assim que todos partiram, outra visitante chegou: a paz. Já fazia um mês que eu estava no palácio e me sentia completamente em casa. Meu corpo tinha se adaptado ao novo clima. O calor agradável do palácio era divino. Estávamos quase no fim de setembro e fazia frio à noite, mas eu me sentia muito mais aquecida do que em casa. Os cantos daquele espaço gigantesco já não eram mistério. Os sons de sapatos sobre o mármore, o tinir dos copos de cristal, a marcha dos guardas: tudo isso já me era tão familiar quanto o motor da geladeira de casa ou as boladas que Gerad acertava na parede.

As refeições com a família real e os momentos no Salão das Mulheres já eram constantes na minha rotina, mas os momentos entre uma atividade e outra pareciam sempre novos. Dediquei mais tempo à música; os instrumentos do palácio eram bem superiores aos que eu tinha em casa. Precisava reconhecer: estava ficando mal-acostumada. A qualidade do som era infinitamente melhor. E mesmo o Salão das Mulheres já tinha ficado mais animado com as duas visitas que a rainha nos tinha feito até então. Ela ainda não havia conversado com ninguém, mas se sentava em uma cadeira confortável acompanhada de suas criadas e observava nossas leituras e conversas.

No geral, a animosidade tinha passado. Acostumamo-nos umas às outras. Finalmente pudemos ver a revista com nossas fotos e comentários. Imaginem minha surpresa ao descobrir que era uma das favoritas. Marlee ficou com o primeiro lugar, seguida de perto por Kriss, Tallulah e Bariel. Celeste deixou de falar com Bariel por dias ao saber disso, mas ninguém se importou muito.

O que mais parecia causar tensão eram as informações lançadas no ar. Quem quer que tivesse estado mais recentemente com Maxon não podia deixar de contar, encantada, sobre seu pequeno encontro. Pelo jeito como todas falavam, parecia que ele escolheria seis ou sete esposas. Mas nem tudo eram flores para todas.

Marlee, por exemplo, teve diversos encontros com Maxon, o que dava nos nervos das outras. Contudo, ela nunca retornou tão radiante como no dia do primeiro encontro.

— America, se eu contar, você precisa prometer que não vai abrir a boca para ninguém — ela disse enquanto caminhávamos pelo jardim.

Eu sabia que se tratava de algo sério. Ela esperou até estarmos longe dos ouvidos atentos do Salão das Mulheres e fora do alcance dos olhos dos guardas.

— Claro, Marlee. Está tudo bem?

— Sim, tudo bem. É que... Preciso da sua opinião sobre uma coisa.

O rosto de Marlee estava carregado de preocupação.

— O que há de errado? — perguntei.

Ela mordeu os lábios e me encarou.

— É Maxon. Não sei se vai dar certo — ela lamentou, parecendo muito deprimida.

— Por que você acha isso? — perguntei, preocupada.

Agora que ela se abrira, retomamos a caminhada.

— Bem, para começar, eu não... eu não *sinto* nada, sabe? Não tem química, não temos uma ligação.

— Maxon pode ser um pouco tímido. É só isso. Talvez você tenha que dar um tempo a ele.

Era verdade. Fiquei surpresa por ela não ter reparado nisso.

— Não. O que quero dizer é que *eu* não gosto dele.

— Ah!

Essa era uma situação bem diferente. Tentei continuar a conversa com uma pergunta bem idiota:

— Você tentou?

— Sim, e muito! Fico esperando o momento em que ele

diga ou faça algo que me mostre que temos alguma coisa em comum. Mas nunca acontece. Acho Maxon bonito, mas isso não basta para construir uma relação. Quer dizer, nem sei se ele sente atração por mim. Você tem alguma ideia do que ele, sei lá, do que ele gosta?

Pensei por uns instantes.

— Na verdade, não. Nunca falamos sobre as expectativas dele no quesito atributos físicos.

— Aí é que está! Nós nunca conversamos. Ele sempre fala com você, mas nós dois nunca temos o que conversar. Passamos muito tempo em silêncio, assistindo a algum filme ou jogando cartas.

Ela parecia cada vez mais preocupada.

— Às vezes, nós também ficamos em silêncio. Só nos sentamos e não dizemos nada. Além disso, esse tipo de sentimento não nasce da noite para o dia. Talvez vocês dois devessem ter mais calma — eu disse, cuidando para que minhas palavras oferecessem algum conforto. Marlee parecia prestes a chorar.

— É sério, America, acho que a única razão para eu estar aqui é o povo gostar muito de mim. Acho que o príncipe leva em conta a opinião de seus súditos.

Eu nunca tinha pensado nisso, mas, quando ela falou, pareceu-me plausível. Tempos atrás, eu teria descartado essa opinião, mas Maxon amava seu povo. Talvez a interferência na escolha da futura princesa fosse maior do que eu imaginava.

— Além disso — ela continuou em voz baixa —, tudo entre nós parece tão... tão vazio.

Lágrimas rolaram.

Respirei fundo e dei-lhe um abraço. Queria muito que ela ficasse, que estivesse sempre ao meu lado, mas se ela não amava Maxon...

— Marlee, se você não quer ficar com o príncipe, acho que deveria dizer isso a ele.

— Ah, não. Eu não poderia.

— Você tem que fazer isso. Ele não quer se casar com uma pessoa que não o ama. Se não sente nada pelo príncipe, ele precisa saber.

Marlee balançou a cabeça.

— Não posso simplesmente pedir para sair! Preciso ficar. Não posso ir para casa... Não agora.

— Por que, Marlee? O que a prende aqui?

Por um instante, achei que compartilhávamos o mesmo segredo. Talvez ela precisasse ficar longe de alguém, como eu precisava. A única diferença era que Maxon sabia do meu segredo. E eu queria que ela se abrisse! Queria saber que não era a única que tinha ido parar ali em circunstâncias ridículas.

Contudo, as lágrimas de Marlee pararam tão rapidamente como tinham começado. Ela fungou algumas vezes e se endireitou. Alisou o vestido, sacudiu os ombros e se voltou para mim. Botou um sorriso forte e cálido no rosto e disse:

— Quer saber? Aposto que você está certa — ela começou a se afastar. — Tenho certeza de que só preciso esperar e as coisas vão avançar. Agora tenho que ir. Tiny está à minha espera.

Marlee correu até o palácio. O que teria se passado em sua cabeça?

No dia seguinte, Marlee me evitou. E no outro também. Decidi me sentar no Salão das Mulheres a uma distância segura e deixar bem claro que eu a notava sempre que passava por mim. Queria que soubesse que podia confiar em mim. Não ia obrigá-la a falar.

Foram necessários quatro dias para ela me dar um sorriso triste de quem sabia que alguma coisa não ia bem. Apenas acenei com a cabeça. Aquilo parecia ser tudo o que eu tinha a dizer sobre o que se passava no coração dela.

Naquele mesmo dia, enquanto eu estava sentada no Salão das Mulheres, Maxon me chamou. Seria mentira se dissesse que não fiquei toda contente de correr porta afora para seus braços.

— Maxon! — exclamei e me lancei sobre ele.

Quando me afastei, ele se mostrou um pouco atrapalhado. Eu sabia por quê. No dia em que deixamos a recepção para os reis da Noruécia e entramos no palácio para conversar, confessei que tinha dificuldades para lidar com meus sentimentos. Pedi que não me beijasse até eu ter mais certeza. Ele assentiu, mas notei que ficou magoado. Ainda assim, não quebrou sua promessa. Era difícil demais decifrar esses sentimentos com ele agindo como se fosse meu namorado, quando claramente não era.

Ainda restavam vinte e duas garotas depois da partida de Camille, Mikaela e Laila. Camille e Laila eram simplesmente incompatíveis com a Seleção e foram embora sem muito destaque. Já Mikaela sentia tantas saudades de casa que se desfez em choro e soluços durante o café da manhã, dois dias depois. Maxon a acompanhou até o quarto, o tempo todo com a mão nos ombros dela. Ele parecia não ficar triste por deixá-las sair, mas alegre por poder se concentrar em outras possibilidades, sendo eu uma delas. Mas tanto o príncipe como eu entendíamos que seria tolice dele entregar o coração a mim quando eu mesma não sabia por onde andava o meu.

— Como você está hoje? — ele perguntou enquanto se afastava.

— Ótima, claro. O que faz aqui? Não deveria estar no trabalho?

— O presidente do Comitê de Infraestrutura está doente, por isso, a reunião foi adiada. Estou livre como um pássaro a tarde inteira — explicou, com um brilho no olhar. — O que quer fazer? — perguntou com o braço estendido para mim.

— Qualquer coisa! Há tanto no palácio que eu ainda não vi. Os cavalos, por exemplo. E o cinema. Você ainda não me levou lá.

— Então vamos agora. Um pouco de descanso para a cabeça me faria bem. De que tipo de filme você gosta? — ele perguntou enquanto caminhávamos em direção à escadaria que eu imaginava dar no porão.

— Na verdade, não sei. Não vejo muitos filmes. Mas gosto de livros românticos. E de comédia também!

— Um romance, então?

Maxon levantou a sobrancelha como se tivesse segundas intenções. Não tinha como não rir.

Viramos em um corredor e continuamos a conversar. Quando cruzamos com um destacamento da guarda do palácio, todos os soldados abriram caminho e saudaram o príncipe e sua acompanhante. Devia haver mais de uma dúzia de homens naquele corredor. Eu já estava acostumada com a presença deles. Mesmo um grupo tão grande não era capaz de tirar minha atenção dos momentos agradáveis que ia passar com Maxon em breve.

O que me fez parar foi o suspiro que alguém deixou escapar enquanto passávamos. Tanto Maxon como eu demos meia-volta.

E ali estava Aspen.

Também suspirei.

Alguns dias antes, eu tinha ouvido um dos administradores do palácio comentar de passagem o recrutamento. Aspen me veio à mente então, e imaginei como ele estaria. Mas como eu estava atrasada para uma das várias aulas de Silvia, não tive muito tempo para especular.

Então ele tinha sido escolhido, afinal. E entre todos os lugares para onde poderia ir...

Maxon interrompeu meus pensamentos:

— America, você conhece este jovem?

Mais de um mês havia se passado desde a última vez em que vira Aspen, mas ele era a pessoa que eu me forçava para não esquecer, aquele que ainda habitava meus sonhos. Eu o reconheceria em qualquer lugar. Parecia um pouco maior, como se estivesse bem alimentado, muito bem alimentado, e malhando muito. Seu cabelo bagunçado fora cortado bem baixo, praticamente raspado. Eu estava acostumada a vê-lo com roupas de segunda mão que as costuras mal mantinham inteiras. E agora lá estava ele, com um dos uniformes brilhantes e bem ajustados da guarda do palácio.

Ele parecia estranho e familiar ao mesmo tempo. Tantas coisas pareciam fora de lugar ao seu redor. Mas aqueles olhos... eram os olhos de Aspen.

Meus olhos baixaram para a plaqueta de identificação em seu uniforme: SOLDADO LEGER.

Tudo isso não deve ter levado um segundo.

Mantive a compostura o suficiente para ninguém perceber a tempestade que se armava dentro de mim, num milagre puro e simples. Quis tocá-lo, beijá-lo, gritar com ele, exigir que saísse do meu refúgio. Quis cavar um buraco e sumir, mas eu estava ali.

Nada fazia sentido.

Limpei a garganta:

— Sim. O soldado Leger é de Carolina. Na verdade, da mesma cidade que eu — respondi com um sorriso para o príncipe.

Sem dúvida Aspen ouvira nossas risadas no corredor e notara que eu continuava de braços dados com o príncipe. Que ele pensasse o que quisesse.

Maxon se animou por mim.

— Bom, o que dizer! Bem-vindo, soldado Leger. Deve estar feliz por ver a campeã de Carolina novamente.

Maxon estendeu a mão para Aspen, que o cumprimentou.

O rosto de Aspen parecia feito de pedra.

— Sim, Majestade. Muito feliz.

O que isso queria dizer?

— Estou certo de que torce por ela — Maxon o animou, piscando para mim.

— Claro, Majestade — concordou Aspen, inclinando levemente a cabeça.

E o que *isso* queria dizer?

— Perfeito. Já que America é de seu estado natal, não poderia pensar em alguém melhor no palácio para tomar conta dela. Cuidarei para que faça parte do rodízio de guardas dela. Essa garota nega-se a ser acompanhada por uma criada durante a noite. Tentei convencê-la, mas... — Maxon balançou a cabeça para mim.

Aspen finalmente pareceu relaxar um pouco.

— Isso não me surpreende, Majestade.

O príncipe sorriu.

— Bem, estou certo de que vocês têm um dia trabalhoso pela frente. Estamos de saída. Tenham um bom dia, soldados — Maxon acenou com a cabeça e me levou consigo.

Lutei com todas as minhas forças para não olhar para trás.

No escuro do cinema, pensei no que fazer. O príncipe tinha deixado claro seu ódio a todos que me tratassem com desdém na noite em que lhe contei sobre Aspen. Se eu lhe dissesse que o homem que ele acabara de designar como meu segurança era aquela mesmíssima pessoa, será que Aspen seria punido? Não queria testar o príncipe. Ele tinha criado todo um sistema de assistência para o país com base nas minhas histórias sobre a fome.

Bem, eu não podia contar. Não queria contar. Porque, apesar de toda a minha raiva, amava Aspen. E não suportaria vê-lo sofrer.

Será que eu devia ir embora? Meu coração foi tomado pela ambiguidade. Eu tinha a chance de fugir de Aspen, de escapar de seu rosto, aquele rosto que me torturaria diariamente quando eu o visse e lembrasse que já não era meu. Mas, se eu saísse, teria que deixar Maxon também. E ele era meu melhor amigo, talvez até mais que isso. Eu não podia simplesmente ir embora. Além disso, como explicar sem dizer que Aspen estava ali?

E tinha a minha família. Talvez os cheques tivessem um valor menor, mas pelo menos chegavam. May escreveu contando que papai havia prometido que naquele ano eles teriam o melhor Natal de todos, mas eu sabia que talvez nenhum outro Natal fosse tão bom depois. Se eu desistisse, quem sabe quanto dinheiro minha fama daria à minha família? Tínhamos que poupar o máximo possível.

— Você não gostou do filme, gostou? — Maxon perguntou, quase duas horas mais tarde.

— Hein?

— O filme. Você não riu nem teve nenhuma reação.

— Ah.

Tentei me lembrar de qualquer informação, uma única cena que pudesse citar para dizer que tinha gostado. Nenhum registro.

— Acho que estou um pouco fora de órbita hoje. Desculpe ter estragado a tarde.

— O que é isso! — disse Maxon fazendo pouco caso da minha falta de entusiasmo. — Para mim, só sua companhia já vale a pena. Mas talvez você devesse tirar uma soneca antes do jantar. Seu rosto parece um pouco pálido.

Concordei. Na verdade, considerava a hipótese de ir para o quarto e nunca mais sair.

21

No fim das contas, não optei por ficar escondida no quarto. Em vez disso, escolhi o Salão das Mulheres. Geralmente, eu passava o dia entrando e saindo de lá, em passeios com Marlee ou visitas às criadas no quarto. Mas passei a usar o Salão das Mulheres como uma caverna. Nenhum homem, nem mesmo os guardas, tinha autorização para entrar lá sem ordem expressa da rainha. Era perfeito.

Bem, funcionou perfeitamente por três dias. Com tantas garotas no palácio, era questão de tempo até uma delas fazer aniversário. E o de Kriss era na quinta-feira. Ela deve ter comentado o fato com Maxon — que nunca deixava escapar a chance de presentear alguém —, e o resultado foi uma festa obrigatória para todas as Selecionadas. Assim, quinta-feira foi um dia de correria louca por parte das meninas, que entravam e saíam umas dos quartos das outras, perguntando o que vestir ou imaginando o tamanho da festa.

Aparentemente, não era preciso levar presente, mas mesmo assim preparei algo para a aniversariante.

No dia da festa, pus um dos meus vestidos favoritos e peguei o violino. Caminhei na ponta dos pés até o Grande Salão, olhando para os lados em cada corredor. Assim que cheguei, corri os olhos pelos guardas em sentinela. Por sorte Aspen não estava presente, e restou-me apenas achar graça naquela quantidade enorme de homens uniformizados. Será que eles esperavam uma rebelião ou algo do gênero?

O Grande Salão estava ricamente decorado. Vasos especiais pendurados nas paredes portavam enormes arranjos com flores amarelas e brancas, que também enfeitavam os vasos espalhados pelo chão. Janelas, paredes e praticamente tudo o que não era móvel estava envolto em guirlandas. Havia um punhado de mesas preparadas e cobertas com toalhas, nas quais cintilavam pequenas contas de confete brilhante. Arcos decorativos ornavam as costas das cadeiras.

Em um dos cantos, um bolo gigante com as cores do salão esperava para ser cortado. Do lado, uma pequena mesa com alguns presentes para a aniversariante.

Um quarteto de cordas dominava uma das paredes e tornava inútil minha tentativa de presente para Kriss. Havia ainda um fotógrafo que circulava pelo salão captando momentos para o público.

O clima era de descontração. Tiny — que até então só havia conseguido se aproximar de Marlee — conversava com Emmica e Jenna; nunca a tinha visto tão animada. Marlee estava parada em frente a uma das janelas, como se fosse um dos muitos guardas que pontilhavam as paredes. Não fazia a menor questão de sair de lá, mas parava qualquer um que se aproximasse para conversar. Todo mundo parecia feliz e amigável.

As exceções eram Celeste e Bariel. Elas geralmente eram inseparáveis, mas ocupavam extremos opostos do salão. Bariel conversava com Samantha e Celeste estava sentada a uma das mesas, sozinha e agarrada a uma taça com um líquido vermelho. Eu com certeza tinha perdido alguma coisa entre o jantar da noite anterior e aquela tarde.

Peguei de novo o estojo do violino e me dirigi ao fundo do salão para cumprimentar Marlee.

— Oi. Que festa, não? — comentei, deixando o violino no chão.

— Pois é — disse Marlee, e me abraçou. — Ouvi dizer que Maxon passará aqui mais tarde para desejar pessoalmente feliz aniversário a Kriss. Não é lindo? Aposto que ele vai trazer um presente também.

Marlee agia com o entusiasmo de sempre. Eu ainda me perguntava qual seria seu segredo, mas confiava o bastante nela para saber que tocaria no assunto quando precisasse desabafar. Ficamos de conversa fiada por alguns minutos até ouvir um clamor coletivo na porta de entrada do salão.

Nós nos viramos para ver, e enquanto ela permaneceu calma, perdi totalmente o fôlego.

Kriss tinha escolhido seu vestido de uma maneira incrivelmente estratégica. Lá estávamos nós, todas com roupas para o dia — vestidos curtos e bonitinhos —, ao passo que ela entrava com um vestido longo de gala. Mas o comprimento era o de menos. O chamativo era a cor, um creme muito próximo do branco. Seu cabelo estava arrumado com uma fileira de joias amarelas que ia de um lado ao outro da testa, sugerindo uma coroa. Kriss parecia madura, nobre e esponsal.

Apesar de eu não saber ao certo onde meu coração estava, senti uma pontada de inveja. Nenhuma de nós teria um momento parecido. Não importava quantas festas ou recepções surgissem dali para a frente: seria ridículo tentar imitar Kriss. Reparei que a mão de Celeste — a que não estava agarrada à taça — fechou-se, pronta para socar alguém.

— Ela está linda mesmo — comentou Marlee, animada.

— Mais do que linda — completei.

A festa continuou, e Marlee e eu passamos a maior parte do tempo observando o movimento. Para nossa surpresa — e desconfiança — Celeste grudou em Kriss e não parou de falar enquanto a aniversariante circulava pelo salão para agradecer a presença de todas, embora na verdade não tivéssemos escolha.

Ela chegou ao fundo do salão, onde Marlee e eu estávamos, absorvendo a luz quentinha do sol que atravessava a janela. Marlee, com seu jeito de sempre, deu um abraço entusiasmado em Kriss.

— Feliz aniversário! — gritou.

— Obrigada! — respondeu Kriss, com o mesmo entusiasmo e afeto que tinha recebido.

— Então, dezenove anos hoje, certo? — perguntou Marlee.

— Sim. Não consigo imaginar uma maneira melhor de comemorar. Estou tão feliz por estarem fotografando. Minha mãe vai adorar! Ainda que sejamos bem de vida, nunca tivemos dinheiro para fazer algo assim. É tudo tão lindo! — exclamou Kriss.

Kriss era Quatro, como Marlee. Elas não tinham uma vida tão apertada como a minha, mas acho que qualquer coisa daquela proporção seria difícil de acontecer.

— É impressionante mesmo — comentou Celeste. — No meu aniversário do ano passado, fiz uma festa do preto e branco. Um pouquinho só de cor e você não poderia nem passar na porta.

— Uau — Marlee falou em voz baixa diante daquele óbvio sinal de inveja entre mundinhos fechados.

— Foi fantástico. Chefs de cozinha, iluminação teatral e música! Tessa Tamble pegou um avião só para ir à festa. Vocês já devem ter ouvido falar dela.

Era impossível não saber quem era Tessa Tamble. Ela tinha pelo menos umas dez músicas de sucesso. Às vezes assistíamos a seus clipes na televisão, apesar das reclamações da minha mãe, que pensava que tínhamos muito mais talento que gente como Tessa. O fato de essa cantora ter dinheiro e fama e nós não, embora fizéssemos essencialmente a mesma coisa, mexia com os nervos dela.

— Ela é minha cantora preferida! — exclamou Kriss.

— Bem, Tessa é uma amiga querida da minha família, por isso cantou na minha festa. Vocês sabem, não podíamos contratar um grupo da Cinco para sugar toda a vida do lugar.

Marlee me olhou rapidamente pelo canto do olho. Deu para notar que estava constrangida por mim.

— Ops — acrescentou Celeste, olhando para mim. — Esqueci. Sem ofensas.

Sua voz melosa era irritante. Mais uma vez eu me senti tentada a bater nela... Era melhor nem pensar muito no assunto.

— Não foi nada — respondi, mantendo as aparências o máximo que pude. — E o que você faz exatamente na Dois, Celeste? Quer dizer, nunca ouvi uma música sua no rádio.

— Sou modelo — ela afirmou, com um tom de voz que dava a entender que eu já devia saber disso. — Você nunca me viu em um anúncio?

— Nunca tive o prazer.

— Ah, sim, você é da Cinco. Acho que não pode mesmo comprar revistas.

Aquilo doeu. Porque era verdade. May adorava espiar as revistas quando encontrávamos em alguma loja. Só que não havia o menor sentido em comprá-las.

Kriss retomou seu papel de anfitriã e mudou de assunto:

— Sabe, America, eu estava para perguntar qual era a sua área quando você era Cinco.

— Música.

— Você devia tocar para a gente algum dia!

— Na verdade — comecei com um suspiro —, trouxe meu violino para tocar para você hoje. Achei que seria um bom presente, mas já tem um quarteto, então acho que...

— Ah, toque para a gente! — implorou Marlee.

— Por favor, America. É meu aniversário — reforçou Kriss.

— Mas você já tem um...

Meus protestos não importavam. Kriss e Marlee já haviam pedido que o quarteto parasse e chamaram todas as garotas para o fundo do salão. Algumas levantaram as saias e se sentaram no chão, ao passo que outras puxaram algumas cadeiras do canto. Kriss ficou em pé no meio do grupo, apertando as mãos de entusiasmo. Celeste permaneceu ao seu lado, com a taça de cristal na mão ainda pela metade.

Assim que todas ficaram confortáveis, preparei o violino. O quarteto de jovens que tinha tocado se aproximou para me apoiar, e os poucos garçons que perambulavam pelo salão pararam.

Respirei fundo e levei o violino ao queixo.

— Para você — falei com os olhos em Kriss.

Mantive o arco suspenso sobre as cordas por alguns segundos, fechei os olhos e deixei a música fluir.

Por um momento, não houve Celeste perversa, nem Aspen à espreita nos corredores, nem rebeldes tentando invadir o palácio. Houve apenas uma nota perfeita se prolongando até a seguinte, como que receosa de se perder no tempo sem a outra. Mas elas não ficavam juntas. Pairavam até as outras. E o presente que seria de Kriss tornou-se meu.

Eu podia ser uma Cinco, mas tinha valor.

Toquei a música — tão familiar quanto a voz de meu pai ou o cheiro do meu quarto — por uns breves e belos instantes, para depois deixá-la atingir seu fim inevitável. Passei o arco sobre as cordas pela última vez e o levantei.

Abri os olhos para verificar se Kriss tinha gostado do presente, mas nem vi seu rosto. Atrás do grupo de meninas estava Maxon. Ele vestia um terno cinza e carregava uma caixa sob o braço. As garotas aplaudiam com muita gentileza, mas não pude prestar atenção no som de suas palmas. Só conseguia focar Maxon, com uma expressão bela e maravilhada, que logo se converteu em um sorriso. Um sorriso para mim e mais ninguém.

— Majestade — eu disse, com uma reverência.

As outras garotas se levantaram para cumprimentar Maxon. Em meio a tudo isso, ouvi um grito chocado.

— Ah, não! Kriss, eu sinto muito!

Algumas meninas arregalaram os olhos na mesma direção. Quando Kriss se virou, percebi o motivo. A frente de seu belo vestido tinha sido manchada pela bebida de Celeste. Ela parecia ter sido esfaqueada.

— Desculpe-me, virei muito rápido. Não tive a intenção, Kriss. Deixe-me ajudá-la.

Um estranho talvez achasse que as palavras de Celeste soavam sinceras, mas eu podia enxergar por trás delas.

Kriss levou as mãos à boca, começou a chorar e saiu em disparada para o quarto, pondo fim à festa. Maxon saiu atrás dela, embora eu quisesse muito que ele ficasse.

Celeste se defendia para quem estivesse disposto a ouvir, dizendo que tudo não tinha passado de um acidente. Tuesday concordava, dizendo ter testemunhado a cena. Os olhares entediados e o sacudir de ombros da maioria, porém, mostravam que o apoio era inútil.

Guardei discretamente meu violino e comecei a sair, quando Marlee me agarrou pelo braço:

— Alguém precisa fazer alguma coisa com ela.

Se Celeste podia levar alguém tão adorável como Anna à violência, ou achar aceitável tentar tomar meu vestido, ou ainda fazer uma pessoa bondosa como Marlee chegar à beira do ódio, significava que ela estava sobrando na Seleção.

Eu tinha que livrar o palácio daquela menina.

22

— Mas eu estou dizendo, Maxon, não foi acidente.

Ambos estávamos no jardim novamente, matando o tempo até o *Jornal Oficial*. Esperei o dia inteiro para encontrar um momento em que pudesse conversar com ele.

— Ela pareceu triste, e pediu tantas desculpas — ele argumentou. — Como pode não ter sido acidente?

Bufei de irritação.

— Estou dizendo. Vejo Celeste todos os dias, e aquele foi seu jeito discreto de arruinar os quinze minutos de fama de Kriss. Ela é supercompetitiva.

— Bem, se a intenção dela era tirar minha atenção de Kriss, falhou. Passei quase uma hora com a garota. Bem agradável, por sinal.

Eu não queria saber disso. Tinha certeza de que existia uma ligação tênue entre nós, e não queria falar de nada que pudesse mudá-la. Não até que eu entendesse meus sentimentos.

— E quanto a Anna? — perguntei.

— Quem?

— Anna Farmer. Ela bateu em Celeste e você a enxotou, lembra? Sei que Anna foi provocada.

— Você ouviu Celeste falar alguma coisa? — indagou Maxon, com voz cética.

— Bem... não. Mas eu conhecia Anna e *conheço* Celeste. Anna não é o tipo de pessoa que parte direto para a violência. Celeste deve ter dito algo muito maldoso para ela reagir daquele jeito.

— America, estou ciente de que você passa mais tempo com as meninas do que eu, mas você realmente as conhece? Sei que gosta de ficar escondida no quarto ou na biblioteca. Ouso dizer que tem mais intimidade com as criadas do que com qualquer uma das Selecionadas.

Ele provavelmente tinha razão, mas eu não ia recuar.

— Isso não é justo. Eu estava certa quanto a Marlee, não estava? Ela não é uma garota legal?

Ele fez uma careta:

— É, ela é legal... acho.

— Então por que não acredita em mim quando digo que Celeste agiu de propósito?

— America, não é que eu ache que você esteja mentindo. Tenho certeza de que acha que foi de propósito. Mas Celeste pediu desculpas. E ela sempre é boa comigo.

— Aposto que é — resmunguei baixo.

— Chega — disse Maxon, com um suspiro de enfado. — Não quero falar das outras agora.

— Ela tentou tomar meu vestido — reclamei.

— Eu já disse que não quero falar dela — o príncipe rebateu com raiva.

Isso era o máximo que eu ia conseguir. Bufei e dei um tapa na minha própria perna. Estava tão frustrada que queria gritar.

— Se vai agir assim, vou procurar alguém que realmente queira a minha companhia — ele disparou, e começou a se afastar.

— Ei!

— Não! — Maxon se voltou para mim e falou com uma voz tão forte que eu nunca imaginaria que pudesse sair dele. — Você se esquece de sua situação, senhorita America. Faria bem a você lembrar-se de que sou o príncipe herdeiro de Illéa. Para todos os efeitos e finalidades, sou o senhor e mestre deste país, e seria um coitado se deixasse você me tratar assim em minha própria casa. Não precisa concordar com minhas decisões, mas *deve* submeter-se a elas.

Ele se virou e saiu. Não viu — ou não quis ver — as lágrimas que enchiam meus olhos.

Não olhei para Maxon no jantar, mas era difícil ignorá-lo durante o *Jornal Oficial*. Peguei-o olhando para mim duas vezes, e em ambas ele mexeu na orelha. Não correspondi. Não queria falar com ele. Minha única expectativa para a conversa era mais uma bronca, e eu não precisava daquilo.

Fui para meu quarto assim que o programa terminou, tão

irritada com ele que mal conseguia pensar. Por que não me escutava? Será que me considerava uma mentirosa? Pior: será que pensava que Celeste jamais mentiria?

Talvez Maxon fosse apenas um cara normal, e Celeste apenas uma garota bonita. No fim das contas, a beleza dela prevalecia. Depois de toda aquela história de querer uma alma gêmea, quem sabe ele não queria mesmo era um corpo sem alma?

E se ele era esse tipo de pessoa, por que me incomodar? Burra, burra, burra! E eu o tinha beijado! E tinha prometido a ele que teria paciência! E para quê? Eu só...

Virei no corredor onde ficava meu quarto e lá estava Aspen, de pé ao lado da porta. Toda a minha fúria se desfez em uma estranha incerteza. Pelo regulamento, os guardas deviam olhar para a frente e ficar em posição de sentido. Mas Aspen estava olhando para mim com uma expressão indecifrável no rosto.

— Senhorita America — ele sussurrou.

— Soldado Leger.

Apesar de não ser sua função, ele se esticou para abrir a porta. Entrei no quarto lentamente, como que com medo de dar-lhe as costas, com medo de que ele não fosse real. Depois de todo o esforço para expulsá-lo da minha cabeça e do meu coração, só queria que ele ficasse comigo naquele momento. Ao cruzar a porta, senti sua respiração próxima do meu cabelo. Ela me provocou calafrios.

Ele olhou fixamente meus olhos e fechou a porta devagar.

Era inútil querer dormir. Contorci-me durante horas enquanto a estupidez de Maxon e a proximidade de Aspen lutavam em minha cabeça. Não sabia o que fazer em nenhum dos casos. Meus pensamentos prenderam tanto a minha atenção que nem percebi que os fiquei ruminando até bem depois das duas da manhã.

Suspirei. Minhas criadas teriam que se esforçar mais para me deixar com boa aparência de manhã.

De repente, vi uma luz no corredor. Aspen abriu a porta tão silenciosamente que pensei que estava sonhando. Ele entrou e a fechou novamente.

— Aspen, o que está fazendo? — falei em voz alta enquanto ele avançava na minha direção. — Você vai se meter em uma encrenca enorme se for pego aqui!

Ele continuou avançando em silêncio.

— Aspen...

Ele se deteve em frente à minha cama. Sem um ruído, depositou a lança no chão.

— Você o ama?

Olhei para os olhos profundos dele, quase invisíveis na escuridão. Por uma fração de segundo, não soube o que dizer.

— Não.

Ele puxou meus cobertores com um gesto violento e gracioso ao mesmo tempo. Eu deveria ter reclamado, mas não o fiz. Sua mão estava atrás da minha cabeça, forçando meu rosto na direção dele. Aspen me beijou ardentemente, e tudo o que havia de bom no mundo pareceu voltar à vida. Ele já não cheirava a sabonete caseiro e estava mais forte do que antes, mas cada movimento, cada toque, era familiar.

Retomei o fôlego por um breve momento enquanto os lábios dele passeavam por meu pescoço.

— Eles vão matar você por fazer isso.

— E eu vou morrer se não fizer.

Tentei reunir forças para mandá-lo parar, mas sabia que minhas tentativas não seriam sinceras. Havia mil coisas erradas naquele momento: quebrávamos várias regras; Aspen, até onde eu sabia, tinha namorada; Maxon e eu nutríamos algum sentimento mútuo. Mas eu não conseguia ficar preocupada. Estava zangada com o príncipe, e Aspen era tão reconfortante. Só fiquei ali e deixei as mãos dele subirem e descerem pelas minhas pernas.

Aquilo era diferente. Nunca havíamos tido tanto espaço.

Mesmo naquela situação, podia sentir os pensamentos se revolvendo em minha cabeça. Estava com raiva de Maxon, de Celeste e até de Aspen. Droga, eu tinha raiva de Illéa. Enquanto nos beijávamos, comecei a chorar.

Aspen não tirou seus lábios dos meus, e logo algumas das lágrimas eram dele.

— Odeio você, sabia? — eu disse.

— Eu sei, Meri. Eu sei.

Meri. Seu toque, o modo como me chamava... Eu me sentia em outra dimensão. Apesar do meu estado de nervos, a companhia de Aspen me levava de volta para casa.

Continuamos por quase quinze minutos antes de ele cair em si.

— Preciso voltar. Os guardas que fazem a ronda esperam me ver à porta.

— O quê?

— Há guardas que fazem rondas aleatórias. Posso ter vinte minutos. Posso ter uma hora. Se a ronda for curta, posso ter menos de cinco minutos.

— Rápido! — apressei-o, aos pulos, na tentativa de ajudá-lo a endireitar o cabelo.

Ele pegou a lança e corremos pelo quarto. Antes de abrir a porta, ele me puxou para mais um beijo. Parecia que minhas veias tinham sido invadidas pela luz do sol.

— Não posso acreditar que você está aqui.

Aspen balançou a cabeça.

— Acredite em mim: ninguém ficou mais surpreso que eu.

— Duvido.

Sorrimos juntos.

— Como você acabou na guarda do palácio? — perguntei.

Ele deu de ombros:

— Parece que nasci para isso. Eles mandam todos os recrutas para aquele centro de treinamento em Whites. America, tudo estava coberto de neve, e não eram aquelas nevascas leves de casa. Os novos soldados são treinados e testados. Também levam injeções. Não sei do que eram, mas fiquei forte bem rápido. Sou um combatente duro e inteligente. Fiquei em primeiro na minha turma.

Sorri orgulhosa:

— Não me surpreendo.

Beijei-o mais uma vez. Aspen sempre foi bom demais para levar uma vida de Seis.

Ele abriu a porta e conferiu o corredor. Parecia vazio.

— Tenho tanto para contar. Precisamos conversar — cochichei.

— Eu sei. E vamos. Pode demorar um pouco, mas voltarei. Não esta noite, mas em breve.

Aspen me beijou mais uma vez, tão forte que quase doeu.

— Senti saudades — ele sussurrou com os lábios próximos dos meus antes de voltar a seu posto.

Voltei para a cama atordoada. Não podia acreditar no que tinha acabado de fazer. Parte de mim — a mais nervosa — achava que Maxon tinha merecido. Se ele estava a fim de poupar Celeste e me humilhar, então eu não participaria da Seleção por muito tempo mais. Se ele podia achar brechas nas regras, então nada mais me deteria. Problema resolvido.

Sentindo um cansaço instantâneo, adormeci em pouco tempo.

23

Na manhã seguinte, acordei me sentindo um pouco culpada. Assustada até. Ignorar Maxon mexendo em sua orelha não lhe tirava o direito de entrar no meu quarto quando quisesse. Seria tão fácil flagrar Aspen e eu. Se alguém desconfiasse do que eu tinha feito...

Foi uma traição. E no palácio só havia um jeito de lidar com traidores.

Mas uma parte de mim não se importava. Ao despertar, ainda bêbada de sono, revivi cada olhar de Aspen, cada toque, cada beijo. Tinha sentido tanta falta daquilo.

Gostaria que tivéssemos conseguido conversar. Eu realmente precisava saber o que Aspen pensava, embora ele tivesse deixado algumas pistas na noite anterior. Era inacreditável que — depois de me esforçar tanto para não o querer mais — ele ainda me quisesse.

Era sábado, e teoricamente eu deveria ir para o Salão das Mulheres, mas não ia aguentar. Precisava pensar, e sabia que não conseguiria se estivesse rodeada por um falatório incessante. Quando as criadas chegaram, disse a elas que estava com enxaqueca e que ia ficar na cama.

Elas foram muito prestativas. Levaram meu almoço e limparam o quarto sem fazer barulho. Quase me senti mal por ter mentido. Mas eu precisava. Não podia encarar a rainha e as meninas — e talvez Maxon — com o pensamento preso a Aspen.

Fechei os olhos, mas não dormi. Tentei clarear meus sentimentos. Não consegui fazer grandes progressos, contudo. Alguém bateu à porta. Rolei na cama e vi o rosto de Anne, que me perguntava sem palavras se podia atender. Sentei-me rapidamente, ajeitei o cabelo e fiz um sinal positivo com a cabeça.

Rezei para que não fosse Maxon; tinha medo de que descobrisse o crime estampado em meu rosto. Não estava, porém, preparada para ver a figura de Aspen entrando pela porta. Sentei-me ainda mais ereta quase que automaticamente, esperando que as criadas não tivessem notado minha agitação.

— Com licença, senhorita — ele disse para Anne. — Sou o soldado Leger. Estou aqui para conversar com a senhorita America sobre algumas medidas de segurança.

— Claro — Anne disse, com um sorriso maior que o habitual.

Ela estendeu o braço para dentro do quarto, indicando que Aspen podia entrar. No canto, Mary deu um cutucão em Lucy, que soltou uma risadinha.

Ao ouvir isso, Aspen se voltou para elas e as cumprimentou levantando um pouco o quepe:

— Senhoritas.

Lucy baixou a cabeça e as bochechas de Mary ficaram mais vermelhas que meu cabelo, mas nenhuma das duas respondeu. Anne, embora também movida pela boa aparência de Aspen, reuniu forças para falar:

— Devemos sair, senhorita?

Pensei um pouco antes de responder. Não queria ser óbvia demais, mas gostaria de um pouco de privacidade.

— Só por uns minutos. Estou certa de que o soldado Leger não precisa de muito tempo — decidi.

As três deixaram o quarto de imediato, e assim desapareceram porta afora.

— Receio que esteja errada. Preciso de muito tempo com você — e piscou para mim.

— Ainda não acredito que você está aqui — eu disse, meneando a cabeça.

Sem perder tempo, Aspen tirou o quepe, sentou-se à cabeceira da cama e repousou as mãos de tal modo que seus dedos roçaram os meus.

— Nunca pensei que veria o recrutamento como uma bênção, mas, se me der a chance de pedir desculpas a você, serei infinitamente grato.

Permaneci em um silêncio atônito.

Aspen olhou no fundo dos meus olhos e prosseguiu:

— Por favor, me perdoe, Meri. Eu fui um idiota. Comecei

a me arrepender daquela noite na casa da árvore no instante em que desci as escadas. Fui teimoso demais para falar alguma coisa, e depois seu nome foi chamado... Não sabia o que fazer.

Ele parou por um instante. Parecia ter lágrimas nos olhos. Seria possível que Aspen tivesse chorado por mim como eu por ele?

— Ainda sou muito apaixonado por você — ele concluiu.

Mordi os lábios para segurar as lágrimas. Tinha que me certificar de uma coisa antes de pensar no assunto:

— E Brenna?

Seu queixo caiu.

— Quê?

Tentei respirar fundo e continuei:

— Vi vocês dois juntos na praça durante minha despedida. Vocês terminaram?

O rosto dele se fechou, concentrado, para depois se abrir em uma gargalhada. Aspen cobriu a boca com a mão e se jogou de costas na cama para depois se levantar e perguntar:

— É isso que você acha? Ah, Meri, ela caiu. Tropeçou e eu a segurei.

— Tropeçou?

— Sim, a praça estava cheia, as pessoas estavam umas em cima das outras. Ela caiu em cima de mim e fez uma piada sobre ser estabanada, e você sabe que ela é, mesmo em condições normais.

Lembrei-me da vez em que Brenna caiu na calçada sem nenhum motivo. Por que não tinha pensado nisso antes?

— Assim que me livrei dela, corri para o palco — completou Aspen.

A cena me veio à memória. Aspen tentando desesperadamente chegar perto de mim. Não era fingimento.

— E o que você ia fazer quando chegasse lá? — perguntei.

Ele deu de ombros.

— Não cheguei a pensar nisso. Pensei em implorar para você ficar. Estava pronto para fazer papel de idiota se com isso evitasse sua entrada naquele carro. Mas você parecia tão zangada... e entendo o motivo agora.

Ele respirou alto.

— Eu não ia conseguir falar — continuou. — Além disso, talvez você fosse feliz aqui.

Ele correu os olhos pelo quarto, viu todas as coisas bonitas que eu podia considerar minhas temporariamente. Dava para entender por que achava isso.

— Depois — prosseguiu —, imaginei que poderia reconquistar você quando voltasse. — De repente, a voz dele assumiu um tom de preocupação. — Tinha certeza de que ia querer sair assim que pudesse. Mas... você não saía.

Ele fez uma pausa e olhou para mim, mas felizmente não me perguntou quão próximos Maxon e eu estávamos. Ele já tinha visto um pouco dessa proximidade, mas não sabia que tínhamos nos beijado e que tínhamos um sinal secreto. E eu não queria ter que explicar isso.

— Então veio o recrutamento, e eu julguei que seria injusto escrever para você. Poderia morrer por aí. Não queria fazer com que me amasse de novo e depois...

— Amar você de novo? — perguntei, incrédula. — Aspen, nunca deixei de amar você.

Com um movimento rápido e delicado, ele se inclinou e me beijou. Aspen pôs a mão na minha bochecha, apertando-me contra seu peito. Cada minuto dos últimos dois anos preencheu meu corpo. Fiquei muito agradecida por não terem desaparecido.

— Sinto muito — ele murmurou entre os beijos. — Sinto mesmo, Meri.

Ele se afastou e olhou em meus olhos, com um sorrisinho em seu rosto perfeito. Sua expressão perguntava exatamente o mesmo que eu. O que íamos fazer?

Nesse exato instante, a porta se abriu e fui tomada pelo pânico quando minhas criadas flagraram Aspen e eu tão próximos.

— Graças aos céus, vocês voltaram — ele disse, forçando a mão contra minha bochecha antes de passá-la para minha testa. — A senhorita parece estar com a temperatura muito baixa.

— O que há de errado? — perguntou Anne. Seu rosto se encheu de preocupação e ela correu para o lado da cama.

Aspen se levantou e mentiu:

— Ela disse que se sentia mal. Algo com a cabeça.

— Sua dor de cabeça piorou, senhorita? — perguntou Mary. — Seu rosto está tão pálido!

Aposto que sim. Sem dúvida cada gota de sangue do meu rosto tinha sumido no instante em que elas nos viram juntos. Mas Aspen, que conseguia manter a calma mesmo sob pressão, consertou tudo em uma fração de segundo.

— Vou pegar o remédio — avisou Lucy voando para o banheiro.

— Perdoe-me, senhorita — disse Aspen enquanto minhas criadas punham as mãos à obra. — Não quero incomodá-la mais. Voltarei quando estiver melhor.

Seus olhos revelavam aquele rosto que beijei um milhão de vezes na casa da árvore. O mundo ao nosso redor era completamente novo, mas o elo entre nós dois era o mesmo de sempre.

— Obrigada, soldado — agradeci com a voz fraca.

Aspen fez uma pequena reverência e saiu.

Em pouco tempo, as criadas já estavam em volta de mim, tentando curar uma doença que nem sequer existia.

Minha cabeça não doía, mas meu coração, sim. O desejo pelos braços de Aspen era tão familiar que parecia que nunca havia deixado de senti-lo.

Acordei com Anne me sacudindo violentamente no meio da noite.

— O quê?!

— Por favor, a senhorita precisa se levantar!

Sua voz estava frenética, carregada de terror.

— O que há de errado? Você está machucada? — perguntei.

— Não, não. Temos de levá-la ao porão. Estamos sendo atacados.

Eu estava confusa. Não tinha certeza de ter entendido Anne direito. Mas notei que Lucy já chorava atrás dela.

— Eles entraram? — perguntei sem acreditar.

O lamento aterrorizado de Lucy foi a confirmação de que precisava.

— O que fazemos? — perguntei.

Um pico súbito de adrenalina me despertou e eu pulei da cama. Meus pés mal tocaram o chão e Mary já me calçava os sapatos enquanto Anne me cobria com um roupão. Eu só me perguntava uma coisa. *Norte ou sul? Norte ou sul?*

— Há uma passagem no corredor. Ela conduz diretamente ao esconderijo no porão. Os guardas estarão à sua espera. A família real já deve estar lá, assim como a maioria das garotas. Rápido, senhorita.

Anne me empurrou para fora e forçou um trecho da parede, que girou como uma passagem secreta dos livros de mistério. Certamente havia uma escadaria me esperando depois da passagem. Enquanto eu estava ali, Tiny passou como um relâmpago vinda de seu quarto e disparou pelos degraus.

— Muito bem, vamos — eu disse.

Anne e Mary arregalaram os olhos para mim. Lucy tremia tanto que mal podia parar de pé.

— Vamos — repeti.

— Não, senhorita. Vamos para outro lugar. A senhorita precisa se apressar antes que eles cheguem aqui. Por favor!

Sabia que na melhor das hipóteses elas seriam feridas se os rebeldes as encontrassem; na pior, elas seriam mortas. Não suportaria saber que alguém as machucaria. Talvez eu estivesse sendo um pouco convencida, mas se Maxon já tinha chegado ao ponto de fazer tanta coisa por minha causa, quem sabe elas não eram importantes para ele por também serem para mim? Mesmo que tivéssemos brigado... Talvez fosse abusar de sua generosidade, mas eu não podia deixá-las lá. O medo fez com que eu agisse rápido. Agarrei Anne pelo braço e a empurrei para dentro. Ela perdeu o equilíbrio e não conseguiu evitar que eu empurrasse Mary e Lucy.

— Andem! — ordenei.

Elas começaram a andar, mas Anne protestou ao longo de todo o caminho:

— Eles não nos deixarão entrar, senhorita! É um lugar só para a família... Eles vão nos mandar sair!

Não me importei com essas palavras. Não importava qual

fosse o esconderijo delas, não seria mais seguro do que o da família real.

A escadaria tinha luzes a cada dois metros, mas mesmo assim quase caí duas vezes em minha pressa. Minha mente estava cega de tanta preocupação. Quão longe esses rebeldes já tinham chegado antes? Eles sabiam da existência dessas passagens secretas? Lucy estava quase paralisada; eu tinha que puxá-la para não dispersar o grupo.

Não saberia dizer quanto tempo levamos para chegar ao fim das escadas, mas o caminho estreito finalmente desembocou em uma caverna artificial. Pude ver outras escadarias e outras meninas; todas elas corriam para trás do que parecia ser uma porta de mais de meio metro de espessura. Nós quatro corremos para o esconderijo.

— Obrigado por acompanharem a senhorita. Podem ir agora — ordenou um guarda para minhas criadas.

— Não! Elas estão comigo. Vão ficar — eu disse, com autoridade.

— Senhorita, elas têm seu próprio esconderijo — ele replicou.

— Ótimo. Se não entrarem, eu não entro. Tenho certeza de que o príncipe Maxon gostará de saber que minha ausência é culpa sua. Vamos voltar, meninas.

Puxei Mary e Lucy pelas mãos. Anne estava tão chocada que não disse nada.

— Espere! Espere! Muito bem, podem entrar. Mas se houver qualquer reclamação, a responsabilidade é sua.

— Sem problemas — eu disse.

Dei meia-volta com elas e entrei no abrigo de cabeça erguida.

Havia um ruído de atividade lá dentro. Algumas garotas se abraçavam aos prantos, enquanto outras rezavam. Vi o rei e a rainha sentados sozinhos, cercados por mais guardas. Ao lado deles, Maxon segurava a mão de Elayna. Ela parecia um pouco abalada, mas o toque dele claramente a acalmava. Observei o lugar da família real no esconderijo... Tão perto da porta. Perguntei-me se a escolha tinha a ver com a dos capitães de navio, que afundavam com seu barco. Eles fariam tudo para manter o palácio de pé, mas, se ele afundasse, eram os primeiros a morrer.

O grupinho real viu minha entrada e notou que eu tinha companhia. Não desviei o olhar de suas expressões confusas. Fiz uma breve reverência com a cabeça e continuei a andar com ar altivo. Imaginava que, enquanto parecesse estar certa dos meus atos, ninguém me questionaria.

Estava errada.

Dei mais três passos até Silvia aparecer. Ela passava a impressão de estar incrivelmente calma. Com certeza, aquela situação não era novidade para ela.

— Ótimo. Temos gente para ajudar. Meninas, vão imediatamente buscar água no armazém dos fundos e comecem a servir comida para a família real e as Selecionadas. Mexam-se — ela ordenou.

— Não.

Voltei-me para Anne e dei minha primeira ordem de verdade.

— Anne, por favor, sirva o rei, a rainha e o príncipe. Depois venha ficar ao meu lado.

Então continuei, encarando Silvia:

— O resto pode se virar. Elas escolheram abandonar suas criadas. Podem pegar sua maldita água sozinhas. As minhas ficarão sentadas ao meu lado. Venham, moças.

Eu sabia que estávamos bem perto da família real e que eles podiam me ouvir. Na minha tentativa de mostrar autoridade, falei um pouco alto demais. Mas não me importava se eles me achassem grossa. Lucy estava mais assustada que a maior parte das pessoas naquele lugar. Tremia dos pés à cabeça, e não havia a menor chance de eu deixá-la servir gente que não tinha metade de sua bondade naquele estado.

Talvez por causa de todos os meus anos como irmã mais velha, eu queria apenas manter aquelas três a salvo.

Encontramos um espacinho no fundo do abrigo. Quem quer que fosse o responsável pela manutenção do esconderijo não estava preparado para a chegada das Selecionadas. Quase não havia cadeiras suficientes. Mas eu vi os estoques de água e comida e supus que poderíamos ficar ali por meses, se fosse necessário.

Tratava-se de um grupo bem esquisito. Era óbvio que muitos funcionários tinham trabalhado a noite toda e, por isso, ainda estavam de uniforme. O próprio Maxon estava nessa situação. Mas quase todas as garotas estavam de camisola, um traje que só servia para dormir nos quartos aquecidos do segundo andar. Nem todas puderam pegar um roupão na pressa de fugir. E mesmo eu sentia um pouco de frio com o meu.

Várias meninas se juntaram na frente do abrigo. Era óbvio: seriam as primeiras a morrer se alguém invadisse o lugar. Mas, se não houvesse invasão, quanto tempo teriam passado bem diante de Maxon! Algumas garotas estavam mais próximas de onde tínhamos parado, e a maioria delas padecia da mesma condição de Lucy: tremiam, choravam e não se moviam de medo.

Enquanto Anne servia a família real, eu mantinha Lucy sobre meu braço e Mary a acariciava. Não havia nada de agradável a dizer do esconderijo ou da situação e, por isso, permanecemos um tempo em silêncio, ouvindo as vozes dos outros refugiados. Aquele ruído lembrou meu primeiro dia no palácio, quando nos maquiaram. Fechei os olhos e imaginei aquelas cenas com os sons do abrigo, com o intuito de ficar tão calma quanto aparentava estar.

— Você está bem?

Ergui os olhos e dei com Aspen, imponente em seu uniforme. Seu tom de voz era muito formal, e ele não parecia nem um pouco abalado com aquela situação.

— Sim, obrigada — respondi, respirando fundo.

Não dissemos nada por alguns instantes, observando as pessoas se instalarem no abrigo. Mary estava claramente exausta e dormia apoiada em Lucy. Lucy estava até mais calma, no fim das contas. Tinha parado de chorar e permanecia sentada, olhando para Aspen com um olhar de doce admiração.

— Foi bondade sua trazer as criadas. Nem todo mundo é tão gentil com pessoas consideradas inferiores — ele disse.

— As castas nunca me importaram — afirmei calmamente. Aspen abriu o menor dos sorrisos.

Lucy tomou fôlego como se fosse perguntar algo para Aspen, mas um grito retumbante ecoou pelo esconderijo. Um guarda na outra ponta do lugar rugia ordens para que todas nós nos calássemos.

Aspen saiu, o que foi bom. Temia que alguém pudesse ver alguma coisa.

— É o mesmo guarda de antes, não é? — Lucy perguntou.

— Sim.

— Eu o vi de vigia na sua porta. Ele é muito simpático — comentou.

Tinha certeza de que Aspen devia falar com minhas criadas com a mesma delicadeza que falava comigo. Eram todos Seis, afinal.

— E é muito bonito — acrescentou Lucy.

Achei graça e pensei em dizer algo, mas aquele mesmo guarda nos pediu para fazer silêncio. Assim que alguns restos de conversa sumiram, uma quietude assustadora recaiu sobre o abrigo.

Então pudemos ouvir. Pessoas lutavam sobre nossas cabeças. Fiquei atenta ao som de tiros ou qualquer outra coisa que pudesse revelar a origem daquele grupo de rebeldes. Sem perceber, estava agarrada às garotas próximas de mim, como se juntas pudéssemos nos defender do que viesse a acontecer.

O som continuou por horas a fio. O único movimento no abrigo eram as rondas de Maxon, que cumpria seu dever e verificava a situação de cada uma das meninas. Quando ele chegou no canto onde estávamos, apenas Lucy e eu permanecíamos acordadas. Às vezes, trocávamos umas palavras rápidas aos sussurros, quase lendo os lábios uma da outra.

Maxon se aproximou e não notei nenhum vestígio de raiva por causa de nossa última discussão, embora eu ainda quisesse esclarecer aquilo. Em vez disso, vi um sorriso agradecido em seu rosto. Ele estava simplesmente feliz por eu estar bem. Uma onda de culpa percorreu meu corpo... No que eu havia me metido?

— Você está bem? — ele perguntou.

Fiz que sim com a cabeça. Ele se voltou para Lucy e se inclinou sobre mim para falar com ela. Senti o cheiro dele. Maxon não cheirava a nada que viesse em frascos. Não era como canela ou baunilha, nem mesmo — lembrei na hora — sabonete caseiro. Tinha seu próprio cheiro, uma mistura de essências que seu corpo exalava.

— E você? — ele perguntou a Lucy.

Ela também fez que sim com a cabeça.

— Surpresa de estar aqui embaixo?

Ele deu um sorriso para Lucy, deixando mais leve uma situação inimaginável.

— Não, Majestade. Não com ela — respondeu Lucy, voltando a cabeça para mim.

O príncipe virou-se para me encarar, e seu rosto estava incrivelmente próximo do meu. Senti-me desconfortável. Havia tanta gente deitada ao meu redor que eu não era capaz de me mover. E podíamos ser vistos por muitos; até por Aspen. Mas o momento passou rapidamente e ele voltou a olhar para Lucy.

— Sei o que você quer dizer.

Maxon abriu outro sorriso. Ele parecia prestes a dizer algo mais, mas mudou de ideia e começou a se levantar.

Agarrei seu braço com um só movimento e perguntei em voz baixa:

— Norte ou sul?

— Lembra-se do dia da foto? — ele sussurrou.

Em choque, respondi que sim. Aqueles rebeldes que avançavam por noroeste, queimando plantações e massacrando pessoas pelo caminho. "Veja se conseguimos interceptá-los", Maxon tinha dito. Aqueles rebeldes, aqueles assassinos, tinham vindo lentamente até nós, e não pudemos pará-los. Eram matadores. Eram sulistas.

— Não conte a ninguém.

Maxon nos deixou e passou para Fiona, que soluçava encolhida.

Tentei respirar devagar enquanto imaginava meios de escapar caso eles chegassem até nós, mas era tudo ilusão. Se os rebeldes conseguissem entrar, seria o fim. Não havia nada a fazer senão esperar.

O tempo se arrastava. Não fazia ideia de que horas eram, mas as pessoas que tinham apagado começavam a acordar e aqueles que tinham se mantido ligados começavam a desfalecer.

Os barulhos sobre nós não pararam de uma vez, mas diminuíram com o passar das horas. Por fim, tudo ficou em silêncio e assim permaneceu.

A porta se abriu e alguns guardas saíram para investigar. Mais tempo se passou enquanto faziam uma varredura no palácio. Então eles voltaram.

— Senhoras e senhores, os rebeldes foram subjugados — um dos guardas anunciou. — Pedimos a todos que retornem a seus quartos pela escada dos fundos. Há muita bagunça e vários guardas feridos. É melhor evitar os salões e corredores até que tudo esteja limpo. As Selecionadas devem ir para seus quartos e permanecer lá até segunda ordem. Já falei com os cozinheiros e alguém lhes servirá algo dentro de uma hora. Preciso que todos os membros da equipe médica me acompanhem até a ala hospitalar.

Após essas palavras, as pessoas começaram a se levantar e a agir como se nada tivesse acontecido. Alguns aparentavam certo tédio. Com exceção de rostos como o de Lucy, todos pareciam ter mantido a calma durante o ataque, como se fosse esperado.

Meu quarto havia sido revirado. Colchão fora da cama, vestidos jogados no chão, fotos da minha família rasgadas. Procurei o jarro e o encontrei intacto, com sua moedinha, escondido debaixo da cama. Tentei não chorar, mas meus olhos continuavam a marejar. Não era medo, embora eu tivesse medo. Só não queria que um inimigo tocasse nas minhas coisas, não queria que as destruísse.

Levamos um tempo até ajeitar tudo, por conta do cansaço extremo. Mas conseguimos. Anne conseguiu até encontrar fita adesiva para eu colar minhas fotos. Mandei minhas criadas para a cama assim que pus as mãos na fita. Anne reclamou, mas eu não estava disposta a ouvir. Agora que tinha encontrado minha capacidade de dar ordens, não tinha medo de usá-la.

Assim que fiquei sozinha, deixei o choro correr. O medo, embora quase extinto, ainda dominava parte de mim.

Peguei a calça que Maxon me dera e a única camiseta trazida de casa e vesti. Senti-me um pouco mais normal assim. Meu cabelo estava uma bagunça por causa de tudo o que havia acontecido durante a noite e a maior parte da manhã. Dei um jeito nele com um coque simples, mas algumas mechas caíam sobre meu rosto.

Dispus os pedaços das fotos na cama, tentando descobrir a quais fotos pertenciam cada um. Era como ter quatro quebra-cabeças diferentes na mesma caixa. Tinha conseguido montar uma das fotos quando alguém bateu à porta.

"Maxon", pensei. "Por favor, que seja Maxon."

Abri a porta cheia de esperança.

— Olá, queridinha.

Era Silvia. Ela fez um beicinho que, achei, devia ser sua maneira de oferecer conforto. Silvia entrou rapidamente e só depois reparou em minhas roupas.

— Não me diga que também quer ir embora? — ela lamentou. — De verdade, não foi nada — Silvia parecia querer apagar todo aquele episódio com um gesto de suas mãos.

Eu não chamaria aquilo de nada. Será que ela não notou que eu tinha chorado?

— Não vou embora — disse, jogando uma mecha de cabelo para trás da orelha. — Alguém pediu para sair?

Ela deu um suspiro, decepcionada.

— Sim. Três até agora. E Maxon, ótimo rapaz, disse-me para liberar quem quisesse voltar para casa. Providências estão sendo tomadas neste exato momento. É tão engraçado. Parece que ele sabia que algumas garotas iriam embora. Se estivesse no lugar delas, pensaria duas vezes antes de sair por causa de uma bobagem como essa.

Silvia começou a circular pelo quarto, observando a decoração. Bobagem? O que tinha de errado com essa mulher?

— Levaram alguma coisa? — ela perguntou com um tom informal.

— Não, senhora. Fizeram a maior bagunça, mas não dei por falta de nada.

— Muito bom.

Ela se aproximou de mim com um minúsculo telefone.

— É a linha mais segura do palácio — explicou. — Você precisa telefonar para sua família e dizer que está bem. Não demore muito. Ainda tenho outras garotas para ver.

Fiquei maravilhada com aquele objeto diminuto. Nunca havia posto as mãos em um telefone portátil. Já os tinha visto com Dois e Três, mas nunca imaginei que um dia usaria um.

Minhas mãos tremeram de emoção. Eu estava prestes a ouvir a voz deles!

Disquei os números, ansiosa. Depois de tudo o que tinha acontecido, aquela oportunidade me fez sorrir. Minha mãe atendeu depois de dois toques.

— Alô?

— Mãe?

— America! É você? Você está bem? Estávamos morrendo de preocupação. Um guarda telefonou para avisar que não conseguiríamos entrar em contato com você por alguns dias, e eu sabia que os malditos rebeldes tinham conseguido entrar aí. Ficamos com tanto medo.

Minha mãe começou a chorar.

— Ah, mãe, não chore. Estou segura.

Olhei para Silvia. Ela parecia aborrecida.

— Um momento.

Houve alguma agitação na minha casa.

— America?

A voz de May estava pesada por causa das lágrimas. Ela devia ter passado um dia péssimo.

— May! Ah, May! Sinto tanto a sua falta! — eu disse, sentindo minhas próprias lágrimas voltarem.

— Pensei que estivesse morta! America, eu te amo. Promete que não vai morrer? — ela choramingou.

— Prometo — tive que achar graça nesse juramento.

— Você vai voltar para casa? Você pode? Não quero que fique aí.

May estava praticamente implorando.

— Voltar para casa? — perguntei.

Fui tomada pelas emoções. Sentia saudades da minha família, e estava cansada de me esconder dos rebeldes. Estava cada vez mais confusa quanto a meus sentimentos por Aspen e Maxon, e não sabia como lidar com aquilo. O jeito mais fácil seria sair. Mas não.

— Não, May. Não posso ir para casa. Tenho que ficar aqui.

— Por quê? — grunhiu May.

— Porque sim — respondi simplesmente.

— Porque sim o quê?

— Só... porque sim.

May ficou em silêncio por um segundo, pensando.

— Você está apaixonada por Maxon?

Era a May que só pensava em meninos de volta. Ela ficaria bem.

— Humm, não sei, mas...

— America! Você está apaixonada por Maxon! Minha nossa!

Ouvi meu pai gritar “O quê?” ao fundo, enquanto minha mãe repetia “Sim, sim, sim!”.

— May, eu não disse que...

— Eu sabia!

May ria sem parar. E, assim, seu medo de me perder desapareceu.

— May, preciso desligar. As outras garotas vão usar o telefone. Mas eu só queria que você soubesse que estou bem. Escrevo logo, prometo.

— Está bem, está bem. Fale sobre Maxon! E mande mais doces! Eu te amo! — ela gritou.

— Eu também te amo. Tchau.

Desliguei antes de ela pedir mais coisas. Assim que sua voz sumiu, porém, senti sua falta mais do que antes.

Silvia foi ligeira. Tomou o telefone da minha mão em segundos e caminhou para a porta.

— Boa menina — ela disse, e desapareceu pelo corredor.

Eu com certeza não me sentia bem. Mas sabia que logo que ajeitasse as coisas com Aspen e Maxon me sentiria.

24

Amy, Fiona e Tallulah foram embora dali a horas. Eu não sabia dizer se por causa da eficiência de Silvia ou do estado de nervos das garotas. De repente éramos dezenove, e tudo pareceu progredir muito rapidamente. Ainda assim, eu jamais poderia ter previsto a velocidade com que as coisas iam se mover dali para a frente.

Na segunda-feira depois dos ataques, retomamos nossa rotina. O café da manhã estava delicioso como sempre e fiquei imaginando se chegaria o dia em que deixaria de gostar daquelas refeições espetaculares.

— Kriss, isso não é divino? — perguntei.

Eu mordiscava uma fruta em formato de estrela. Nunca tinha visto nada igual antes de chegar ao palácio. Kriss estava de boca cheia, mas concordou com a cabeça. Sentia um clima cálido de irmandade naquele dia. Após termos sobrevivido a um grave ataque rebelde juntas, parecia que os pequenos laços que nos uniam se tornaram indestrutíveis. Ao lado de Kriss estava Emily, que me passou o mel. Perto de nós, Tiny me perguntava, com olhar admirado, onde eu tinha conseguido meu pingente de passarinho. O clima lembrava os jantares da minha família de uns anos atrás, antes de Kota se transformar em um babaca e de perdermos Kenna para o marido: cheio de gente, radiante e com muita conversa.

Dei-me conta na hora de que, como Maxon contara sobre sua mãe, eu manteria contato com essas meninas ao longo dos anos. Ia querer saber se todas tinham se casado e mandaria cartões de Natal. Dali a uns vinte e poucos anos, se Maxon tivesse um filho, telefonaria para elas para saber quem eram suas favoritas na nova Seleção. Relembraríamos tudo por que passamos e riríamos daquilo como se tivesse sido uma aventura, não uma competição.

Por mais incrível que pudesse parecer, a única pessoa com aparência perturbada na sala de jantar era Maxon. Ele nem tinha tocado na comida. Em vez disso, corria os olhos pelas fileiras de garotas com a expressão de quem estava concentrado. De tempos em tempos, parava para pensar e parecia discutir consigo mesmo sobre alguma coisa. Depois continuava.

Quando chegou a vez da minha mesa, o príncipe me flagrou olhando para ele e abriu um sorriso fraco. Tirando o breve diálogo da noite do ataque, não conversávamos desde nossa discussão, e algumas coisas ainda precisavam ser ditas. Eu é que tinha que tomar a iniciativa. Com uma expressão que revelava tratar-se de um pedido, e não de uma exigência, mexi na minha orelha. Seu rosto permaneceu distante, mas ele também mexeu na dele.

Respirei aliviada e por acaso olhei para as portas daquela sala enorme. Como suspeitava, outro par de olhos estava fixo em mim. Tinha notado Aspen ao entrar na sala de jantar, mas tentei não demonstrar. Era difícil ignorar alguém que eu amava.

O príncipe se levantou. Aquele movimento repentino fez a cadeira chiar com o atrito contra o chão. E esse barulho foi suficiente para atrair a atenção de todas. Ao ver todos aqueles rostos voltados em sua direção, Maxon pareceu querer sentar novamente, sem que ninguém percebesse. Sabendo que isso seria impossível, ele começou a falar:

— Senhoritas — saudou, fazendo uma breve reverência com a cabeça. Ele parecia sofrer demais. — Receio que após o ataque de ontem eu tenha sido obrigado a repensar profundamente o funcionamento da Seleção. Como sabem, três garotas pediram para sair ontem, e eu cedi. Não quero ninguém aqui contra sua vontade. Além disso, não me sinto confortável mantendo no palácio, sob a constante ameaça de risco de vida, pessoas com quem estou certo de que não terei futuro.

Pela sala, a confusão deu lugar à compreensão infeliz e inequívoca dos fatos.

— Ele não vai... — murmurou Tiny.

— Sim, ele vai — respondi.

— Embora me doa tomar essa atitude, conversei com minha família e com alguns conselheiros íntimos, e decidi proceder ao afunilamento da Seleção para a Elite. Contudo, em vez de dez, decidi dispensar todas vocês, com exceção de seis — afirmou Maxon, com um tom de voz bem formal.

— Seis? — perguntou Kriss, impressionada.

— Isso não é justo — resmungou Tiny, já prestes a chorar.

Corri os olhos pela sala de jantar conforme o burburinho de reclamações crescia e diminuía. Celeste juntou coragem, como se fosse lutar por uma vaga. Bariel fechou os olhos e cruzou os dedos, talvez na expectativa de que aquela pose lhe angariasse alguma simpatia. Marlee, que tinha admitido não querer nada com o príncipe, parecia muito tensa. Por que ela queria tanto ficar?

— Não quero estender o assunto além do necessário. Assim, apenas as seguintes moças permanecerão aqui: senhorita Marlee, senhorita Kriss...

Marlee suspirou aliviada e levou a mão ao peito. Kriss ensaiou uma dança feliz e contente na cadeira, olhando para as meninas ao redor esperando que estivéssemos felizes também. E eu estava até me dar conta de que duas das seis vagas já tinham sido preenchidas. Com uma discórdia entre Maxon e eu, será que ele me mandaria para casa?

Ao longo de todo esse tempo, eu tivera nas mãos o poder de decidir sobre minha saída. Naquele instante, percebi o quanto era importante para mim continuar.

— ... senhorita Natalie, senhorita Celeste... — continuou Maxon olhando para cada uma delas.

Eu me contorci ao escutar o nome de Celeste. Ele não podia deixá-la ali e me mandar embora. Eu mal acreditava que ele não ia dispensá-la, aliás. Mas seria esse um sinal de que eu ia embora? Brigamos exatamente por causa da presença dela.

— ... senhorita Elise... — ele anunciou.

Toda a sala prendeu a respiração à espera do último nome. Dei-me conta de que Tiny e eu estávamos de mãos dadas.

— ... e senhorita America.

Maxon olhou para mim e senti cada músculo do meu corpo relaxar. Tiny caiu em prantos na hora. E ela não estava sozinha: a lista de Maxon provocou muitos soluços.

— A todas as demais, meu sincero pedido de desculpas. Espero, contudo, que acreditem em mim quando digo que fiz isso para seu bem. Não quero alimentar suas esperanças nem arriscar suas vidas à toa. Se alguma das que estiverem de saída quiser falar comigo, estarei na biblioteca ao final do corredor. Podem me encontrar lá assim que terminarem de comer.

Maxon se retirou o mais rapidamente possível, sem correr. Observei-o até que passasse na frente de Aspen, quando minha atenção se desviou. O rosto de Aspen estava confuso, e eu sabia o motivo. Eu tinha dito que não amava Maxon, e por isso Aspen entendeu que eu não significava nada para o príncipe. Se era assim, por que tinha ficado tão tensa para saber se ia sair ou ficar? E por que Maxon ia querer me deixar ali?

Nem bem passou um segundo e Emmica e Tuesday já estavam correndo atrás do príncipe, sem dúvida em busca de uma explicação. Algumas garotas choravam, claramente com o coração partido. E recaiu sobre as que ficavam a responsabilidade de confortá-las.

A situação era de uma bizarrice insuportável. Tiny acabou por soltar violentamente minhas mãos e correr para o quarto. Eu esperava que ela não ficasse com raiva de mim.

Todas deixaram a sala em poucos minutos, já sem fome. Eu mesma não demorei muito a sair; não era capaz de lidar com aquela torrente de emoções.

Passei por Aspen, que sussurrou:

— Hoje à noite.

Concordei com a cabeça discretamente e segui meu caminho.

O restante da manhã foi esquisito. Nunca na vida tivera amigas de quem sentira saudades. Todos os quartos ocupados no segundo andar estavam abertos, e as garotas corriam de um lado para o outro, trocando bilhetes e pegando endereços. À tarde, o palácio já era um lugar bem mais sério do que quando chegamos.

Não restou ninguém na parte do corredor onde eu ficava. Não se ouvia mais o som das criadas passando de um lado para o outro nem o do abrir e fechar das portas. Sentei-me à mesa para ler um livro enquanto as criadas tiravam o pó dos móveis.

Perguntei-me se o palácio sempre tivera aquele clima de solidão. O vazio fez com que sentisse saudades da minha família.

De repente, ouvi batidas na porta. Anne correu para atender, com os olhos em mim para garantir que eu estava preparada. Assenti com a cabeça.

Quando Maxon entrou no quarto, pus-me de pé com um pulo.

— Senhoritas — ele disse, olhando para as criadas —, reencontramo-nos afinal.

Elas se curvaram e deram uma risadinha. Ele as cumprimentou e se voltou para mim. Até então eu não fazia ideia de como estava ansiosa para vê-lo. Estava em êxtase ali, ao lado da mesa.

— Me perdoem, por favor, mas preciso falar com a senhorita America. Vocês nos dariam um momento?

Mais reverências e risadinhas, e Anne perguntou ao príncipe — com um tom de voz que dava a entender a adoração que tinha por ele — se podia lhe trazer algo. Maxon recusou, e as três saíram. As mãos dele estavam nos bolsos. Permanecemos em silêncio por uns instantes.

— Pensei que você não me deixaria ficar — admiti, por fim.

— Por quê? — ele perguntou, soando realmente confuso.

— Porque brigamos. Porque nossa relação é esquisita. Porque...

E porque apesar de você estar saindo com outras cinco garotas, acho que estou te traindo, pensei.

Maxon diminuiu a distância entre nós aos poucos, escolhendo as palavras conforme caminhava. Quando finalmente chegou até mim, tomou minhas mãos e explicou tudo:

— Primeiramente, deixe-me dizer que sinto muito. Eu não devia ter gritado com você — seu tom de voz era totalmente sincero. — É que alguns dos comitês e meu pai já me pressionam, e quero ser capaz de tomar a decisão por mim mesmo. Foi muito frustrante deparar com outra situação em que minha opinião não é levada a sério.

— Outra situação? — perguntei.

— Bom, você viu minhas escolhas. Marlee é a favorita do

povo, e não posso desprezar isso. Celeste é uma jovem muito poderosa e vem de uma família com que seria ótimo me alinhar. Natalie e Kriss são moças charmosas, ambas muito agradáveis, e as preferidas de alguns membros da minha família. Elise tem contatos na Nova Ásia. Como estamos tentando acabar com essa maldita guerra, devo tê-la em conta. Fui massacrado por opiniões e encurralado por todos os lados nesta decisão.

Ele não explicou nada sobre mim, e eu quase não pedi que explicasse. Sabíamos que no meu caso a amizade vinha em primeiro lugar e que eu não tinha nenhuma serventia política. Mas precisava ouvir essas palavras para decidir por mim mesma. Não podia olhá-lo nos olhos.

— E por que eu ainda estou aqui?

Minha voz saiu um pouco mais alta que um sussurro. Eu sabia que ia doer. No fundo, tinha certeza de que só estava ali porque Maxon era bom demais para quebrar uma promessa.

— America, pensei ter sido claro — ele disse calmamente.

O príncipe respirou fundo para demonstrar sua paciência e levantou meu queixo com a mão. Quando finalmente o olhei nos olhos, ele confessou:

— Se o assunto fosse simples, já teria eliminado todas as outras. Sei o que sinto por você. Talvez seja impulsivo da minha parte ter tanta certeza, mas estou certo de que seria feliz com você.

Corei. Pude sentir as lágrimas brotarem, mas as contive. Seu rosto tinha uma expressão apaixonada que eu não queria perder.

— Há momentos em que penso que rompemos todas as barreiras. E há outros em que penso que você só fica pela conveniência. Se tivesse certeza de que eu, e apenas eu, sou sua motivação...

Ele fez uma pausa e balançou a cabeça, como se não quisesse chegar ao final da frase.

— Eu estaria errado se dissesse que você ainda não tem certeza sobre mim?

Eu não queria magoá-lo, mas tinha que ser honesta:

— Não.

— Então não posso arriscar muito em minha aposta. Você

pode optar por sair, e deixarei se quiser. Enquanto isso, preciso escolher uma esposa. Estou tentando tomar a melhor decisão dentro dos limites que me foram dados. Agora, por favor, não duvide por um segundo de sua importância para mim. Porque é imensa.

Não pude mais conter as lágrimas. Pensei em Aspen e nos meus atos. Senti-me tão envergonhada.

— Maxon... — solucei. — Será que um dia você vai me perdoar...

Não consegui terminar minha confissão. Ele se aproximou ainda mais e começou a limpar as lágrimas do meu rosto com seus dedos fortes.

— Perdoar o quê? Nossa briguinha besta? Já é passado. Seus sentimentos demoram mais para passar que os meus? Sem problema. Estou pronto para esperar — ele disse, dando de ombros. — Acho que não há nada que você possa fazer que eu não possa perdoar. Lembra-se da joelhada?

Não consegui segurar a risada. Maxon também riu, mas uma vez só. Depois, ficou sério de repente.

— O que foi? — perguntei.

Ele balançou a cabeça.

— Eles foram tão rápidos dessa vez.

A voz dele estava cheia de uma admiração raivosa pelos talentos dos rebeldes. Só então me dei conta de quão perto de uma tragédia estive por tentar salvar minhas criadas.

— Tenho ficado cada vez mais preocupado, America. Nortistas e sulistas, os dois estão cada vez mais determinados. Parece que não vão parar até conseguirem o que desejam. E eu não faço ideia do que seja — Maxon parecia confuso e triste. — Penso que é só uma questão de tempo até destruírem alguém importante para mim.

Ele me olhou nos olhos e prosseguiu.

— Sabe, você ainda pode escolher. Se tiver medo de ficar, pode dizer — ele fez uma pausa e pensou. — Ou se chegar à conclusão de que nunca vai me amar, seria melhor me contar já. Deixarei que siga seu caminho e seremos amigos.

Lancei meus braços ao seu redor e apoiei a cabeça em seu peito. Maxon pareceu ao mesmo tempo confortado e surpreso com o gesto. Ele demorou apenas um segundo para me envolver nos braços.

— Maxon, não tenho certeza do que somos, mas sem dúvida somos mais que amigos.

Ele deixou escapar um suspiro. Com a cabeça em seu peito, pude finalmente ouvir as batidas de seu coração através do paletó. Pareciam aceleradas. Sua mão, delicada como sempre, acariciava minha bochecha. Ao olhar nos seus olhos, percebi que um sentimento inominável crescia entre nós.

Com o olhar, Maxon me pedia algo que tínhamos concordado esperar. Estava feliz por ele não querer mais esperar. Inclinei levemente a cabeça em consentimento, e ele fechou o pequeno espaço entre nós me beijando com uma ternura inimaginável.

Senti um sorriso em seus lábios, um sorriso que durou por muito tempo depois.

25

Senti um cutucão no braço. Estava escuro; era muito tarde ou muito cedo. Por uma fração de segundo, pensei que outro ataque tinha começado. Então descobri que estava errada por causa da única palavra usada para me despertar:

— Meri?

Estava de costas para Aspen, e demorei um pouco para me ajeitar e me virar para ele. Em minha cabeça, sabia que existiam coisas entre nós que eu finalmente devia acertar. Esperava que meu coração me deixasse dizê-las.

Rolei na cama e deparei com os olhos verdes e brilhantes dele. Então, soube que ia ser difícil. Foi quando notei que deixara a porta do meu quarto aberta.

— Aspen, você está louco? — sussurrei. — Feche a porta.

— Não, está tudo certo. Com a porta aberta, posso dizer a quem chegar que ouvi um barulho e vim ver como você estava, já que isso é parte do meu trabalho. Ninguém vai suspeitar de nada.

Simples e brilhante. Acho que às vezes a melhor maneira de esconder um segredo é deixá-lo descoberto.

— Certo.

Acendi o pequeno abajur no criado-mudo para deixar claro a qualquer pessoa que passasse que não estávamos escondendo nada. Olhei para o relógio: já passava das três da manhã.

Aspen estava claramente satisfeito consigo próprio. Seu sorriso, o mesmo que me cumprimentava na casa da árvore, era largo.

— Você guardou — ele disse.

— Hein?

Aspen apontou para o criado-mudo onde ficava o jarro, com sua moeda solitária.

— Sim — confirmei. — Não tive forças para me livrar dele.

Sua expressão ficou mais esperançosa. Ele olhou a porta rapidamente, como que para verificar se ninguém passaria, e se inclinou para me dar um beijo.

— Não — afastei-me sem agitação. — Você não pode fazer isso.

Seu olhar era um misto de confusão e tristeza, e temi que tudo o que tinha a dizer só fosse piorar as coisas.

— Fiz algo de errado?

— Não — respondi no ato. — Você tem sido maravilhoso. Estou tão feliz de ver você novamente e saber que ainda me ama. Fez toda a diferença.

Ele sorriu.

— Que bom, porque eu realmente te amo e penso em nunca dar nenhum motivo para você duvidar disso.

Estremeci.

— Aspen, não importa o que fomos ou o que somos agora. Não podemos ser nada aqui.

— O que você quer dizer? — ele perguntou, ajeitando-se na cama.

— Faço parte da Seleção. Estou aqui por Maxon, e não posso me encontrar com você nem com ninguém enquanto a competição continuar.

Comecei a torcer nervosamente uma ponta da minha manta. Aspen pensou calado por uns instantes.

— Então você mentiu para mim quando disse que nunca deixou de me amar?

— Não — garanti. — Você está no meu coração o tempo todo. É o motivo porque tudo está caminhando devagar. Maxon gosta de mim, mas não consigo gostar dele de verdade por sua causa.

— Nossa, que ótimo — ele disse com sarcasmo. — Fico feliz em saber que você estaria contente em ficar com ele se eu não estivesse perto.

Por trás da raiva, pude ver seu coração partido, mas não era culpa minha as coisas terem chegado a esse ponto.

— Aspen — chamei em voz baixa, fazendo-o olhar para

mim. — Ao terminar comigo na casa da árvore, você me deixou em pedaços.

— Meri, eu já disse que...

— Me deixe terminar.

Ele bufou de raiva e depois ficou quieto.

— Você levou meus sonhos com você, e o único motivo de eu estar aqui é que você insistiu que eu fizesse a inscrição.

Ele concordou com a cabeça, irritado com a verdade.

— Desde então, tenho tentado juntar os cacos. E Maxon realmente se importa comigo. Você significa muito para mim, e sabe disso. Mas estou na competição agora e seria uma tonta se não visse onde vai dar.

— Então você está escolhendo o príncipe? — ele perguntou com dor na voz.

— Não. Não estou escolhendo Maxon *ou* você. Estou escolhendo a mim mesma.

Essa era a verdade, no fim das contas. Ainda não sabia o que queria, mas não podia me deixar levar pelo mais fácil ou por aquilo que os outros achavam certo. Só precisava de um tempo até decidir o que era melhor para mim.

Aspen ruminou minhas palavras por um momento, ainda inconformado com o que eu dizia. Por fim, sorriu.

— Você sabe que não vou desistir, não sabe?

Seu tom de voz deixava claro o desafio, e eu forcei um riso, apesar da situação. Aspen, de fato, não era daqueles que aceitam a derrota.

— Aqui não é o melhor lugar para você lutar por mim. Sua determinação pode ser uma qualidade perigosa.

— Não tenho medo da coroa — ele zombou.

Fiz cara de tédio, um pouco surpresa por estar na ponta oposta do relacionamento. Vivia preocupada com a possibilidade de alguém roubar Aspen de mim. Senti-me culpada por gostar de vê-lo preocupado com a possibilidade de alguém me roubar, para variar.

— Certo. Você disse que não o amava... mas pelo menos gosta dele o bastante para querer ficar, certo?

Abaixei a cabeça.

— Sim — respondi, inclinando-me. — Ele está muito acima do que pensei.

Aspen considerou minhas palavras por alguns segundos, absorvendo cada uma delas.

— Isso quer dizer que terei que lutar mais duro do que imaginava — ele disse, caminhando em direção à porta.

Antes de fechá-la, piscou mais uma vez para mim.

— Boa noite, senhorita America.

— Boa noite, soldado Leger.

Ouvi a porta se fechar, e a paz invadiu o quarto. Desde o começo da Seleção, vinha pensando que minha vida seria arruinada ali. Mas, naquele momento, o castelo parecia exatamente o lugar em que eu deveria estar.

Mais cedo do que eu gostaria, minhas criadas entraram no quarto e me despertaram para um novo dia. Anne puxou as cortinas e assim, iluminada pelos raios do sol, sentia que aquele era realmente meu primeiro dia no palácio.

A Seleção não era mais uma coisa que me acontecia; eu era parte ativa dela. Era da Elite. Afastei os cobertores e saltei naquela manhã.

FIM DO LIVRO I

Agradecimentos

Muito bem, leitor. Se você estiver realmente atrasado com todo o resto ou cansado só porque ficou até tarde terminando este livro, gostaria de agradecer primeiramente a você, por ter lido *A Seleção*. Sério, eu te amo. Obrigada.

Agora, vamos às pessoas que fizeram isso acontecer. Bem, na verdade, vamos voltar um pouco antes disso.

Como sempre, agradeço a Deus pelas palavras. Fico muito feliz por não ter que tentar comunicar essa história a vocês por meio de uma antena ou algo assim. Adoro as palavras, e serei sempre muito grata por elas existirem.

Callaway: obrigada por me apoiar e ser sempre o máximo.

Guyden: obrigada por dividir a mamãe com os amigos que vivem dentro da cabeça dela.

Todo o meu amor para a minha mãe, meu pai e meu irmão mais novo, por me incentivarem a ser esquisita. Além disso, abraços para minha sogra, meu sogro e meu cunhado, por serem líderes de torcida incríveis. Entre vocês seis, estive sempre rodeada de animação, e sou muito grata a todos por existirem.

Obrigada ao pessoal da [nlcf] e à FTW Crew por comemorarem comigo ao longo do caminho. Abraços!

Obrigada a Mary — a primeira pessoa a ler *A Seleção* — por achar que era legal, e a Liz e Michelle, por serem as leitoras atenciosas, racionais e detalhistas que eu não sou. O livro ficou melhor por causa de vocês. E vocês são demais!

Obrigada a Ashley Brouillette por fazer um vídeo excelente, que garantiu seu nome no livro. Bravo, senhorita! Também sou grata a Elizabeth O'Brien, Emily Arnold e Kayleigh Poulin por saírem comigo quando eu era só uma nerd. Obrigada por me deixarem usar seus nomes também.

Outros nomes que peguei emprestados: Jenna, Elise, Mary,

Lucy, Gerad, Amy etc. Obrigada por surgirem na minha cabeça quando eu não tinha a menor ideia do que digitar. Uhu!

Elana Roth: você é a deusa das agências literárias, e não tenho como agradecê-la o suficiente por apostar em mim mesmo que eu seja muito, muito terrível ao telefone. Ainda não consegui entender o que possuiu você. Obrigada por me deixar te abraçar também. Todo o meu amor para você!

A Caren e Colleen, da JLA: obrigada por estarem sempre presentes e serem o máximo.

Erica Sussman: você é muito legal. Na real, é maravilhoso como você entende America e como é divertido trabalhar com você. Eu te adoro, e adoro sua caneta roxa. Obrigada por nunca fazer parecer que estávamos trabalhando.

Tyler, sua malandra, sua energia está em tudo. Obrigada pelo trabalho.

Queridos amigos da HarperTeen: OBRIGADA! Vocês são um sonho que não ouso repetir em voz alta. Estou muito honrada de ser autora de vocês e agradeço muito pelo trabalho neste livro. Da arte da capa ao marketing, passando pela comunicação, tudo foi melhor do que eu poderia desejar. Obrigada. De verdade.

Jeannette, Catherine, Kati, Ciara, Christina, as moças da creche e mais quem eu puder ter esquecido: obrigada por cuidarem do Guyden em vários momentos para que eu pudesse trabalhar. Significou muito para mim saber que não estava sozinha nisso.

E, se você conseguiu chegar até o final desses agradecimentos, obrigada novamente! Alguns de vocês estão comigo desde que sentei pela primeira vez em frente à câmera e disse: "Olá, interwebs". Alguns leram *The Siren* ou me encontraram no Twitter. Alguns simplesmente viram a menina bonita na capa e decidiram comprar o livro. Não importa como ou quando você me encontrou, obrigada por ter lido *A Seleção*. Espero que tenha te deixado feliz em todos os sentidos.

Sobre a autora

KIERA CASS nasceu em 1981, na Carolina do Sul, Estados Unidos. Formou-se em história na Universidade de Radford, na Virginia, e publicou seu primeiro livro, *The Siren*, em 2009, em uma edição independente. Beijou aproximadamente catorze garotos em sua vida, mas nenhum deles era um príncipe.

1ª EDIÇÃO [2014] 3 reimpressões

ESTA OBRA FOI COMPOSTA PELA VERBA EDITORIAL EM ADRIANE
POR MARCONI LIMA E IMPRESSA PELA GEOGRÁFICA EM OFSETE
SOBRE PAPEL ALTA ALVURA DA SUZANO PAPEL E CELULOSE
PARA A EDITORA SCHWARCZ EM MARÇO DE 2015